教育部人文社会科学基金资助成果

项目编号：10YJC751088

解构主义误读理论研究

王敏　著

中国社会科学出版社

图书在版编目（CIP）数据

解构主义误读理论研究／王敏著 . —北京：中国社会科学出版社，
2015.8

ISBN 978 - 7 - 5161 - 6580 - 5

Ⅰ.①解…　Ⅱ.①王…　Ⅲ.①解构主义－文学研究　Ⅳ.①I109.9

中国版本图书馆 CIP 数据核字（2015）第 160094 号

出 版 人	赵剑英	
责任编辑	曲弘梅	
特约编辑	薛敏珠	
责任校对	朱妍洁	
责任印制	戴　宽	

出　　版	中国社会科学出版社	
社　　址	北京鼓楼西大街甲 158 号	
邮　　编	100720	
网　　址	http：//www. csspw. cn	
发 行 部	010 - 84083685	
门 市 部	010 - 84029450	
经　　销	新华书店及其他书店	

印　　装	北京君升印刷有限公司	
版　　次	2015 年 8 月第 1 版	
印　　次	2015 年 8 月第 1 次印刷	

开　　本	710×1000　1/16	
印　　张	12	
插　　页	2	
字　　数	201 千字	
定　　价	46.00 元	

目　　录

导　论

　　"误读"是文学阅读活动中一种非常普遍的现象，学术界关于"误读"的认识和研究有着源远流长的历史传统。从"误读"的英文词"misreading"的语法结构来看，它是在"阅读"的英文词"reading"前添加"mis –"的衍生形式，而"mis –"这一前缀在英语中表示"错误"、"坏"的意思，也就是说，"误读"以"正读"的存在为前提，是所谓"正确阅读"之上的一种否定、一种离格。牛津词典对"误读"的解释是："read or interpret（text, a situation, etc.）wrongly"，即"错误地阅读或阐释文本或某一情境等"。柏拉图、亚里士多德以来的西方传统文学理论，一直将作为阅读方式的"误读"视为一种应该避免的"错误"。这种思想观念是建立在语言"表征模式"之上的，强调真实与再现、模仿与被模仿、能指与所指、在场与不在场之间明确的一一对应关系，坚信文学对外在世界的模仿和表现可以做到准确无误。相对应地，在文学意义研究方面表现为对"深度模式"的追求，认为文学文本一定存在某种决定性的意义本质，读者能够通过文学文本确定无误地抵达其全部意义的所在。在这种本质主义思维方式的指导下，文本意义的多元性、矛盾性遭到忽视，文本阐释追求一元、统一的意义，因而"正读"是追求的目标，"误读"则成为被断然否定的阅读现象，其价值仅在于证明肯定性的"正读"的存在。

第一节　"误读"思想的历史性发生

传统"正读"、"误读"的区别标准主要在于是否符合作者原意，这是西方文学传统阅读理论的一个基本思想。作家所创造的文学世界，不论何种风格和流派，或多或少都是现实世界的复制品，是对世界的主观感受和认识，因而，读者在接受文学作品时需要追索、领会作者的意图，由此文学活动才得以完成。古罗马诗学家贺拉斯就明确表示："一首诗仅仅具有美是不够的，还必须有魅力，必须能按作者愿望左右读者的心灵。"① 这里的"左右"一词树立了作者原意的绝对权威，作者站在更高的位置来创造文学世界和发挥他心灵的魅力，读者则是被动的接受者、受感染者，"作者→读者"这一文学活动渠道是单向的。传统现实主义、浪漫主义文学在确定文本意义的方式、方法上尽管有不同的理论主张，然而在文本意义的确定性、作者意图决定意义这些观点上却是基本一致的。即使是现代主义批评理论中的表现主义、象征主义、生命直觉主义、精神分析等批评思潮，也都是以作者为中心来探究意义，注重从作家的思想、情感乃至无意识来挖掘文学作品的隐秘含义。文学作品是作者主观意图的载体，因而作者是作品意义的来源，作者意图是阅读和阐释活动"正""误"的判断标准，凡不符合作者创作意图的都是错误的解读。

20世纪以来，伴随着哲学领域里"理性"权威的消解，文学批评领域里的作者权威也受到挑战，文本和读者作为新的主体受到广泛关注。张首映在《西方二十世纪文论史》中总结道："20世纪西方文论属于一种思想领域，把玩语言、符号和形式的目的在于释义，在于认识世界和解释世界，它主要是一种阐释学，而不只是创作学。"② 20世纪西方文学理论和批评，在以作者研究为主导的传统文学理论

---

① 贺拉斯：《诗艺》，杨周翰译，载《〈诗学〉〈诗艺〉》，人民文学出版社1962年版，第142页。

② 张首映：《西方二十世纪文论史》，北京大学出版社1999年版，第28页。

之外，逐渐形成文本、读者中心的文学意义阐释视角，文学意义研究由此分化为三个系统：文本系统、读者系统和解构系统。如果以艾布拉姆斯"艺术批评的诸坐标"① 为参照系，20 世纪之前的传统文论主要是以"世界"和"作者"及其之间关系为意义来源，20 世纪形式主义文论以"文本"为研究重心，读者系统文论是把"读者"作为意义研究的中心，解构主义文学批评则在"文本意义不确定""反中心"的观念中形成了解构系统。

　　就文本系统而言，在"语言学转向"的推动下，20 世纪西方文论史上相继出现俄国形式主义、英美新批评、结构主义三大形式主义文论思潮，成功地把文学意义研究从"作者意图论"转向"文本中心论"。对于文学语言问题，传统语言学多是从语法和句法的角度分析，把语言当成一个孤立的符号体系，因而传统文学批评也多是关注文学语言对现实的表现力，文学语言被视作现实指涉物的附属之物。20 世纪形式主义批评对传统的语言表征模式进行了彻底批判，提出了一种全新的语言观。俄国形式主义文论提出了"文学性"的概念，认为文学的本性不在于它所表现出的思想内涵，因为这些思想内涵并不是只有文学拥有，它们同样可以在哲学、社会学、伦理学、宗教等学科领域得到深入研究，体现不出文学的特性；文学的本质应是它的形式特征，"形式"才是文学区别于其他学科的独特之处，是文学确立自身的地方。英美新批评革命性地把语言上升到文学本体的高度，认为文学作品的语言是修辞性的，文本意义的实现是在文本语言内部而不是外部世界，以文本细读的方式促使西方文学批评走上了语言学、语义学批评的道路，一度在英美文坛成为批评的基本范式。法国结构主义则几乎完全排斥了作品之间的差异，寻找着一类作品所共同拥有的结构，以普遍结构模式的分析深化了文本中心的意义观。这些具有形式主义倾向的批评理论，都把文本看作是明晰、稳定的整体，把阅读、批评变成纯客观的阐释工作，试图通过语言修辞的、结构的

---

　　① 　M. H. 艾布拉姆斯：《镜与灯》，北京大学出版社 1989 年版，第 5 页。

研究穷尽文本内在的含义。

德国接受美学和美国读者反应批评是读者中心论的批评流派，他们的共同主张是：文本是留有空白的"召唤结构"，带有"期待视野"的读者是文学阐释的真正主体，文学批评是读者反应的记录，读者以其能动性的阐释填充文本的空白，参与文学意义的创造过程。尽管读者系统文论倡导读者阅读的多样性，但在"文本意义确定性"这一点上它和传统文论、形式主义文论是一致的，认为当文本中的空白被读者填充之后，文本就得到了完整的意义，文学文本的可理解性、完整性是毋庸置疑的。为了防止读者在阅读中出现偏差，伊瑟尔甚至提出了"隐含读者"的概念，意图通过标准化的读者阅读来实现文学意义的正确解读。可见，虽然作者的权威不再发生决定性作用，文学文本的阅读还是要服从"正确阅读"的规范，只是这些规范是以读者为中心来建构的。

在文本意义研究问题上，以激进的锋芒实现颠覆性转变的是解构主义文学批评。法国结构主义理论家罗兰·巴特同时也是解构主义批评的奠基者，他提出了"作者之死"的思想观念，消解作者意图的权威，倡导"可写的文本"，这可以看作是"误读"思想的萌发。美国耶鲁学派的解构主义文学批评家提出"一切阅读皆误读"，宣告了传统"正读"的不可能和"误读"的绝对性，解构主义误读理论由此全面展开。就耶鲁学派的学术历程来看，雅克·德里达（Jacques Derrida，1930—2004）于1966年在美国约翰·霍普金斯大学的著名演讲《人文科学话语中的结构、符号与游戏》（*Structure*, *Sign*, *and Play in the Discourse of the Human Sciences*）被视作解构主义的宣言书，也是耶鲁学派文学批评的基本纲领，这篇演讲宣告了结构主义"中心"观念、"深度"模式的不可能，它的发表成为耶鲁学派解构主义文学批评活动的起点。德里达从此与美国思想界、与耶鲁学派其他理论家结缘，从1966年起便定期在美国几所大学担任客座教授，与保罗·德·曼（Paul de Man，1919—1983）、哈罗德·布鲁姆（Harold Bloom，1930—　）、希利斯·米勒（J. Hillis Miller，1928—　）、杰

弗里·哈特曼（Geoffrey Hartman，1929—　）一起组成了蜚声一时的
"耶鲁学派"。耶鲁学派把德里达哲学思想运用到文学理论研究和批
评之中，首先由德·曼和米勒分别奠定了其理论基础和基本方法论，
接着发展成为包括哈特曼和布鲁姆在内的强大文学评论队伍。

在解构主义文学批评思潮中，作者中心、读者中心和文本中心被
全面消解。一部文学作品的意义不是作者意图、读者经验所能穷尽
的，也不会限制在封闭的文本系统之中，文本意义具有不确定性，对
文本的解读可以无限延展。于是，"误读"作为一个新的、引人注目
的理论主题，在西方解构主义思潮中应运而生。1973—1976 年，布
鲁姆出版了他著名的"诗论四部曲"——《影响的焦虑》（The Anxie-
ty of Influence：A Theory of Poetry）、《误读图示》（A Map of Misrea-
ding）、《传统与批评》（Kabbalah and Criticism）、《诗歌与压抑》（Po-
etry and Repression：Revisionism from Blake to Stevens），在这四部著作
中，他所提出的"一切阅读即误读"口号成为著名的解构宣言。"误
读"取代了"正读"成为绝对的存在，任何所谓的"正读"，由于无
法证明自身的绝对正确性，也只不过是一种特殊的误读。在这里，
"正读"的权威被颠覆，"误读"与"阅读"画上等号。解构主义文
学批评的其他学者德·曼、哈特曼、米勒有意无意地呼应了这一口
号，尤其是德·曼的修辞理论和德里达的"延异"理论，毫不留情
地摧毁语言运作中所包含的各种意义体系，为"误读"的必然性找
到了内在依据。"误读"不再是一个否定性的贬义词，在解构主义批
评家那里，它是一种具有极大创造力的阅读方式，一时成为争相议论
的话题，引发种种理论。

第二节　解构主义误读理论的基本内涵

解构主义误读理论的精髓，可以用一句话来概括为：文学文本的
语言是修辞性的，因而文本意义是不确定的，对文本的任何一种解读
都是"误读"。解构主义误读理论，具体表现为两种形态：一种是布

鲁姆提出的文学创作中的"误读",重视文学创作和阅读中人的主体性,偏重误读主体的思考,认为误读产生的内在动因是作家创作中身为"迟到者"的焦虑心理,后辈作家运用语言上的修正式比喻对前辈进行解构,并把修正过的技巧和题材运用于自己的文学创作中,从而走出前辈的阴影、获得创新。从这个角度看,"误读"是文学创作的普遍性规律,它具体表现为比喻语言的运用,同时具有心理批评的特征。误读理论的另一种形态是以德里达、德·曼、米勒为代表的解构主义修辞性研究,主张误读与主体无关,是语言修辞性的必然结果,修辞导致文学语言具有自我解构的性质,在表达一种意义的同时又否定它,任何一种阅读方式都是相对的"正读"和绝对的"误读",从而使文学解读得不到终极意义,在意义的层层延伸中推向前进,直至无穷无尽。

可见,解构主义误读理论具有两个层面的解构性,一是创作中对传统作品的解构,二是阅读中对文本意义的解构。"误读"作为一句理论口号为世人所知,凭借的是第一种即布鲁姆的理论,它是一种关于作者的主体性研究,然而自从布鲁姆"一切阅读皆误读"口号提出以来,"误读"已经进入解构主义文学意义研究领域,成为一种解构式的阅读理论。虽然各位理论家思想之间的差异很大,尤其关于误读的成因更有布鲁姆"有意识误读"与德·曼"无意识误读"的重大差别,但他们在反对传统文学观念、揭示文本意义不确定性方面是高度一致的,他们被视为一个共同的流派,是有必然性的。总体来看,作为阅读理论的"误读"比作为创作理论的"误读"在当代文论中具有更为广泛和深远的影响,并且创作中的"误读"在一定意义上也可以看作是一种广义的阅读形式,后辈作家相对前辈而言也具有"读者"身份。因此,本书在厘清两种形态"误读"的同时,研究的侧重点偏向后一种形态即作为阅读理论的"误读",以此来解析解构主义文学批评的特征、价值及其局限性。

从作为解构主义阅读理论的"误读"的内涵来看,解构主义阐释者 V. B. 利奇这段话较全面地表达了解构主义批评的文本观以及其中潜在的误读观念：

> 什么是文本？文本即是具有差异性的踪迹串，是飘浮的能指序列，是伴随着最终无法破译的互文因素起起落落的受到渗透的符号群，是语法、修辞以及（虚幻的）所指意义进行自由嬉戏的场地。文本的真理是什么？能指在文本表层漫无目的地飘动，意义的播撒，在某种条件下提供了真理：混乱的文本性运作过程被有意识地规整化、被控制、被中止。真理在阅读的具体化和个人的愉悦中昭显。真理不是实体，也不是文本的属性。文本从不说出自己的真理，真理总是在别处——在阅读中。阅读生来就是误读。解构运行的目的就在于解开规整和控制播撒的束缚，颂扬误读。①

解构主义视野下的文学文本是"飘浮的能指序列"，"所指"则被悬置。"能指/所指"这一对概念是结构主义语言学家索绪尔创造的术语，他在《普通语言学教程》中提出："语言符号连结的不是事物和名称，而是概念和音响形象。后者不是物质的声音，纯粹物理的东西，而是这声音的心理印迹，我们的感觉给我们证明的声音表象。"②"我们建议保留用符号这个词表示整体，用所指和能指分别代替概念和音响形象。"③ 索绪尔用"能指"表示符号的"音响形象"，"所指"表示符号所携带的"概念"即符号所指涉的内涵，它们是密不可分、缺一不可的，二者的结合形成了符号的整体。索绪尔提出符号的一个重要原则是"任意性"："能指和所指的联系是任意的，或者，因为我们所说的符号是指能指和所指相联结所产生的整体，我们

---

① V. B. Leitch, *Deconstructive Criticism: An Advanced Introduction*, New York: Columbia University Press, 1983, p. 122.
② 索绪尔：《普通语言学教程》，高名凯译，商务印书馆1980年版，第101页。
③ 同上书，第102页。

可以更简单地说：语言符号是任意的。"① 从发生学的角度看，"能指"和"所指"之间的关系是任意的、约定俗成的，然而这"任意性"背后还具有一种"不变性"："能指对它所表示的观念来说，看来是自由选择的，相反，对使用它的语言社会来说，却不是自由的，而是强制的。语言并不同社会大众商量，它所选择的能指不能用另外一个来代替。……已经选定的东西，不但个人即使想改变也不能丝毫有所改变，就是大众也不能对任何一个词行使它的主权；不管语言是什么样子，大众都得同它捆绑在一起。"② 这种"不变性"意味着，对于生活在符号体系中的个人和大众来说，"能指"和"所指"之间的关系是固定的、一一对应的，即一个音响形象只能指向一个固定的概念意义。然而解构主义文学批评家打破了这种观念，他们把文学文本中的"能指不断地变成所指，所指又不断地变成能指，而你永远不会达到一个本身不是能指的终极所指"③。文学与现实不再具有直接的、一对一的指涉性，能指和所指之间不是透明的而是模糊的对应关系，能指并不指涉一个稳定的所指，而是一连串不断延伸的所指链，这个所指链是一个开放的系统，因而能指具有自由漂移的性质，读者随着能指的这种自由漂移而获得阅读的快感。这种关注语言自身不稳定性的解构主义语言观，是对结构主义语言观的颠覆，把意义视为能指的踪迹运动，将在场与缺席的因素同时纳入人们的视野，通过文学意义的深层结构如反讽、隐喻、复义等的挖掘，实现对文本的再认识性解释。这正如利奇所说，文学文本的语言不同于意义固定的日常语言，作为"符号群"，成为"语法、修辞以及（虚幻的）所指意义进行自由嬉戏的场地"，文学文本自身不指示意义，在阅读中意义才得以生成。语言不再呈现一个清晰、明确的结构，语言是一张无限蔓延的网，能指之间不断地交换，没有开始也没有结尾。意义在不确定性

---

① 索绪尔：《普通语言学教程》，高名凯译，商务印书馆1980年版，第102页。
② 同上书，第107页。
③ 特雷·伊格尔顿：《二十世纪西方文学理论》，伍晓明译，北京大学出版社2007年版，第126页。

中不断衍生，不再有终极性的边界，也不存在固定的阅读方式，一切阅读都是"误读"。

　　语言修辞研究是解构主义误读理论的重要研究方法，这也是20世纪"语言学转向"的一个表现。从语言修辞的角度来挖掘文本内在的矛盾性，这是解构主义文学批评家的共同策略，也是解构主义误读理论产生的重要方式。解构主义误读理论的重大意义在于颠覆了西方的文学本质主义思想。"模仿"论是西方重要的文论思想，而文学对世界的模仿，无论是"再现"还是"表现"都强调真实性，文学语言要写出客观或主观的真实，因而语言是现实意义的附庸。解构主义文学批评家对语言的理解方式是不同的。在他们看来，文学语言中的修辞不是可有可无的、锦上添花的点缀，而是文学文本不可缺少的、本质性的因素。建立在修辞性语言基础上的文学不必去分辨世界的真实，意义的阐释也不能看作是对作者意图的简单实现，每一种意义在产生之后都将被另一种意义所颠覆，文学语言的这种自我解构的功能使传统的"模仿"无迹可寻，一切的阅读都是误读。德·曼对寓言、对修辞与语法的新型关系的研究，是整个美国解构主义文学批评的方法论基础。从语言修辞性这一基点出发，布鲁姆对作品之间的影响关系作"反抗式批评"，米勒研究语言的"重复"现象，哈特曼倡导意义的不确定性和批评的创作性，这些都是对传统本质主义语言观和单一化阐释方法的解构。正是语言的修辞性导致了文本意义的多元，使得文本意义不能化约为一个封闭的阐释体系，必须在开放性的阐释空间中把文学文本的修辞张力释放出来。解构主义诸位批评家的误读理论虽在具体主张上有区别，但在挖掘语言修辞力量方面具有共同的诉求。语言的维度可以视为耶鲁学派文学批评家共同的理论倾向，这几位学者直接对人类文化传播的载体——语言提出了挑战。

　　解构主义误读理论是对英美新批评和法国结构主义语言观的直接颠覆。结构主义符号学家格雷马斯曾说："表意不过是从一门语言到另一门不同的语言、从语言的一个层次到另一个层次的转换，意义便是这种置换代码的可能性。"① "置换代码"是一切形式主义文学阐释活动的本质，英美新批评研究的是文本内部符号的置换，法国结构主义注重文本整体结构的置换，在这两种理论中，能指自然地寻求其固定的所指，并与之构成一个确定的单位，因而文学意义具有稳定性。解构主义文学批评同样是一种文本符号置换的语言研究，然而与前两种理论根本不同的是，解构主义批评打破了新批评的自足封闭性和结构主义的整体性原则，主张文本内部、文本之间的修辞性意义的无边界置换，也就是说，文学语言从一个层次向另一个层次转换的过程是没有限定的，不存在一个高高在上的整体或中心的诉求来指导这种转换，它是一个不断延异的过程而不是停留在某一固定结论之上。

对文学差异性的强调，是解构主义误读理论产生颠覆力量的源头，也是它与以往阅读理论的根本区别所在。对新批评派刻意追求的终极、权威阐释而言，解构主义文学批评是一种反平衡："解构的目标永远是揭示假想为单一性的总体中存在有隐藏的连贯和碎裂。"② 可以说，解构主义文学批评是 20 世纪"语言学转向"的进一步发展，其最大特征是消解了之前文学批评的"中心"观念。解构主义文学批评在文学差异性研究方面具有相同主张，演化出各个角度的文学误读思想。德里达提出不同于索绪尔的差异理论即"延异"理论，布鲁姆对前后辈作家作品关系的探讨是创作中的差异研究，德·曼的修辞理论是文学语言符号内部差异的研究，米勒的"寄生性"理论是文本各部分、文本与文本之间差异的表现。当然，这些批评家的思想存在相互的交叉、渗透，比如德里达和德·曼的理论，很大程度上影响了其他解构主义批评家的理论，但作为一个流派，他们在文学差异性研究方面具有共同的主张，演化出各个角度的文学误读思想和文本意义不确定的观念。美国学者芭芭拉·约翰逊对解构主义文学批评中

---

① A. J. 格雷马斯：《论意义》（上册），吴泓缈、冯学俊译，百花文艺出版社 2005 年版，第 9 页。

② Paul De Man, *Blindness and Insight*: *Essays of Contemporary Criticism*, Minneapolis: University of Minnesota Press, 1983, p. 249.

的“差异”问题作出了这样的定位：“差异并不是某一物区别于另一物的因素，它不是两者之间的区别（或至少不是在两个独立单位之间的区别）。它是事物内部的差异。这种差异非但不能组成文本的个性，而且就是这种差异在暗中破坏了个性概念，并无限地阻止了文本各部分或意义累加起来的可能性，它无限地阻止达到一个总体的、完整整体的可能性。”①　解构主义文学批评把“差异”理解为事物内在的、本质的特征，它是否定性的，破坏了文本结构及意义形式的统一性，使得文本的各种意义阐释具有独立的价值，每一种阐释都有存在的合理性，无法在相互比较中筛选、整合和统一，这样，“意义不是积极的刺激的一种积累，而是一种连续的否定，是对于被论述事物之中的种种差异范围的认识”②。意义只能以绝对的差异状态并存于文本之中，新的意义形式是对之前意义的否定，对意义的所有阐释也就都是难辨真伪的、分裂的误读形式。

　　对意义不确定性的反复强调，是解构主义误读理论的重要特征。巴特对“可写的文本”的强调，哈特曼对文学批评创作性的倡导，都消解了作者意图的权威，赋予批评家多元阐释的自由；布鲁姆的诗学影响研究，揭示了后辈作家对传统作品进行歪曲从而超越的心理动机，这种歪曲和超越就是对确定性的反叛；德里达用文本的边缘成分颠覆主流性阐释，德·曼用“语法的修辞性”来代替“修辞的语法性”，米勒对文学重复现象的研究，共同表达了这样一种思想：传统关于意义确定性的追求是不可实现的乌托邦，文学阐释活动必然走向意义不确定的境地。“意义不确定”的观念影响深远，是解构主义文学批评其他思想观念的基础。“误读”作为一种思维方式并不只作用于文学阅读研究的领域，它在一系列文学基本问题上都对传统文学批

---

　　① B. Johnson，“The Critical Difference：Balzac's‘Sarrasine’and Barthes's‘S/Z’”，Rpt. in *Untying The Text：A Post-Structuralist Reader*，ed. R. Boston Young，London and Henley：Routledge and Kegan Paul，1981，p. 166.

　　② 杰弗里·哈特曼：《荒野中的批评》，张德兴译，天津人民出版社2008年版，第214页。

评进行了质疑和颠覆：从文学本体论层面，取消了文学的"文本性"而代之以"文本间性"；否认作者的权威，不承认作者是文本的来源；在阐释的问题上，认为文本是自我阐释的，文本的意义是开放的、不确定的，权威阐释被语言的"比喻游戏"所取代。由此可见，"误读"在解构批评家看来是文本的内在属性，是一切文学都不可避免的现象。作为西方解构主义文学思潮关键性命题的误读理论，涵盖了不确定性、互文性、反形而上学等重要解构思想。

第三节　解构主义误读理论的研究价值

误读，反映出人类面对语言的矛盾处境：一方面，语言是人类存在的家园、交流的媒介，人类必须依靠语言来相互交流、建立社会生活；另一方面，语言却并不可靠，它所呈现的未必就是本原世界，因为按照解构主义的原则，真理是不可穷尽的，每一种阐释可以说接近了真理，但却无法声称自己已经掌握了绝对的真理。因此，对"诗"的"思"需要无限进行下去，对已有结论需要进行不断的反省和创新，从而使文学艺术更显生机与光彩。解构主义误读理论为文学语言及阅读理论的研究提供了新颖而深刻的理论资源。

西方传统文论关于"正读"已经积累了成体系的理论思想，然而随着文学创作及文学阐释的多元化倾向的显现，文学研究已经日益走出精英主义，以各种新型的观念和理论来适应新的文学状况。随着文学载体的发展，当代文坛出现了新的文学形态如网络文学、手机文学，更有伴随着反经典的思想而出现的戏仿文学，传统追求确定意义的阅读观念已经不能完全适用于这些新型文学的研究之中，"网络评论""戏说……"这样的文学批评形式应运而生。新出现的文学创作及批评现象，必然要求新的文学及批评理论来加以解释。解构主义误读理论在独特性、批判性方面依然锋芒毕露，对当下许多文学现象能够做出有力的理论回应和支持，比如"网络评论"层层推进却又散漫交织的批评形式就是解构主义"误读"运行的外在表现。因此，解构主义文学误读理论，作为一种尚不过时的理论资源，应该得到清晰的认识和总结，使它在当代文学研究中发挥现实性的作用。

　　西方对解构主义误读理论的研究，是和解构主义文学批评整体研究联系在一起的。解构主义思潮对西方思想界和文学界造成了强烈的冲击，评论界对解构主义或高度赞扬或严厉批评，态度清晰。解构主义文学批评中的误读理论也是其中一个颇有争议的论题。具体说来，评论家对它有两种相左的态度：一种是站在保守主义的立场，认为误读理论是对文学意义的破坏，具有虚无主义倾向，这一派主要有赫施的作者意图决定论、艾布拉姆斯的传统批评观；另一种则是具有解构主义倾向的理论家，认为误读理论的破坏和否定只是表象，还包含有更深层的创造和建设，代表人物有乔纳森·卡勒、斯皮瓦克等人，他们除了阐释解构主义文学批评的理论精髓之外，还把它与女性主义、后殖民主义等批评流派联系起来考察解构主义文学批评观的积极作用和实际影响。不论褒贬，误读理论都是洞察解构主义思潮在批评领域的颠覆力量的一个极佳视角。本书也正是希望通过对解构主义误读理论及其相关评论的探讨，理解这一理论的内涵、意义及影响，在全面认识的基础上，将这一理论更全面、更有效地运用到我国的文学批评建设上来。

　　20世纪90年代以来的国内文学批评，对"误读"现象和理论主要从文学接受的角度来展开。这部分理论成果有：孙中田的《文学解读与误读现象》（《文艺争鸣》1995年第4期）、王顺贵的《文学文本的"误读"接受之成因及其美学意义》（《社会科学》2002年第11期）、汪正龙的《"正读"、误读与曲解：论文学阅读的三种形态》（《江西社会科学》2005年第4期）等。这部分研究比较一致的观点是："误读"是区别于"正读"的别有所解，读者在作品"空白"的框架内来驰骋想象力，对具有"召唤结构"的文本，在不同历史语境中作不同"填充"，区别于作者原意，也区别于杜撰。这一领域代表性的一种研究方法是从审美心理结构的视角分析"误读"产生的原因，指出：读者的审美心理定式及期待视野制约着读者的审美接受活动，形成了对作品意义内涵发现的差异；另一种研究方法是从中国古代文论与西方现代文论交叉之处寻找"误读"接受之成因，指出：除了文本的"空白"结构和解读者个体差异之外，"诗史互证""以意逆志"以及"政治伦理道德之比附"都是形成"误读"现象的因素①。这类研究运用了接受美学、读者反应批评的理论，并且和中国古代文论作了比较研究，取得了丰富的研究成果。然而，解构主义文学批评中所谈到的"误读"没有积极地参与到讨论中来，因此，有必要对这一"误读"思潮进行认真的梳理和总结，使它应用到我国文学批评研究中来。

我国理论界对误读理论的研究，还有一个重要领域是比较文学和文化研究领域，误读理论在此作为比较文学方法论而受到重视。这部分理论成果主要有专著：乐黛云、勒·比松主编的《独角兽与龙》（北京大学出版社 1995 年版）；主要论文有：乐黛云的《文化差异与文化误读》（《中国文化研究》1994 年第 2 期），陈跃红的《走出困扰——试论中西文化交流中的误读及其出路》（《国外文学》1994 年第 2 期），董洪川的《接受理论与文学翻译中的"文化误读"研究》（《山东外语教学》2001 年第 2 期），张利群的《论文化传播中的文学误读及意义》（《惠州大学学报》2001 年第 3 期），曹顺庆、周春的《"误读"与文论的"他国化"》（《中国比较文学》2004 年第 4期）。这一领域同样吸收了现代阐释学关于"前见"和"先行结构"的理论，并且从不同民族的文化传统及思维方式层面解释"误读"产生的深层原因。比如，文学翻译是文化交流的一种媒介和路径，翻译中的"误读"，除了显在的由于语言功力不足造成错误这一原因外，更深刻的隐在原因是不同文化背景所导致的认识和心态差异。文化交流过程中的"误读"现象，一方面显示了不同文化之间的壁垒和沟堑，另一方面也为文化交流在更深入层面展开提供了前提，所谓

---

① 廖学新：《误读与点化：布鲁姆诗论与江西诗派诗论比较》，《河池师专学院学报》1996 年第 1 期。

"它山之石，可以攻玉"，异质文化为观照本土文化提供了新视角。在文化交流活动中，最可贵、最有价值的是在深厚文化基础上的独创性发现。"误读"作为一种文学、文化交流现象而受到关注，当前随着国际交流的日益频繁，它也将得到更广泛、更深刻的研究。解构主义文学批评中的"误读"与比较文学中的"误读"概念，各自有不相重合的研究侧重点，基本上是两个不同的范畴。然而，从广义的"阅读"层面理解，虽然研究的对象有区别，但它们都是一种阅读理论。因此，它们各自的研究成果可以互相推进、共同长进。

国内对解构主义误读理论的研究，主要是对单个西方学者的相关论著的系统研究，如：胡宝平的《论布鲁姆"诗学误读"》（《国外文学》1999 年第 4 期）、王宁的《希利斯·米勒和他的解构批评》（《南方文坛》2001 年第 1 期）、周颖的《保罗·德·曼：从主体性到修辞性》（《外国文学》2001 年第 2 期）、郭军的《保罗·德·曼的误读理论或修辞学版本的解构主义》（《四川外语学院学报》2005 年第 4 期）、昂智慧的《阅读的危险与语言的寓言性》（《外国文学研究》2005 年第 1 期）、张龙海的《哈罗德·布鲁姆与对抗式批评》（《国外理论动态》2005 年第 1 期）等，还没有扩大到思潮研究的广度；或者是耶鲁学派或者说整个解构批评的谱系研究，如：苏宏斌的《走向文化批评的解构主义》（《外国文学评论》1996 年第 1 期），申丹的《解构主义在美国》（《外国文学评论》2001 年第 2 期），萧莎的《德里达的文学论与耶鲁学派的解构批评》（《外国文学评论》2002 年第 4 期），崔雅萍的《论美国的解构主义批评》（《西北大学学报》2002 年第 5 期），昂智慧的《保罗·德曼、"耶鲁学派"与"解构主义"》（《外国文学》2003 年第 11 期），陈本益的《耶鲁学派的文学解构主义理论和实践》（《东南大学学报》2004 年第 5 期），孟岗、张一冰的《解构批评的谱系——德里达、罗兰·巴特与保罗·德·曼》（《石油大学学报》2004 年第 8 期）等，也并没有集中于误读理论来展开研究；或者把误读作为基本文学理论研究，解构主义误读理论只是研究的一个侧面，如张中载《误读》（《外国文学》2004

年第1期），等等。本书的研究对象是解构主义文学批评中的误读理论，把它放在巴特、德里达、耶鲁学派各家的解构主义批评思潮的系统框架中来观照，探究作为解构主义文学批评重要命题的误读理论的内部构成，希望通过对解构主义误读理论发生历程、理论背景、理论形态、历史定位、价值及局限性的研究，力求对这一理论有清晰的把握，从而增进对解构主义文学批评思潮的认识，更重要的是扩宽文学阅读研究的视野，以更为丰富的理论资源来推动我国文学批评及比较文学研究的发展。

第一章

解构主义误读理论的产生与发展

　　20 世纪 60 年代，伴随着结构主义思潮向解构主义的转变，文学阅读与批评也由有机统一的意义结构研究向多样化、零散化的意义阐释方向发展。结构主义主将之一的罗兰·巴特以"作者之死"的宣言成为解构主义的先锋，"作者之死"思想在消解作者意图的权威的同时隐匿了"正读"的堂皇存在，读者阐释的自由得到了极大张扬，巴特本人的批评实践在文本的狂欢中充分证明了"误读"的可行性。与此同时，随着德里达解构主义哲学传到美国，美国文学批评界以耶鲁学派为阵营掀起了解构思潮，文本意义的不确定性和文学阐释的无限多样性受到重视，"误读"作为解构主义文学批评的关键术语脱颖而出。"误读"作为一种口号和宣言最先由布鲁姆提出，他把"误读"看作作家主体克服"影响的焦虑"的策略，而后扩大到阅读领域，赋予"误读"合法地位；德·曼、德里达、米勒等人则从语言修辞的角度，把"误读"作为一种解构式的修辞性阅读来倡导，鲜明体现出这一流派的意义观和文学观；之后，德里达与米勒共同推动着误读理论向文化批评方向的转向，"误读"作为一种方法论逐步渗透到当代西方文学批评的各个层面。

　　解构主义误读理论的发生，究其思想渊源，首先，离不开伽达默尔的哲学阐释学，伽达默尔打破传统阐释学的作者中心论，开辟了尊重读者阐释自由的现代阐释学，使多样性的阅读方式取得合法性；其次，尼采、德里达的解构哲学消解了传统形而上学，成为文学误读理论的哲学基础。在文学研究领域，20 世纪文学批评的语言学转向与解构主义文学误读理论的语言修辞研究有密不可分的传承关系，英美新批评的形式研究、细读方法和含混理论，都为这一理论提供了方法论的依据。因此，解构主义思潮中的文学误读理论，是 20 世纪哲学思想和文学批评思想综合作用的结果，具有历史必然性。

第一节　解构主义误读理论的发展历程

"一切阅读皆误读"，这是耶鲁学派标志性的理论宣言，也是解构主义文学批评家们用来反抗传统阅读理论的有力武器。在哈罗德·布鲁姆提出"误读"概念之初，它是关于作者主体的理论，揭示出作者创造性的心理动机和语言方式；进而，当它扩大为整个解构主义文学批评的阅读理论时，保罗·德·曼代表的修辞学研究从语言角度寻找根源，误读不再是主体有意识的反抗性行为，而是无法避免的、无意识的阅读现象，在此它与"解构式阅读"表达的是同一意思，是一种以解构方式承继形式主义语言研究的批评理论；德里达和米勒在后期有意识地把解构主义文本阅读理论运用到文化研究中去，误读因而也成为文化批评的一种重要策略。可见，在不同发展时期的解构主义误读理论，其内涵是有差异的、多样的。本节将对解构主义误读理论的发展进行梳理，对这一理论所产生的思想背景作多方面的分析，力求达到对解构主义误读思想的总体把握。

一　误读理论的准备：作者权威的瓦解

在解构主义思潮之前，文学阅读与批评活动追求确定性的意义，即使文学文本有多义性，最终也要在一定范围内达到统一，而统一的重要标准是作者意图；在解构主义思想渗入文学活动之后，统一性思想不再有效，文学文本的多义性是一种必然的存在，传统的各类"正读"反而成为相对性的概念，只是绝对"误读"的多种可能性中的一种。误读理论作为解构主义批评的阅读理论，对传统的作者观、文本观、读者观都产生了消解式的冲击，与新的文学观念密切相连。因此，讨论解构主义误读理论的发生历程，首先应从解构主义文学观念谈起。

法国文学批评家罗兰·巴特（Roland Barthes，1915—1980）是结构主义的集大成者，同时也是解构主义文学理论的开山之人。巴特前期关注叙事作品的结构分析，试图总结出总体性的叙事学规则，代表作品有《符号学原理》（1964）。他借助于索绪尔语言学理论在文学符号学领域展开了深入研究，为结构主义符号学研究奠定了基础。60年代末巴特在德里达的影响下转向解构主义理论和批评，1968年出版的《作者之死》一书是其转向的标志，随后又有《S/Z》（1970）、《文之悦》（1973）、《恋人絮语》（1977）等著作出版，成为后结构主义的代表理论家。虽然他从未在理论上专门谈到"误读"这一概念，但他后期的文学理论和批评实践常常显示出"误读"的思想，他前后期的理论转变充分体现了传统"正读"观念向解构主义"误读"思想的变化。因此，本书把罗兰·巴特视作解构主义误读思想的最早实践者来进行研究。

巴特对解构主义误读思想所作的理论准备，首先在于他著名的"作者之死"观念所发挥的消解作者权威的作用。在《作者之死》这部著作中，巴特一反传统文学观念，否认作者是文学文本意义的来源，提出振聋发聩的"作者之死"口号，其革命性的历史意义堪比尼采"上帝之死"的宣言。尼采撼动思想界中"上帝"的权威，巴特则推倒了传统文学阐释中的上帝——"作者"的威严。巴特宣告，作者并不领先于文本，只占有文本的主语位置，只具有语法意义，不再是文本的源头和支配者。现代的文本是一种"零度写作"，作者在叙述中不动声色，作者的思想和情感在文本中不再有清晰的痕迹。文本呈现出客观性的特征，成为一种半成品，本身没有意义，有待于读者阅读的参与和发掘。只有通过阅读，才能支撑起文本的意义和价值。这就给予读者更多的空间，使之在面对作品时具有更多的主动性，在一定程度上参与了作品的创作和完成。"作者之死"打破了传统阅读思想对作者权威的推崇，使读者的阐释权利得到彻底解放，作品在创作出来之后成为与作者无关的客观文本，任由读者从各种角度和立场进行阐释，这样读者也参与了写作，领略写作的乐趣。既然作者权威不复存在，"正读"也就失却了原有的标准，"误读"也就无所不在。从这个意义上说，巴特"作者之死"理论不宣自明地为"误读"的合法性提供了依据，扫清了"作者权威"的障碍，用读者的主观性取代了传统阐释对客观性的追求，重视读者阅读的创造性与愉悦感，向读者的"误读"迈出了第一步。

巴特在他著名的《S/Z》一书中对文学阅读活动有详尽而深刻的阐释：

> 究其实，阅读是一种语言的劳作。阅读即发现意义，发现意义即命名意义；然而此已命名之意义绵延至彼命名；诸命名互相呼唤，重新聚合，且其群集要求进一步命名：我命名，我消除命名，我再命名：如此，文便向前伸展：它是一种处于生成过程中的命名，是孜孜不倦的逼近，换喻的劳作。——如此，就复数的文来说，遗忘某种意义，便不可视作过失。遗忘乃就何者而论？何谓文的总数？只有我们决定以单数的审视目光投向文，此际，意义才确可遗忘。然而，阅读不在于阻断体系之链，不在于确立文的真实性与合法性，因此亦不在于诱发读者"犯规"；阅读在于钩连诸体系，此钩连不是按照体系的有限数量，而是依据其复数性（复数性是一种有生命的东西，不是一本明细账）：我递送，我穿引，我接合，我起动，我不结账。遗忘意义，不是可歉疚的事情，不是让人不舒服的性能缺陷，而是一种积极价值，是维护文毋须承担责任的方式，展呈体系复数性存在的径途（倘若我结账，则定然重构复数的意义、神学的意义）：恰是因为我遗忘，故我阅读。①

---

① 罗兰·巴特：《S/Z》，屠友祥译，上海人民出版社 2000 年版，第 70—71 页。

这段话与美国解构主义文学批评家的文学误读思想有多处内在的契合：第一，巴特认为文学意义的发现与阐释是一种"命名"活动，"名"即语言符号，"命名"也就是对于语言符号系统中的能指不断进行理解、否定、再理解、再否定……这样一个不断滑动向前的活动，这就是德里达"延异"思想的生动说明，实际上德里达的解构思想的确是巴特由结构主义向解构主义转折的理论诱因。第二，巴特提出"复数的文"概念，这是一个类似于巴赫金"复调小说"的术语，指具有多种阐释可能性的文本，相反"单数的文"则只有单纯的、透明的意义，在意义张力、文本魅力方面显然不及"复数的文"。巴特的这一文本思想鼓励阐释的多元化，对单纯意义的"遗忘"也正是为误读提供前提。第三，提出文学阅读的意义在于"钩连诸体系"的思想，"钩连"而不是逃避或者"阻断"，它意味着对"体系"的既不肯定、也不否定的态度，这恰是一种解构式思维，德里达也有类似的阐述："解构首先与系统有关。这并不意味着解构击垮了系统，而是说它敞开了排列或集合的可能性。""解构也是写作和提出另一个本文的一种方式。解构不是一块擦去了文字的白板。"[1]解构并不是完全击垮意义系统，而是对传统文本的重新书写，以拆卸、置换、嫁接、补充、拼接等手段，构成种种开放性的文本。解构主义误读理论始终是站在旧思想系统的出发点，从系统内部进行批判解构。打破了传统文本的种种界限，新的解构性的文本能够自由地彼此出入。

正是出于对多重意义的追求，巴特在阅读方式上主张"重读"（relecture），即用不同方法、从不同视角反复阅读同一个文本。这是一个区别于传统单一性阅读的概念。巴特认为，无论面对什么类型的文学作品，读者在阅读时总会有心理上的内在重复，在读一个新故事时不可避免会重复已有的心理模式，这种心理模式类似于接受美学所

---

[1]　雅克·德里达：《一种疯狂守护着思想：德里达访谈录》，何佩群译，上海人民出版社1997年版，第19页。

说的"期待视野",会导致"处处只读及同一个故事"。注重读者阅读心理快感的巴特当然是不满意的,为了打破读者的固定心理图示,巴特倡导"重读",通过"排整了文的内在顺序(此前或后于彼发生),又复现了想象的时间",实现"于文的多变性和复数性内增值文",在这个基础上巴特提出"重读不再是消费,而是游戏"①。这种"游戏"是无始无终的反复阅读,阅读只要不能穷尽文本、确定文本,就无法停止,也不能连贯,阅读活动因而成为意义不断跳跃的、差异性的嬉戏。巴特故意将语汇单元打散,用解码的方式、絮语的方式,同纯粹的文本理论、寻找普遍结构的批评方式告别。

作者的中心位置被取消,取而代之的是读者阐释权利的扩大。在《S/Z》开头的《评估》一节中,巴特就针对传统文本和现代文本的差异,对文本作了"能引人阅读者"和"能引人写作者"的区分:"能引人阅读者"文本与代码一致,知道如何阅读,但不给读者留下多少自由创作的空间,读者是文本的被动消费者;"能引人写作者"文本付诸写作,鼓励读者的创造性阅读,尊重读者阅读中的选择权利,读者是文本意义的生产者和创作者。客观地看,这种分类不十分严格,只具有功能性的意义,因为既不存在纯粹"能引人阅读"的文本,也不存在纯粹"能引人写作"的文本,我们只能说某一文本更具"可读性",而另一文本更具有"可写性",而无法把它们严格地分类。比如《萨拉辛》是巴尔扎克以传统写实手法创作的小说,应该说是典型的"可读"小说,但经过巴特的重新组织和编写,它成了琐碎的片段,也成了意义层层交织而成的"可写"文本。因此,把"能引人阅读"与"能引人写作"定位为一个文本的不同性质更为准确,任何文本中都包含这两种不同性质。虽然有值得商榷之处,巴特对"能引人写作"文本的发现还是极具价值、极富影响力的,它使文本具有了被再创造和多重阐释的可能性。任何文学文本都包含有可写性,这也就意味着任何文本的意义都具有多元的、零散的特

---

① 罗兰·巴特:《S/Z》,屠友祥译,上海人民出版社2000年版,第77页。

征，都有"误读"的可能性。"为什么这种能引人写作者是我们的价值所在呢？因为文学工作（将文学看作工作）的目的，在令读者做文的生产者，而非消费者。"① 巴特关于"可写的"文本观念，消解了传统作者和读者、创作与批评之间的界限，读者的阐释被视为对文本的一种写作，文学作品在一代代、一批批读者的阅读参与下不断产生新的意义、获得新的生命力。

罗兰·巴特对解构主义误读理论的贡献，不仅体现在理论建设层面，更多地体现在批评实践上。他后期的批评实践充分显示了读者进行误读、自由阐释的可行性。《S/Z》这部批评著作是巴特解构式阅读方式的一次实践，标志着他完全转入解构主义。巴特在该书中对巴尔扎克小说《萨拉辛》进行了解构，将《萨拉辛》拆解成 561 个词汇单位即"读解单位"，每个单位都是一个分析主题。然后，他又创造性地提出了五个符码——解释符码、行为符码、语义符码、象征符码、指示符码，每个符码系列生成不同的意义，显示了阅读的自由创造性。虽然他对五个符码的分析采用了结构主义叙事学关于功能和序列的思想，但已不再追求结构的统一。五个符码之间没有逻辑联系，不能构成同一性的意义系统，并且它们也只是从无数可能的符码中挑选出来的，不能代表全部符码意义。巴特以意义的零散状态来解释文本的内在冲突，在他的解读中，甚至巴尔扎克的现实主义小说也不存在确定的意义，因此不同于巴特前期的结构主义批评。巴特稍后发表的《文之悦》（1973）、《罗兰·巴尔特自述》（1975）、《恋人絮语》（1977）则更是类似于德里达解构风格的作品，以"散点透视"、结构消融、片断话语来追求写作的愉悦，超越结构主义叙事学的严肃使命。

作为解构主义文学批评的先锋，罗兰·巴特从"作者之死"的立场出发，赋予文本以"可写"性，文学语言具有"漂游"的性质，因此意义是不能确定的，读者具有自由阐释的权利。由此，巴特的阅

① 罗兰·巴特：《S/Z》，屠友祥译，上海人民出版社 2000 年版，第 56 页。

读观念体现出鲜明的解构色彩，是具有解构特色的阅读理论。然而需要注意的是，巴特的解构式文学思想并不像德里达那么激进，德里达强调文本的能动性、文字本身的延异；巴特则强调读者的主动性、对文字的消费和文本的愉悦，倡导享乐主义美学。也就是说，巴特的"误读"实践虽然取消了作者的主体性，但还是保留了对读者主体的重视，通过对文本编码的拆解和重新组合来改变追求文学文本单一意义的传统阐释方式、洞见文本内在交织的意义网，其最终目的在于获得阅读的快乐；后来德里达、德·曼的误读理论则基本上是摒弃了主体，把阅读视作文本的狂欢、语言的自由嬉戏，解构的意味更强烈。然而无论如何，巴特后期的理论清除了传统文论作者权威的障碍，其批评实践显示了解构主义文学批评在意义阐释方面的力量，是解构主义误读理论的先声。

二　误读理论的本义：对抗式批评

与罗兰·巴特解构式阅读理论遥遥相应的，是美国耶鲁学派的解构主义文学批评，他们和巴特在文本意义不可确定的思想上有内在的相似性，他们的阅读理论也是一种误读理论。所谓"耶鲁学派"，指20世纪70年代至80年代初，在美国耶鲁大学任教并活跃在文学批评领域的几位有影响的教授，包括保罗·德·曼、哈罗德·布鲁姆、杰弗里·哈特曼和希利斯·米勒，他们接受了德里达的哲学与文学思想，并结合美国新批评的语言研究成果，发展出一套美国式的解构批评理论，"误读"就是其中一个核心概念。

第一次提出"误读"口号并引起很大反响的，是哈罗德·布鲁姆。因此，关于"误读"在解构主义思潮中的初始意义，应当从这一理论的倡导者谈起，以便厘定"误读"的原本含义。布鲁姆是耶鲁大学英语系教授，早期研究英国浪漫主义诗学传统，著作有《雪莱的神话制作》（*Shelly's Mythmaking*，1959）、《布莱克的启示》（*Blake's Apocalypse*，1963），20世纪70年代前期转向文学理论研究，与德·曼、哈特曼和米勒并称耶鲁四大批评家。布鲁姆在1973—

1976 年推出"诗论四部曲"——《影响的焦虑》（1973）、《误读图示》（1975）、《传统与批评》（1975）和《诗歌与压抑》（1976），揭开了误读研究的序幕。在这四本书中，布鲁姆构建了一套关于文学创作中"误读"现象的实用批评理论。

值得注意的是，布鲁姆提出的"误读"概念是作者创作研究的成果，最初并不是通常意义上的读者阅读研究。《影响的焦虑》旨在通过对作家之间影响关系的研究而建立一种新的文学理论。他的立论基础是尼采的"权力意志"以及弗洛伊德精神分析理论，布鲁姆把这两种理论结合而制造了文学创作史中的"家庭罗曼史"。布鲁姆认为，文学传统对作家更多的是施加了一种"影响的焦虑"，后辈作家为了冲破这种焦虑必须进行一定的形式创新，落实到作品层面就是"修正比"手段的运用，这就是误读。接着，布鲁姆在《误读图示》中接受保罗·德·曼的影响，从文学修辞的角度来对六种"修正比"所对应的比喻方式作了具体论述，这是对前后辈作家之间误读方式的深入探讨。后辈作家在创作中对传统重新审视并加以修正的比喻手法，具体说来有六种：第一，"修正比"是克里纳门（Clinamen）即"有意识的误读"。前辈诗人的作品已经到达了它的顶点，不能再顺着原有的轨迹发展了，接下去就会突然往新的运行方向偏移。后辈诗人通过"偏移"打破前驱者的连续性，实现原创性写作。第二，"修正比"是苔瑟拉（Tessera）即"续完和对偶"，在布鲁姆的理论中指以对偶的方式将前辈诗篇续完。当后辈发现所有的空间已经被前辈占据的时候，他只能依靠禁忌语，其目的是为自己廓清一块思想空间，这种禁忌语就是对前驱的初始词汇的对偶式使用。第三，"修正比"是克诺西斯（Kenosis）即"倒空"，它是一种旨在抵制重复的自卫机制，指的是一种名称的改变，或用一事物的外部现象替代该事物本身。后辈诗人通过把前辈从他诗歌想象力的巨大空间中提取出来而破坏了前辈诗人以前的创作。后辈诗人似乎是在走向毁灭之路，而实际上这种自我的毁灭是为超越前辈诗人做准备的。第四，"修正比"是魔鬼化（Daemonization），意为"魔鬼附身"，指的是朝向个人化的

"逆崇高"的运动，是对前辈作品中"崇高"的反动。具体是指抽取前驱诗人的某些"异质"并把它归于一般，通过这样的修正，前辈诗人变成了凡人，前辈诗人的原作经过后辈诗人的这种魔鬼化过程而失去了独创性，后辈诗人却如同魔鬼一般拥有了自己的独创性声音。第五，"修正比"是阿斯克西斯（Askesis），意为"自我净化"，它是一种缩减式的修正，后辈作家放弃自身的部分想象力天赋，通过这种削弱，后辈诗人就从被动的被削弱转化为主动的削弱自己，把这些影响的力量转化为有利于自己的一面。第六，"修正比"是阿波弗利达斯（Apophrades），意为"死者回归"，指前辈作品在后辈作品中的重现。后辈作家在创作的最后阶段已经陷入了虚幻的状态，将作品向前辈的作品敞开而产生奇特的效果：后辈作品的成就使前辈作品看起来仿佛不是前辈所写，倒像是后辈作家写出来的。接着，布鲁姆在《误读图示》中从文学修辞的角度来对六种"修正比"所对应的比喻方式作了具体论述，将其分别比归为反讽、提喻、转喻、夸张、隐喻和换喻，并强调这些误读手段具有双重身份，既是修辞学上的比喻，又是精神分析学上的心理防御，是具有强力意志的诗人创作时必然经历的六个心理阶段，它们共同揭示出后辈作家对前辈的偏离。这是对前后辈作家之间误读方式的深入探讨。

　　布鲁姆并不满足于仅仅把误读理论局限在文学创作研究领域，在《传统与批评》一书中又把这种创作中的"误读"性质泛化到所有阅读活动中去。按照布鲁姆的思维逻辑，既然后辈作家在前辈作品面前也是一位读者，对前辈作家的作品也是一种阅读，那么，后辈作家对前辈作家的误读也同样适用于普通读者，读者处于作者权威、已有阐释观点的"影响的焦虑"之下，具有强力意志的读者必然想要反抗，建立自己的观点，因而也形成误读式的文学阐释结论。不过，虽然扩展到了阅读领域，布鲁姆的误读理论受人重视之处还是在作家创作领域，真正对文学批评这一领域中的"误读"作了系统理论阐发的是德里达、德·曼和米勒，他们把"误读"作为一种广泛存在的阅读形式，通过语言修辞性研究论证了它的必然性，从而使解构主义误读理论得到了全面发展。

三　误读理论的深入：修辞性阅读

"误读"作为一种理论口号，因哈罗德·布鲁姆独特的诗学影响研究而闻名，也因他"一切阅读皆误读"的宣言而震撼了整个文学批评界；保罗·德·曼、雅克·德里达、杰弗里·哈特曼、希利斯·米勒从这一口号出发，并且以修辞研究为依据，把布鲁姆的误读研究从作家主体转到文学语言研究的侧重点上来，"误读"因此成为解构主义阅读方式的研究，语言的修辞性决定了"误读"的必然性。这就是解构主义误读理论的语言研究的维度。正是由于这一维度的研究，解构主义误读理论得到全面和深入的发展。

解构主义文学批评家对语言修辞研究的第一个层面是从符号内部展开的，法国哲学家、符号学家雅克·德里达是这一层面的理论代表。德里达是解构主义哲学的代表人，其解构主义哲学理论动摇了整个传统人文科学的基础，也是整个后现代思潮最重要的理论源泉之一，主要代表作有《论文字学》（1967）、《声音与现象》（1967）、《书写与差异》（1967）、《散播》（1972）、《立场》（1972）、《丧钟》（1974）、《明信片》（1980）、《哲学的法则》（1990）、《马克思的幽灵》（1993）等。德里达以符号的意义生成过程为意义研究的切入口，他以"延异"的"踪迹"来概括符号的意义生成，这一思想集中体现在《论文字学》一书中。德里达对传统的同一性意义观持怀疑态度。传统认为意义基于符号内在的所指之上，是后者的表现形式，是单一的、确定的。语言符号本身所隐含的差异性问题是德里达关注的重要问题，他把符号视为有生命力的差异结构。语言是一种符号，而符号是一种印迹，一个符号的意义不是根植于它自身的内在性，而是源于它与其他符号的差异关系。符号的意义是由它的"他者"赋予的。语言符号的能指并不指向唯一的所指，而是不断地指向他者，在差异的系统中、在与别的符号相对立和相比较中获得意义。因而，符号意义是变异的、播散的、不确定的，由符号所构成的文本也就不再是一个意义明确的、封闭的单元，任何文本都与别的文本互相交织，在文本符号的"分延"中走向不确定。

　　解构主义语言修辞研究的第二个层面是文本内部的寓言研究，代表理论家是保罗·德·曼。德·曼原是比利时人，第二次世界大战后移居美国，1960 年获哈佛大学博士学位，此后多年在耶鲁大学任教。60 年代末期，受德里达解构主义哲学思想的影响，德·曼有意识地调整、转变批评的方向与方法，修辞逐渐从德·曼的论述中凸显出来，成为他理论研究最关键的问题。德·曼最富创见之处是他对文学语言性质的讨论，他发展了尼采的修辞理论，使"修辞"成为重要的解构策略。在 70 年代出版的《盲点与洞见》（*Blindness and Insight*，1971）和《阅读的寓言》（*Allegories of Reading*，1979）两部论文集中，德·曼精确地阐述了语言修辞性、隐喻性的本质特征。语言的修辞是一套符号代替另一套符号，它从产生之初就具有隐喻的性质。修辞使语言在表达意思的同时又否认这个意思，也就是说，语言具有自我解构的功能。因此，对各种阐释结果，无法判断孰是孰非，一切阅读都是误读。并且，文学意义互相消解，文学阅读活动永远没有止境，在对已有见解的不断否定过程中推向前进。

　　如果说德里达和德·曼主要从理论上对"误读"的必然性作了论证，那么希利斯·米勒则在对具体文本的解构式分析中把"误读"演绎成为解析文学文本的批评方式。米勒曾任教于霍普金斯大学、耶鲁大学，现为加州大学厄湾分校英语与比较文学系教授，其代表作有《小说与重复：七部英国长篇小说》（*Fiction and Repetition*：*Seven Eng-lish Novels*，1982）、《阅读伦理学》（*The Ethics of Reading*，1987）等。米勒把德里达的延异理论和德·曼的修辞理论结合起来，通过大量批评实践，总结了一套文本解构方法。他的解构基本策略，是通过揭示文本的自相矛盾，将貌似统一的结构拆解成一堆无法拼合的碎片。他认为文学文本是异质性和寄生性的。因此，在具体的批评操作上，他一方面倾向于将批评对象与其他文本联系起来，另一方面注重发掘文本结构本身自我否定的细节，描述作品结构自我消解的过程。另一位耶鲁学派批评家杰弗里·哈特曼则在支持文本意义不确定的基础上，进而提出误读即写作，使文学批评创作化。哈特曼是耶鲁大学英语系教授，代表作有《超越形式主义》（*Beyond Formalism*，1970）、《荒野中的批评》（*Criticism in the Wilderness*，1980）。哈特曼接受了德里达延异思想和德·曼的修辞理论，深入阐述了语言意义的复杂多变与不确定性，认为语言像迷宫一样，在不断地破坏自身的意义，从而实现自我解构；并且，由于误读能产生洞见，它也是一种创作，因此可以把文学批评与文学文本同样看待，消解了批评与文学的界限，批评也成为具有无限活力的写作行为。

1979 年，耶鲁大学四位教授与德里达共同出版了《解构与批评》（*Deconstruction and Criticism*）一书，耶鲁学派达到鼎盛。然而，出身哲学家的德里达和深受新批评熏陶的耶鲁四才子，由于学术背景的差异而显现出不同的理论倾向。同是主张意义不确定性的误读理论，德里达更多表现为一种哲学立场，运用多样化的意义阐释来质疑传统形而上学的思维方式，并且德里达的阅读研究不只是在文学领域，他的阅读观实际上也代表了他的世界观，具有鲜明的哲学特征和意识形态批判性质。具有实用主义传统的美国学者在对德里达的解构主义思想的接受过程中，也吸收了德里达泛文本的理念，把文学与哲学等其他学科语言之间的界限模糊化，但更多地还是将解构主义思想运用于对文学文本的阅读和阐释理论。因此，误读理论在解构主义思潮中，实际上可以分为广义和狭义两种，前者是以德里达为代表的对整个世界的阅读方式，致力于对形而上学的解构，其修辞思想更关注文化和社会意识形态，由于德里达是用哲学的态度来对待文学，文学的批判精神受到重视；后者则是以德·曼为代表的文学文本阅读方式，在文学语言的范围之内展开，思考作为"形式"的文学的特征，宗旨是分析文学文本的意义，是一种"语文学"的研究。耶鲁大学的四位学者更倾向于从文学的态度来对待文学，是在文学实践层面体现德里达的解构哲学，将解构当作一种文本阅读策略和阐释方法，在"误读"活动中保持文学的独特个性和价值。

　　德里达解构主义哲学思想对美国耶鲁学派产生了巨大影响，但这并没有妨碍耶鲁学派四位文学批评家保持自己的创见和个性。哈特曼在为《解构与批评》一书所作"前言"中声称，德里达、德·曼、米勒毫无疑问是解构主义批评家，但他本人与布鲁姆并不是真正意义上的解构主义学者。在 1997 年的一次访谈中，哈特曼再一次表示："人们常常将我与解构主义联系起来，而我至多在解构主义成为一种公众意识之前是一名解构主义者。我并非遵循某种教条主义的批评家。"① 哈特曼承认自己的理论具有一定的解构精神，但不希望把解构主义作为一种标签贴在自己身上，希望保持自己的个性。然而不管怎样，在文学阐释的"误读"主张方面，这几位解构主义文学批评家的基本立场是一致的，他们分别从不同角度来论证这一结论：文学语言具有隐喻性和虚构性，文学文本的意义是不确定的。

四　误读理论的后期走向：文化批评

　　解构主义误读理论承继了形式主义文论的语言观念，然而同时，它本身的激进色彩又适应了文化批评的需求，在 20 世纪 80 年代之后显示出明显的文化研究倾向。苏宏斌在《走向文化批评的解构主义》一文中指出："没有解构主义的理论与实践，当前风靡西方乃至世界的后现代主义思潮就不可能如此壮观，因为后现代文化思潮的核心命题仍旧是对于西方传统文化，尤其是哲学文化和理性精神的反叛。更为重要的是，解构主义的理论特征决定了它在文化批判中诞生，也只能随着文化批判的深入而发展和完善。"② 解构主义理论推翻了逻各斯中心主义，赋予边缘化的"他者"以合法性，因而和西方 20 世纪七八十年代的文化批判在精神内涵上是契合的。

　　德里达的误读理论与哲学、政治有密切联系，实际上涵盖了文学、哲学以及社会文化研究，是一种广义的文化批评。德里达理论的

---

　　① 罗选民、杨小滨：《超越批评的批评——杰弗里·哈特曼教授访谈录》，《中国比较文学》1997 年第 3 期。
　　② 苏宏斌：《走向文化批评的解构主义》，《外国文学评论》1996 年第 1 期。

这一特点，可以透过他的文本观窥得一斑。"文本"是德里达的核心范畴和理论焦点，它有广义和狭义之分：狭义的"文本"是通常意义上所说的用文字写成的、有一定意义和长度的语言符号形式；广义的"文本"则指包含一切符号形式，如一种表情、一个仪式、一段音乐、一张图片等，可以是文字的，也可以是非文字的。德里达认为"文本之外别无他物"，把整个世界都文本化了。由此，文学与社会历史语境的关系呈现出一种文本关系，即"符号"对"符号"的关系。而且，这种关系是比喻性的，不是直接的指称参照。也就是说，文本与语境的关系只能以比喻的修辞方式思考，对文学与历史关系的研究，依赖于对这些潜在的修辞手段的认识和比喻含义的把握，也就成了修辞学的研究。修辞遍布于语言之中，构成了文化结构的基础。可见，德里达以"延异"为中心的误读理论也是在泛文本的基础上开展的，表现出泛文化研究的倾向。德里达的解构实践是丰富的，他运用"边缘"解读策略对文学文本、社会现象、文化传统等各种对象进行了解构，柏拉图的哲学著作、索绪尔的语言学著作、列维—斯特劳斯的结构主义人类学著作等都是他解构的对象。他这种泛文化研究的倾向为文学批评附加了浓厚的政治色彩，使得解构主义批评在20世纪70年代美国大学的文学系里，被视为是对不公正社会制度的批判。德里达后期的学术活动也说明了这一点，解构与政治的关系是德里达的重要研究领域，"民主"、"无条件大学"、"宽恕"乃至"死刑"都成了他后期思考的主题①。德里达的阅读理论与实践，使解构主义文学批评具有了强烈的社会批判意味，最终使解构主义阅读理论深深融入女性主义、新历史主义、后殖民主义等后现代文化研究思潮之中。

另一个推动解构主义误读理论发展的是希利斯·米勒。自1983年保罗·德·曼去世之后，米勒成为美国解构主义批评的领袖人物，1986年1月他当选为美国现代语言协会主席，继续推动解构主义文

---

① 张宁：《解构之旅·中国印记——德里达专集》，南京大学出版社2009年版。

学批评向纵深发展，最主要的是向文化批评的方向发展，他这时期的代表作主要有《阅读的伦理》（*The Ethics of Reading*，1987）、《皮格马利翁种种》（*Versions of Pygmalion*，1990）。米勒曾自述在 80 年代之后，"文学研究的兴趣中心已经发生大规模的兴趣转移：从对文学作修辞学式的内部研究，转为研究文学的'外部的'联系，确定它在心理学、历史或社会学背景中的位置。换言之，文学研究的兴趣已由读解（即集中注意研究语言本身及其性质的能力）转移到各种形式的阐释学解释上（即注意语言同上帝、自然、社会、历史等被看做是语言之外的事物的关系）"①。米勒由文学语言内部研究转入到文学外部研究，看起来研究领域发生了相反的转向，实际上内在精神是相通的，都保持了解构思维和对阅读、阐释原理的重视。米勒把研究视野扩大到文化领域，要求打破传统对文学的限定，从广义"文化"的角度认识文学，宣称："文学是一切时间、一切地点的一切人类文化的特征。"② 这一时期的米勒并没有放弃解构主义误读理论，他将修辞性误读理论纳入对文学外在关系包括历史、哲学乃至整个西方文化的研究，指出："文学研究虽然同历史、社会、自我有着千丝万缕的联系，但这种联系，不应是语言学之外的力量和事实在文学内部的主题反映，而恰恰应是文学研究所能提供的、认证语言本质的最佳良机的方法。"③ 在此，解构主义误读理论表现出一种结合形式研究与文化研究的尝试。近几年米勒还特别关注文化研究对文学研究的冲击问题，对全球化时代文学及文学研究的地位与价值、后工业时代修辞研究以至整个文学理论的功能，乃至文学与个人、制度的关系等问题进行了深入的思考，产生了一系列国际性的影响。

解构主义文学批评家的共同观点是，修辞遍布于语言之中，并且

---

① 希利斯·米勒：《文学理论在今天的功能》，载拉尔夫·科恩编《文学理论的未来》，程锡麟译，中国社会科学出版社 1993 年版，第 121—122 页。

② 希利斯·米勒：《文学死了吗》，秦立彦译，广西师范大学出版社 2007 年版，第 7 页。

③ 希利斯·米勒：《当前文学理论的功用》，载《重申解构主义》，郭英剑等译，中国社会科学出版社 1998 年版，第 218 页。

构成了文化结构的基础。因而米勒在解构文本的同时，也关注文本意义的建构和对文化交流的积极意义。他强调，文本在语言形式层面是封闭自足的，但语言具有社会实践性，读者的阅读活动是实现了文本之外的文化结构与文本内部的语言结构之间的流通，这使得文本内在地具有消解自身意义完整性的因素，从而获得不确定性。他强调的是把语言信息传递模式转移到一个更宽泛的文化交流模式中去。米勒甚至认为，文学与社会历史语境的关系也只能以比喻的修辞方式思考。这样一来，对文学与历史和社会关系的研究，也成了修辞学的研究。正是由于米勒的解构批评这种与社会文化密切联系的倾向，使它与社会学、人类学等联系起来，加入到广义的文化诗学中去。

归纳整个发生历程，解构主义误读理论主要在三个层面展开：首先，巴特"可写的文本"理论和后期批评实践打破了传统"正读/误读"的界限，使误读现象合法化，可以看作解构主义阅读观念在法国的出现；作为理论术语的"误读"，第一次是由布鲁姆作为文学史影响研究的理论而提出，它是作家对传统影响的创造性颠覆，倡导对主体意识的批评，从主体心理角度提出"误读"，强调了作家和读者权利意志的作用；其次，又被德·曼、米勒等人延伸到文学阅读研究领域，从语言修辞的角度论证误读的必然性、探究误读作为阅读方式的运行方式，认为语言决定着文学文本的意义，以语言修辞宣布作家主体的死亡，是一种比较纯粹的语言修辞研究；最后，德里达的哲学倾向和米勒的有意识转向，把误读理论从文学阅读领域扩大到文化阅读，使解构主义误读理论成为一种哲学化的、广义的阅读理论。

第二节　解构主义误读理论的思想渊源

传统以作者为中心的阅读观念，向否认任何静态标准和终极阐释的解构主义误读理论转化，从思想渊源上考察，离不开如下思想背景：一是现代阐释学背景，伽达默尔的"艺术真理"观念、重视读者经验的思想以及合法偏见的概念，把作者独尊的阐释传统转向对读者境遇性理解的重视；二是尼采和德里达的解构哲学，消解了传统对终极意义的追求；三是语言哲学及形式美学的语言本体观念，索绪尔关于语言差异性的观念是误读思想产生的语言学基础，美国新批评传统为解构主义误读理论提供了方法论的借鉴。下面本节将分别探讨上述思想对解构主义误读理论的积极影响。

一　伽达默尔的哲学阐释学

伽达默尔（Hans-Georg Gadamer，1900—2002）是德国当代哲学家、美学家，现代哲学阐释学的创始人和主要代表之一，主要著作有《真理与方法》（1960）、《历史意识问题》（1963）、《科学时代的理性》（1976）、《美的现实性》（1977）等。伽达默尔的哲学阐释学建立在批判传统阐释学的基础上，是误读理论产生的远背景。伽达默尔与其师海德格尔共同将阐释学放在现象学本体论基础上来进行研究，反对传统阐释学的客观主义。传统阐释学直到施莱尔马赫、狄尔泰，都采取作者中心论的立场。作品被视为客观的存在，它是作者创作出来的，因而以作者意图为文学阐释的唯一标准，作者的思想情感与生平遭遇、创作过程中的无意识心理都是传统阐释学研究的对象，相应地，读者处于被动接受意义的位置。伽达默尔的哲学阐释学在认知方式上和传统观念有所区别，他吸收了康德的认识观和海德格尔"在场"的观念，把人的认识视为主观能动性的参与而不是被动接受，真理不是客观地、静态地存在于文本之中，而是需要读者的创造性参与才能发现其存在和发挥其价值。这样，读者作为文本的接受主体受到重视，伽达默尔彻底实现了从"作者中心论"向"读者中心论"的阐释学转向。他的论著《真理与方法》为解构思潮的发展提供了重要理论基础，具体表现在以下几个方面：

第一，伽达默尔的艺术真理说，不像传统阅读理论那样以客观观念为探索目标，把读者经验上升为阅读活动的中心。传统阅读理论受到现代自然科学方法论影响，哲学层面反映为本质主义的真理观，即认为真理就是符合客观情况或客体本质结构的认识成果，艺术真理也就是符合作者原意或是客观观念的文本解读。然而伽达默尔反对科学方法的普遍要求，认为在精神科学尤其在艺术科学上，科学方法不应该被滥用，因为"艺术的万神庙并非一种把自身呈现给纯粹审美意识的无时间的现时性，而是历史地实现自身的人类精神的集体业绩。所以审美经验也是一种自我理解的方式"①。文学的概念决不能脱离接受者而存在，文学作为一种精神产品应保持交流的功能，读者的审美经验也是阐释的重要标准，不能通过抹杀自我来达到所谓的客观理解。因此，艺术形态的真理不同于科学形态的真理，它是动态的、变化着的真理，不能脱离对艺术作品的被经验状态来寻求。由此，对艺术作品进行多样化的阐释就有了可能性。

　　第二，伽达默尔强调读者经验的历史性。解构主义学者常常使用的一个论点是：一切观点都有历史性，语境随着历史的发展而变动不居。这一观念来源于伽达默尔。伽达默尔在《真理与方法》中明确提出："个人的前见比起个人的判断来说，更是个人存在的历史实在。"② 人们身处在包括社会环境、个人经历、文化修养等各种历史语境之中，必然在开始思考问题之前已有一定的"前见"存在于头脑之中，它直接影响乃至决定着人们的认知方式。任何理解都是在历史之内进行的，真正的理解不是去克服历史性，而是正确地评论和适应历史性。既然艺术作品的真理和意义只存在于理解者对它所进行的不断理解的过程之中，那么在这种过程中不断创新的意义才是真理的存在方式。

　　"视域融合"是伽达默尔首先提出的一个概念，这一概念建立在"前见"的基础之上，为"误读"的合法性进一步提供了理论依据。"视域"（Horizont）又称"视界"、"视野"，指所看视的区域，这一区域涵盖了从某一特定立足点能看到的全部景观。伽达默尔说："视域其实就是我们活动于其中并且与我们一起活动的东西。视域对于活

_____

　　① 伽达默尔：《真理与方法》（上册），洪汉鼎译，上海译文出版社1992年版，第124页。
　　② 同上书，第355页。

动的人来说是变化的。所以，一切人类生命由之生存的以及传统形式
而存在于那里的过去视域，总是已经处于运动之中。"①"视域"这一
概念一方面指一个人的视力所能达到的范围，另一方面又表明这种范
围并不是固定的，可以随着主体立足点的变换而不断拓展、变化。一
种视域与另一种视域碰撞在一起，从而使现有视域扩大，就产生了
"视域融合"。交流双方的视域不断融合，理解才能够形成，这一过
程中的双方都改变、超越了原有视域，敞开各自的精神，用共通的语
言、开放的姿态对话、交流，从而与对方视域融为一体，进而形成新
的视域。"误读"就是一种视域融合。每一位读者在阅读过程中带有
自己的"期待视野"即现有视域，又会遭遇文本的视域、作者的视
域、之前读者的视域，自觉不自觉地处在一个视域交叉的网络中。每
一种误读结论的产生都离不开这个复杂的视域网络，都和已有的视域
有一定的关联，但又不同于之前的任何一种视域，是一种创新性的
意义。

　　第三，伽达默尔承认偏见的合法性。"偏见"（prejudice）这个词
在英语中具有否定的意义，意味着与理性、真理相对立的一面，但伽
达默尔却赋予"偏见"以积极价值。为了完成理解活动，人们必须
把前人的理解即"偏见"纳入到自己的世界中来。每一种理解都是
在历史时空中发生的，都带有这一特定时空的特征。如果我们承认理
解的历史性，也就同时在承认着理解者带有偏见的合法性。"偏见并
非必然是不正确的或错误的，并非不可避免地会歪曲真理。事实上，
我们存在的历史性包含着从词义上所说的偏见，为我们整个经验的能
力构造了最初的方向性。偏见就是我们对世界开放的倾向性。"② 偏
见由于蕴含着个人的经验和所有的心理历史，它是主体与客体交流的
表现，因而是一种合理的存在，构成了理解的基础和前提，所有的理

　　① 伽达默尔：《真理与方法》（上册），洪汉鼎译，上海译文出版社1992年版，第391页。
　　② 伽达默尔：《哲学解释学》，夏镇平、宋建平译，上海译文出版社2004年版，第8—9页。

解不可避免地包含着某种偏见，并且正是偏见的存在才推动着理解向前发展。伽达默尔关于"偏见"的思想，是解构主义误读思想的前身，是在为一个具有负面评价传统的术语正名，是独辟蹊径地揭示了术语背后的积极价值，昭示着阐释的无限可能性，从而赋予理解活动以生机与活力。当然，这两个概念还是有显著差异的，"偏见"侧重于读者经验，强调读者主体的参与，读者的人生阅历、性格、性别、文化修养、审美趣味等个人化因素会极大影响意义的产生，因而具有明显的主观性；"误读"则更具有客观性，它更强调语言修辞的决定性作用，文学文本的语言对意义的创新具有更大的作用力，读者的个人痕迹相对弱一些，更多鼓励文本的狂欢、语言的狂欢。

　　总之，伽达默尔认为文本的多重意义源于理解的模式及其实际的作用机制。伽达默尔的阐释学理论，把艺术形态的真理视作动态的、只能通过"经验"即读者的理解活动来寻求的对象，这样读者的主体性就凸现出来。经验性的理解活动具有历史性的特质，读者必然存在于一定的历史语境之中，具有"前见"或曰"先行结构"。伽达默尔还有"合法的偏见"与"盲目的偏见"之分，"合法的偏见"说为"误读"思想提供了哲学依据，把读者在具体历史语境中的经验纳入了阐释机制之中。可见，20世纪以来随着现代本体论阐释学的兴起，阐释活动不再要求回到原初意义，它被赋予了历史性，同一事物在不同语境中可以有不同的理解。在这种境遇中，"误读"的范围开始缩小，逐渐向"正读"转化，不合作者意图却能表达文本或读者意图的都可以看作"正读"。"正""误"的判断标准由于多元化而渐变宽松，发展到解构主义文学批评家那里，却变而无"正""误"之分，不存在绝对的"正读"，一切阅读都是"误读"。

二　尼采、德里达的解构哲学

　　解构主义哲学是误读理论产生的近背景，其中包括尼采"上帝死了"的理论、德里达反"逻各斯中心主义"的理论。二人共同的解构主义思想是取消作者一元化的阐释策略，取消作者本意，消解作者的主体性。"误读"不再是"错误"的代名词，拥有了合法性。

尼采思想被视为解构主义哲学的滥觞，推翻"上帝"的绝对权威，从相对论的认识立场来认识真理，为解构主义文学批评家的误读理论提供了思想基础。西方形而上学传统认为，语言表达最终的真实——"逻各斯"（logos）中心不可置疑，事物现象背后总有一个客观的、稳定的真理，能够有效地揭示这一"真理"的语言才是有说服力、影响力的语言。尼采则对真理的合法性、真理与语言的关系等问题进行了重新思考和评价，提出了自己的真理观：

> 真理是一堆可变的隐喻、转喻、拟人，简言之，是一堆人类关系。它们被诗意地、修辞地提高、翻译、缀饰，长期使用之后，一个民族便以为它们牢不可破，具有神圣权威和约束力。真理是那样一些幻象，人们已经忘记它们是幻象了；是那样一些隐喻，它们已成为陈词滥调并丧失了感性力量；是那样一些金币，上面的肖像已被磨平，现在只能当作金属而不再是金币了。①

在尼采看来，真理如同它的载体——语言一样，具有修辞性和虚幻色彩，从而不再"牢不可破"。真理的表达依靠语言，语言本身天然地具有修辞性，并且，特定的语言表达在不同的历史时空会悄然改变它的面貌，它最初的印迹已被磨平，最初的"真理"也不再清晰明了，丧失了可靠性、权威性，因而，真理在形成之前，也是一种幻象、一个谎言，它的权威是人为赋予的。与其说人们真正拥有真理，不如说人们相信自己拥有真理。尼采解构了"真理/非真理"之间的界限，真理并不是客体本身所具有的本质属性，只不过是人们在认识过程中所规定的具有一定普遍性的法则，并不是绝对的、永恒不变的。然而，这并不意味着尼采反对信仰真理，更不是反对认识世界，

---

① 尼采：《真理与谎言之非道德论》，转引自米勒德·艾利克森《后现代主义的承诺与危险》，叶丽贤、苏欲晓译，北京大学出版社 2006 年版，第 104 页。

他只是提醒人们看到人的认识既是有前提的，也是有限的、不完备的。虽然真理带有一定的普遍性，却并非无所不包、永不变更，它反映的也不是物本身，而是主体赋予客体的带有规律性和普遍性的东西。在这种真理观的基础上，尼采进而提出"视角化"（perspectivity）的认识观念，认为世界是可知的，但可以有不同的阐释，它背后没有单一的意义，只有无数的意义可能性，从不同视角会得到不同的意义。"视角化"实质上是解构主义真理观的开创，认同世界的可知性，但却反对传统认识论把真理绝对化和简化，认为人们对世界的认识不可能脱离特定视角的限制，不存在全知全能的视角，因此，如同没有绝对真理，人的认识也没有绝对的正确与错误，只有各种阐释可能性。

德里达继承了尼采的解构式真理观，反对形而上的整体思维，颠覆传统语音中心主义，以发掘语言差异性的解构法来建构一套全新的思维方式。他的解构行动是从索绪尔的结构语言学展开的，他反对结构主义诉诸单一结构的片面语言观，认为语词有着诸多的层面和多重意义，因而对由语言词汇组成的文学文本的解释就应当是多重的。德里达认为，"逻各斯中心主义也不过是一种言语中心主义（phonocentrism）：它主张言语与存在绝对贴近，言语与存在的意义绝对贴近，言语与意义的理想性绝对贴近"①。西方语言学理论以及哲学思想和文化，都贯穿着逻各斯中心主义，而这个中心又以语音中心为基础。语音中心主义认为言语优先于书写，书写是言语的表征和派生物，言语可以使意义在场，而书写会使一部分意义不在场。德里达对这种二元对立的意义等级观念进行了质疑与批判，故意颠倒顺序，将言语视为书写的派生物，从文本中获得的意义并非是首先通过语音实现的，而是首先从前人写下的文本的书面语中获得意义的，这就从根本上动摇了语音中心主义的大厦。

对"在场"概念的深刻批判，是解构主义与此前理论相区分的一

① 雅克·德里达：《论文字学》，汪堂家译，上海译文出版社 1999 年版，第 15 页。

个分水岭，也是解构主义误读思想得以产生的前提。德里达认为，整个西方哲学就是在场的形而上学，传统形而上学就是借助"在场"的观念，把语言、观念、事物、历史等各种因素统一在现实的场域。并且，传统文化存在能指与所指之间关于"在场/不在场"的游戏：当语言用"能指"去表现"所指"时，实际上是用在场的能指表现不在场的所指；当在场的所指直接呈现时，原来的能指却变成不在场。传统文化借此建构各种知识体系，赋予某种被典范化、标准化的意义系统。德里达指明了这种游戏的虚幻性，用无数的"不在"取消"在场"的权威性："德里达的解构主义哲学则根本否定任何本源性在场。没有在场，只有延异的痕迹；延异通过空间上的置换和时间上的延搁，将本源性在场永远放逐了。"① 解构主义文学批评也正是要用无限的"延异""误读"来摆脱传统语言符号的虚假体系。语言能指与所指之间不能做到同时"在场"，它们之间的指向关系无据可考，因而传统假定的能指与所指一一对应关系是不能完成的，一个能指可以指向无限的所指。这就取消了语言的稳定性与确定性，真理以及对真理的认识都不在场、不可靠。因而，意义不是源于某些宏大、固定、永恒的本原，没有先验的意义，而只有符号系统游戏的意义，以无限的意义链取代固定的意义。

德里达的解构哲学摆脱了传统语言符号体系，为语言哲学和文论带来了一次深刻的革命，也为耶鲁学派误读理论的形成作了充分的哲学准备。德里达把解除"在场"作为理论的思维起点，以符号同一性的破裂、能指与所指的永难弥合、结构中心演化为"差异性"的意义链为自己理论的推演理路。在以德里达为首的解构主义者的不懈努力和探索下，书面语言摆脱了语言结构的束缚，从而为解构主义误读理论铺平了道路。

三　"语言学转向"及文学语言研究

解构主义误读理论，无论是布鲁姆的"修正比"策略还是德·曼

---

① 张旭春：《德里达对奥斯汀言语行为理论的解构》，《国外文学》1998 年第 3 期。

的修辞学研究，都把语言研究作为重要的阐释方法，深受 20 世纪"语言学转向"和文学语言研究的影响。对于语言与思想的关系，柏拉图和亚里士多德认为语言只是描摹思想的被动工具；索绪尔所开辟的语言学有重大转变，认识到语言并不是可以随手拿来、随时放下的器具，语言伴随着思维的始终，意义的产生离不开语言本身。索绪尔指出："从心理方面看，思想离开了词的表达，只是一团没有定形的、模糊不清的混然之物。"[①] 前语言的心理只是紊乱、混沌的杂波，只有以语言形式的思想为之命名和整合后，它才获得清晰的形状，从而为人们所捕捉，思考、交流才能得以进行。德里达发扬了索绪尔的这种观念，主张"书写"自身构成一种产生意义的机制，因此，意义理论必须被纳入一种语言学的语境中加以讨论。由于德里达的"延异"理论是整个解构主义误读理论的思想基础，讨论索绪尔对德里达的影响实际上也就是讨论其对于解构主义误读理论的影响。

索绪尔的差异理论是德里达延异思想的理论来源。索绪尔认为语言是差异的系统，意义不是来自语言外部，而是来自语言内部的差异。索绪尔反对将意义看成是先语言而存在的客观世界的本质，认为符号是约定俗成的、任意的，它的意义在与其他符号的区别中被决定，并不像人们想象的由某些先验的本质所规定。比如，A 之所以是 A，是因为它不是 B，不是 C，不是 D……这一情形贯穿于整个语言系统。索绪尔进一步指出，所谓的"差异"不是符号与符号之间的差异，也不是能指与所指的差异，而是能指与能指，所指与所指之间的差异："就拿所指或能指来说，语言不可能有先于语言系统而存在的观念或声音，而只有由这系统发出的概念差别和声音差别。"[②] 按照这一逻辑，阐释一个语言符号的意义，从理论上说，只能用一个新的能指符号取代有待解释的能指符号，这是一个"能指"之间不断滑动、永无休止的过程。这一理论显示了结构主义对传统哲学一元、

---

① 索绪尔：《普通语言学教程》，高名凯译，商务印书馆 1980 年版，第 157 页。
② 同上书，第 167 页。

终极等特点的背离，也使索绪尔语言学后来成了解构主义理论抨击实在论的弹药库。在索绪尔语言学理论中已经可以看到解构主义反向运动的开始，德里达正是从索绪尔语言学的内在逻辑中引申出"延异"概念。

　　然而，德里达比索绪尔的"差异"理论走得更远，主要表现为以下两点：首先，解构主义误读理论完全打破了索绪尔关于符号是一个封闭系统的理论。索绪尔的差异原则将各种语言成分相互区别，其前提是语言符号自身的肯定价值，被分辨的事物本身具有可以描述的肯定特征，结构主义由此认为意义源于语言的建构，因而他们在结构中寻找意义。这种诉求使得结构主义语言学强调"系统"的价值，否定个人的力量，索绪尔说："符号的任意性又可以使我们更好地了解为什么社会事实能够独自创造一个语言系统。价值只依习惯和普遍同意而存在，所以要确立价值就一定要有集体，个人是不能确定任何价值的。"① 任意发生的语言符号一旦约定俗成，就变成一个牢不可破的系统，对每一个个人都产生强制作用，个人必须遵循语言系统的规律来思考和交流，不能随便改变语言的固有内涵。相反，德里达认为语言自身不是一种可靠的模式，它所提供的不是普遍的结构或存在，而只是踪迹。能指和所指之间不是透明的而是模糊的对应关系，能指的存在也不依赖于任何确定的所指，能指只是语言系统差异的产物，在达成确定所指之前就已经被别的能指所截获，从而陷入没有边际的延宕之中。在语言系统的内部或外部没有任何东西是在场的，符号的差异游戏是永无止境的，语言中没有可以产生意义的明确的对立，也没有可以组成系统的肯定性差异，因而符号不可能传达任何确切的意义。

　　其次，德里达的延异理论打破了索绪尔理论中潜在的逻各斯中心主义思维方式。索绪尔语言学中的逻各斯中心主义特征，表现在对语音中心观念的坚持上。索绪尔坚持"意义—口头语—书面语"三等级

---

① 索绪尔：《普通语言学教程》，高名凯译，商务印书馆1980年版，第159页。

的观点，认为言语优于书写。索绪尔在《普通语言学教程》中说："语言和文字是两种不同的符号系统，后者唯一的存在理由是在于表现前者。语言学的对象不是书写的词和口说的词的结合，而是由后者单独构成的。但是书写的词常跟它所表现的口说的词紧密地混在一起，结果篡夺了主要的作用；人们终于把声音符号的代表看得和这符号一样重要或比它更重要。"[①] 欧洲语言是表音语言，索绪尔认为语音直接指向意义，书写只是对不在场的语音的记录，因而地位要低于语音。这就导致自身矛盾：坚持意义来自语言内部差异，等于否定了语音中心的基础；坚持语音中心论，等于坚持意义的先在性。德里达正是由此发现了索绪尔语言学的悖论，从这一矛盾入手提出解构主义语言观：既然语言是符号，符号意义由差异性的结构决定，那么书写的纯粹差异性结构是最能表现语言特征的。进而，德里达提出"自由嬉戏"的思想，消解了索绪尔思想中包含的逻各斯中心论。结构之所以必然伴有自由游戏的现象，原因在于结构范畴依赖于索绪尔提出的语言和符号的差异性原则，即语言符号的能指与所指的联结是任意的、约定俗成的，符号意义的确定依赖于它和共时系统中其他成分的差异关系。德里达由此推论，中心本身也必定与其他符号一样，其意义在无休止的差异游戏中被推移、延宕和悬置了。可见，解构主义误读理论所具有的"差异"思想，是对索绪尔的批判性继承。

　　为了区别于索绪尔的"差异"概念并克服其局限性，德里达创造了新的概念——"延异"即"产生差异的差异"来表达差异。"延异"的英文词是 differance，是德里达由发音相同的 difference 在词尾以 a 替换 e 而来，是解构主义哲学的关键术语。按德里达的说法，它既不是一个词，也不是一个概念，而是指一种自身区别、自身延迟的游戏运作。本原总是处于延异之中，它总是延迟着到场，内部蕴含着区别、差异。"延异"不同于传统的"差异"概念，它表达着运动变

---

① 索绪尔：《普通语言学教程》，高名凯译，商务印书馆 1980 年版，第 47—48 页。

化中的差异化运动，同时表现空间上的差异与时间上的延迟。首先，"延异"不是有限的而是无限的差异；其次，"延异"指代的不仅是语言符号内部不同所指与能指之间的差异关系，还指代语言符号外部事物间的空间的和时间的差异关系。文本中的符号不存在任何简单的在场或不在场，只有差异和踪迹，文本就处在这样一个差异结构中，成为差异和差异之踪迹的游戏。符号的意义在差异的踪迹中一再受阻，被推延、搁置，故总是在在场与不在场的对立中被理解。因而，语言不过是"差异与延缓"的无止境的游戏，文本与文本之间始终是一种互文的关系，对文本的阐释也总是在延宕中无限转移，最后的结论是永远也得不出的。

　　解构主义误读理论的重要武器是文学语言的修辞学研究，在这一点上，它充分吸收了美国新批评的语言研究成果。在解构主义文学批评之前，美国文学批评的主力军是形成于20世纪二三十年代、盛行于四五十年代的新批评，并且新批评后期中心——"耶鲁集团"的代表人物布鲁克斯和沃伦也长期在耶鲁大学执教，因此，新批评对耶鲁学派修辞理论的影响是直接的、必然的。新批评的语言研究，尤其是"含混"和"细读"理论，关注文学语言意义的多样性与模糊性，直接影响了耶鲁学派的阅读理论。然而，新批评的封闭自足性又遭到了耶鲁学派的批判，新批评不仅割断了文本与作者、社会之间的联系，也割断了文本之间的联系，这种把文学文本孤立起来研究的方式是耶鲁学派所舍弃的，他们强调文本之间的联系，主张读者对意义阐释的参与，同时也打破对文本"有机整体性"的认识，把文本意义放在一个更为广阔的视野中来研究，使文学意义阐释活动具有了多种可能性，从而更加具有活力，肯定"误读"的合法存在。总的说来，耶鲁学派与新批评传统的关系，正如盛宁所言："结构主义思潮在北美登陆不久，其理论侧重点即已发生了转折。形成这种局面，一方面固然是因为德里达的解构哲学当时已经借势登场，而更主要的是，因为在美国批评界内部，由'新批评'传统所培养起来的着眼于文本的细读和内在分析、探究语词的修辞性的习惯，其本身也已成为一个与解构批评一拍即合的内因。"① 新批评传统正面的积淀价值和反面的参照价值，都为耶鲁学派误读理论的产生做了积极的推动，是解构主义误读理论的内在动力。因此可以说，德里达虽然从 20 世纪 60 年代末开始逐渐融入美国文学批评研究中去，最终在美国的影响超过了法国，并且他的"延异"理论直接推动了解构主义误读的观念，然而，德里达毕竟是在哲学思想上为美国耶鲁学派提供了意义研究新理论的外在原因，解构主义误读理论的形成，还和美国文学批评的内在秉性有关，主要是新批评的传统。

本节讨论了解构主义误读理论的思想渊源。伽达默尔的现代阐释学把历史性的读者主体引入意义阐释研究，把作者独尊的阐释传统转化为对读者经验的重视，对解构主义误读理论的形成具有重要的奠基作用。然而，解构主义误读理论虽然与接受美学一样，受伽达默尔现代阐释学影响甚深，都强调读者阐释的多种可能性，却并没有像接受美学一样走向封闭的读者研究，而是走向超越主体的解构主义批评。这一点来自于其所吸收的另一种观念，即尼采和德里达的解构哲学。尼采取消先验真理的存在，德里达的解构哲学消解一切权威的存在，读者也同样不是阐释的绝对中心，解构主义误读理论走向意义的全面开放。

另外，解构主义文学批评家从语言的修辞性方面来论证误读的合法性、完成误读的操作，这离不开 20 世纪西方"语言学转向"中产生的语言本体观念。索绪尔语言学把语言独立于历史意识，承认意义不仅仅是在语言里"表现"或"反映"的东西，意义实际上产生于语言，在语言系统内部展开，为"误读"关于意义无限衍生性的观点打下了语言学的基础。解构主义文学批评继承了这种语言观念，也吸收了以新批评为代表的文学语言研究成果，然而同时也打破了文学语言研究的封闭性，关注语言自身的不稳定性，以独特的误读理论把文学语言和文学意义研究推向更为广阔的、更有生机的天地，因此，解构主义误读理论，可以看作"语言学转向"的进一步深化。

---

① 盛宁：《重读〈论解构〉》，《中华读书报》2003 年 3 月 19 日第 19 版。

第二章

解构主义误读理论的主体之维

解构主义误读理论的主体之维，主要是指哈罗德·布鲁姆对作者创造过程中所存在的误读现象的研究。虽然"作者"在传统文论中老生常谈，但布鲁姆的研究方法截然不同于传统，他的观念渗透进了解构的思想。布鲁姆一反传统的文学继承论，从作者创作时潜在的心理状态入手，发现后辈作家与前辈之间并不是顺向的接受关系，而是逆向的、以超越为宗旨的关系，这种超越建立在对前辈的"误读"即修正式阅读的基础上。这是布鲁姆误读理论的初始意义。布鲁姆的误读理论本身具有深刻的主体性特征，具体表现为以主体心理为动力因素的文学史研究、精英主义的主体研究。这种主体性的误读理论在解构主义文学批评的语境中，与修辞维度的误读研究因理论基点的差异形成一定程度的争锋，但由于它们在反对传统文学观念、揭示文本意义不确定性方面的高度一致，因而被视为一个共同的流派是有必然性的。

第一节　误读：主体的防御手段

从"误读"的字面义来看，它是一个关于阅读的概念，必然与接受者相关，文学误读的主体也就自然是文学作品的读者。然而，布鲁姆在最初提出"误读"术语时，他所讨论的主体并不是传统的读者而是文本的特殊接受者——作者，是一种以作者为主体的误读观。布鲁姆从考察作者创作心理开始，反对传统的文学史观，认为后辈作家对前辈作家存在"俄狄浦斯情结"，在心理方面总是不断地试图超越来自前辈的"影响的焦虑"，超越的方式即是"误读"，它是一种"创造性的矫正行为"，反映在创作中则是一系列的"修正比"。下面具体分析布鲁姆误读理论的演化思路：

一　影响的焦虑

文学创作离不开文学传统。在前后辈作家的关系方面，传统文学史观历来强调影响关系的积极作用。所谓"转益多师为我师"，前辈优秀作家作品为后来者提供学习、模仿、借鉴的榜样，后辈继承前辈的题材、形式和风格，在此基础上加以创新和发展写出新作品，作家之间的影响关系通常被认为是一种健康的力量。布鲁姆却反其道而思之，摒弃了"一个诗人促使另一个诗人成长"的传统影响观，不再将影响与继承等同起来，反而把它与压抑、焦虑等内在心理相联系。在他看来，一部诗的历史就是一部弗洛伊德意义上的"家庭罗曼史"，作家就像一个具有俄狄浦斯情结的儿子，面对文学传统这一父亲形象，两者存在一种对立关系：在时间上具有优势的"父亲"企图压抑和毁灭"儿子"以保证自己的地位，后辈则始终有一种"迟到"的感觉，处于"一切诗歌的主题和技巧已被前辈诗人用光"的焦虑中，害怕丧失自己诗人的身份。这就是"影响的焦虑"，它反映出前后辈作家之间冲突对立的紧张关系。

布鲁姆的焦虑理论来源于弗洛伊德的精神分析学说。首先，从性质上看，布鲁姆认为创作中的焦虑与心理学上的"强制性神经官能症"类似，弗洛伊德对"强制性神经官能症"下的定义是"对超我的恐惧"。作家创作中的"超我"也就是文学史上的经典作家及其经典作品。创作并不是源于快感，而是源于危险环境中的不愉快心理，这种危险来自于其他文本。其次，从功能上说，弗洛伊德把焦虑心理视为艺术创作的深层动因，它形成于艺术家被压抑的种种本能欲望，通过创作活动这一白日梦式的替代对象来进行转移和升华。布鲁姆同样把焦虑看作创作的动因，焦虑是一种欲望和期待，具体而言是语言的焦虑，它产生于对"立言不朽"的渴望，是关于原创性的焦虑："要想在丰富的西方文学传统中一再取得重大的原创性，人们就必须承担影响的分量。传统不仅是传承或善意的传递过程，它还是过去的天才和今日的雄心之间的冲突，其有利的结局就是文学的延续或经典的扩容。"① 与弗洛伊德有所不同的是，布鲁姆误读理论所谈到的"焦虑"不是来自共时性的现实生活，而是来自历时性的创作历史。"一首诗、一部戏剧或一部小说无论多么急于直接表现社会关怀，它都必然是由前人作品催生出来的。正如在所有认识活动中一样，无常性支配着文学，而由西方文学经典构成的无常性主要表现在影响的焦虑上，这种焦虑形成了或不当地形成了每一部渴望永恒的新作。"② 也就是说，弗洛伊德针对的是现实生活中的作家和真实世界中的压力，谈论的是一般性的创作规律；布鲁姆的焦虑理论则专指文学史发展链条中的作家，关注纯粹创作领域的作家面对前辈优秀作家作品时如何实现独创的问题。

　　作为文学创作动因的"影响的焦虑"，它的功能具体而言是双向的。它是一切创作活动必然要克服、超越的心理壁垒，是创作中的阻力性因素："影响——更精确地说是'诗的影响'——从启蒙主义至今一直是一种灾难，而不是福音。如果它在哪里给了人们以活力，那它实际上就是以一种'误读'，以一种故意的甚至是反常的修正而起作用。"③ 布鲁姆以西方 18 世纪启蒙运动为中界点，认为在弥尔顿之前的文学影响是积极互补的，之后的文学史则显现出消极的影响关系，总有一些不可企及的经典占据着话语优先权，重要事物已经被人命名，重要话语早已有了表达，经典的光辉同时形成了后辈作家的阴影。这种局面使作家受到遏制，难以有所创新，因此影响关系是一种

---

① 哈罗德·布鲁姆：《西方正典》，江宁康译，译林出版社 2005 年版，第 6 页。
② 同上书，第 8 页。
③ 哈罗德·布鲁姆：《影响的焦虑》，徐文博译，江苏教育出版社 2006 年版，第 50 页。

先在的阻碍。然而与此同时，它又并不一定就是负面因素，它可以转化为文学创作的动力，促使作家努力创造有效的"误读"方式来超越阴影，发挥自己的个性。通过从阻力到动力的转化，实现了文学的创新和价值。"误读是对前驱之所作所为的一种行动上的差错……"① 可见，"影响的焦虑"产生压抑，同时也激发动力，构成了文学创作过程中的二律背反，它是一块造成障碍的石头，然而又不是普通的石头，它又是一块试金石，天才可以跨越它而前行，庸才只能在它面前望而却步。"焦虑"显示出平静的创作活动中的复杂性，一部作品的创作好比是一个心理战场，在这里，作家之间、文本之间进行着内在的较量，不管作家本人意识到的还是潜藏在无意识中的，这种较量对每一位作家、每一部作品都是必然存在的现象，没有"影响的焦虑"和对这焦虑的超越——"误读"，就不会有任何文学创造，也不会有文学史的健康发展。

二 防御性误读

弗洛伊德认为，人生中一旦产生烦恼和焦虑，人格结构中的"自我"就来进行积极的调节，以规避那些使人感到焦虑的危险。如果自我以正常情况下的、现实的方式还是不能消除焦虑，自我就会启动防御机制来完成。"自我防御机制"是一种非理性形式，它以幻想、回忆等方式来歪曲、掩盖和否认现实，从而消解焦虑、保护内心不受伤害。布鲁姆用弗洛伊德的"自我防御机制"来解释作家创作过程中的语言运作方式。他认为一个比喻是对文字字面意义的偏离，本质上是一种歪曲篡改。每一个比喻必然是一个解释，同样也是一种误解。"每一首诗都是对一首亲本诗的误释"②，文学的创作机制就是误读与修正，"误读"是后辈作家对抗"影响的焦虑"的手段，它是对作品的歪曲、偏离和修正，也是一种创造性行为，是作为儿子的当代诗人

---

① 哈罗德·布鲁姆：《影响的焦虑》，徐文博译，江苏教育出版社 2006 年版，第83 页。

② 同上书，第96 页。

树立自身的方式。优秀的文学作品总是在对前辈的对抗性批评中完成的，由此可以归纳出一条文学发展规律：

> 诗的影响——当它涉及两位强者诗人、两位真正的诗人时——总是以对前一位诗人的误读而进行的。这种误读是一种创造性的校正，实际上必然是一种误译。一部成果斐然的'诗的影响'的历史——亦即文艺复兴以来的西方诗歌的主要传统——乃是一部焦虑和自我拯救的漫画的历史，是歪曲和误解的历史，是反常和随心所欲的修正的历史，而没有所有这一切，现代诗歌本身是根本不可能生存的。①

在对误读的误读这种无止境的累积中，文学向前发展不息："一部诗的历史就是诗人中的强者为了廓清自己的想象空间而'误读'对方的诗的历史。"② 文学史是由后辈诗人不断误读前辈诗人所构成的历史，也是前后诗人相互联系的文本所构成的历史。布鲁姆把作家心理研究与文学史研究相关联，为文学史梳理找到了新的角度和方法，西方文艺复兴以来的诗歌的主要传统就是后人对前人的歪曲和误解的历史，譬如华兹华斯《永生了悟颂》是对弥尔顿《利西达斯》的误读，雪莱的《西风颂》是对华兹华斯诗的误读，而济慈的《心灵颂》又是上述对弥尔顿和华兹华斯诗的误读。这种文学研究方式表现出鲜明的互文性，其优点在于，它不注重作家的社会历史环境、生平经历等外在因素，而关注作家在纯创作领域、作品在纯文本领域的传承与颠覆。这是一种反向的、倒置的文学史研究方法。传统的文学史研究总是从前代作家出发，探寻他们对后辈作家的影响；布鲁姆却是从后辈作家作品出发，研究他们对前辈的创造性误读，以这种视角来总结系统的文学史发展规律，这是布鲁姆的创见。这种新的方法摸

---

① 哈罗德·布鲁姆：《影响的焦虑》，徐文博译，江苏教育出版社 2006 年版，第31 页。

② 同上书，第 5 页。

清了从一部作品到另一部作品的隐蔽道路，促使人们反思文学史，有助于深化文学史研究。

然而，布鲁姆关注的不仅仅是作家的创作，还包括阅读和批评问题。由于作家对前辈作家而言也是读者，因此创作中的误读理论同样也适用于一般性的阅读领域，同样也是一种阅读方法。批评家的误读对象除了文学作品之外，主要还有历史的及同时代的评论文章，也必须奋起反抗才能树立自身的强者身份。比如布鲁姆就将《影响的焦虑》一书称为"以一首严峻的诗出现的一种诗论"①，他在著作中大量吸收弗洛伊德的思想和术语，却又寻找了新的甚至是神秘的语言方式来表达，是一种针对弗洛伊德的有意识误读。"误读"一方面保留了前人作品中的精华成分，另一方面也通过主体的能动作用改变了前人研究的方向，从而获得了新的突破与发展。"误读"由此成为整个文学活动的重要规律。

布鲁姆对主体的重视使"误读"从一种错误变得正确乃至成为不可避免的规律，这是布鲁姆开创的新思想与新理论。布鲁姆说："诗的误读从历史的角度看是一种健康状态，而就个人而言则是违背连续性的罪过。"② 作家所承担的"罪过"源自于传统的压力，表现为对经典的歪曲和颠覆，在误读发生的当时会被视作离经叛道，在这种语境中，"正读"高扬，作家尊奉经典，读者服膺作者意图。布鲁姆的误读研究却改变了这种观念，把误读与创造、创新这些积极价值联系了起来。由于一切阅读都是误读，它们只有程度的差异而没有对错之分。这就消释了传统中误读的"罪过"，赋予误读以合法地位，并且还以它来消解传统所谓的"正读"，使歪曲和修正带来文学的创新和繁荣。

更重要的是，布鲁姆通过修正式的误读倡导一种新的批评方式："让我们开始这种追求吧：学会把每一首诗都看做是诗人——作为诗

---

① 哈罗德·布鲁姆：《影响的焦虑》，徐文博译，江苏教育出版社2006年版，第13页。

② 同上书，第78页。

人——对另一首前驱诗或对诗歌整体做出的有意的误释。"① 他采用新的视角重新审视传统文学，认为文学文本不存在本源性的意义，一个文本只能在与其他文本的交互作用中发现它独特的意义，因而不再把文学文本作为一个孤立自足实体来研究，批评家在文本之间而不是文本之内寻找意义。文学作品的意义并不是单一的，是在与其他文本的复杂联系中获得新的、多样化的意义。这是一种互文性的阅读方式，打破了封闭的文学史研究，以修正的方式赋予传统作品无限丰富的意义内涵，是对传统阅读方式的解构。

第二节　修正比的误读方式

文学是一门语言的艺术，渴望在文学中实现自我的作家，只能通过语言的创新来完成，因此后辈对前辈作家作品进行"误读"，所采用的也必然是语言策略。布鲁姆在《影响的焦虑》中详细探讨了六种误读方式——六种修正比，即后辈作家在创作中对传统重新审视并加以修正的比喻手法。为了避免来自其他批评理论的"影响"，他费尽苦心地从卢克莱修哲学中寻找了六个玄奥、神秘的术语来表达；后来在《误读图示》中他又将六种修正比归为反讽、提喻、转喻、夸张、隐喻和换喻，并强调这些误读手段具有双重身份，既是修辞学上的比喻，又是精神分析学上的心理防御，是强力诗人创作时必然经历的六个心理阶段，它们共同揭示出后辈作家是如何偏离前辈的：

第一阶段是克里纳门（Clinamen），即"有意识的误读"。该术语原意是指原子的"偏移"，以使宇宙可能起一种变化。布鲁姆将它运用于文学理论，来表示后辈诗人"偏移"他的前驱，在自己的诗篇里进行一种矫正运动。这里的意思是，前辈诗人的作品已经到达了它的顶点，不能再顺着原有的轨迹发展了，接下去就会突然往新的运行

---

① 哈罗德·布鲁姆：《影响的焦虑》，徐文博译，江苏教育出版社 2006 年版，第44 页。

方向偏移。布鲁姆说："绝大多数所谓的对诗的'精确的'解释实际上比谬误还要糟糕。也许只存在或多或少具有创造性或趣味性的误读；理由很简单：每一次阅读难道不都是一次'克里纳门'吗?"①后辈诗人通过"偏移"打破前驱者的连续性，实现原创性写作。布鲁姆认为"克里纳门"是"反讽"的比喻手法，并把它和辩证法相联系，认为它揭示了"在场/不在场"的关系，后辈作家以"在场"的创作来抵制前辈作家"不在场"的影响，在提到同一件事物、同一个意象时故意用不同的方式来运用它，以达到和前辈作家风格迥异的效果，从而实现对前辈影响的防御。比如，弥尔顿《失乐园》中的再生世界是对斯宾塞《仙后》中的传奇世界的有意偏移。

　　第二阶段是苔瑟拉（Tessera），即"续完和对偶"。苔瑟拉是古代祭祀仪式上的术语，原意是一块陶瓷片被打碎成可吻合的两块碎片交给新入教的人作为信物，在布鲁姆的理论中指以对偶的方式将前辈诗篇续完，后辈诗人以这种方式阅读前驱的诗从而保留原诗的词语，但为突出自己的特色从而使这些词语具备其他的含义，让人们认为前辈在这些词语的应用方面不够独特。布鲁姆认为这种误读是对前辈的创造性"补救"："'苔瑟拉'代表着任何一位迟来者诗人的一种努力——努力使他自己相信（也使我们相信）：如果不把前驱的语词看做新人新完成或扩充的语词而进行补救的话，前驱的语词就会被磨平掉。"②当后辈发现所有的空间已经被前辈占据的时候，他只能依靠禁忌语，其目的是为自己廓清一块思想空间，这种禁忌语就是对前驱的初始词汇的对偶式使用。布鲁姆认为"苔瑟拉"所对应的是"提喻"，比如，"生命"这一常见文学命题的"苔瑟拉"式对象就是"死亡"。又如，史蒂文斯《石棺中的猫头鹰》是对惠特曼《沉睡者》的"苔瑟拉"，即"对偶式续完"。

　　第三阶段是克诺西斯（Kenosis），即"倒空"。此词源自圣·保

---

　　① 哈罗德·布鲁姆：《影响的焦虑》，徐文博译，江苏教育出版社2006年版，第43页。

　　② 同上书，第68页。

罗对基督如何使自己从神的地位降到凡夫俗子的描述。布鲁姆所借用的"克诺西斯"打碎与前驱的连续性，它是一种旨在抵制重复的自卫机制。布鲁姆认为在这一阶段中所运用的比喻是"转喻"，它指的是一种名称的改变，或用一事物的外部现象替代该事物本身。"在苔瑟拉的提喻形成一个整体，但是错觉的整体的地方，克诺西斯的转喻却把这整体打碎成不连续的片断。"① 这也意味着，后辈诗人通过把前辈从他诗歌想象力的巨大空间中提取出来而破坏了前辈诗人以前的创作。后辈诗人似乎是在走向毁灭之路，而实际上这种自我的毁灭是为超越前辈诗人做准备的。比如，雪莱的《西风颂》对华兹华斯、惠特曼的《当我随着生命的海洋而退潮》对爱默生都是通过否定前辈来与之分离。

第四阶段是魔鬼化（Daemonization），意为"魔鬼附身"，指的是朝向个人化的"逆崇高"的运动，是对前辈作品中"崇高"的反动。具体是指抽取前驱诗人的某些"异质"并把它归于一般，以此来抹杀前辈作品中的某些独创性。它的逻辑是：既然不能将前辈否定，那就将他"魔鬼化"，为自己创造一个新的语境。通过这样的修正，前辈诗人变成了凡人，前辈诗人的原作经过后辈诗人的这种魔鬼化过程而失去了独创性，后辈诗人却如同魔鬼一般拥有了自己的独创性声音。魔鬼化阶段的修辞手段是"夸张"，它使后辈诗人似乎是拥有了自己的力量，是一种"往上的堕落"②。雪莱的《阿拉斯托》对华兹华斯、雪莱的《理性美的颂歌》对华兹华斯的《永生的了悟颂》就是魔鬼化的过程。

第五阶段是阿斯克西斯（Askesis），意为"自我净化"。布鲁姆是从前苏格拉底的萨满术士如恩培多克勒的实践中借用这个术语的，也就是维系孤独状态的自我清洗运动，它是一种缩减式的修正。后辈

---

① 哈罗德·布鲁姆：《误读图示》，朱立元、陈克明译，台湾骆驼出版社1992年版，第99页。

② 哈罗德·布鲁姆：《影响的焦虑》，徐文博译，江苏教育出版社2006年版，第106页。

作家放弃自身的部分想象力天赋，从而把自己和前辈作家分离开来。通过这种削弱，后辈诗人就从被动的被削弱转化为主动的削弱自己，把这些影响的力量转化为有利于自己的一面。这实质上是一种自我发现，也只有强者诗人才有能力做到自我发现，创造出自己的空间。"阿斯克西斯"是一种"隐喻"，即通过对内外部的二分法来进行透视，从而使文本的意义得到缩略。通过这种缩略，将诗人自己连同相关的前辈作品一起清除。布鲁姆举例说下列现代诗人都运用了"阿斯克西斯"："华兹华斯和济慈，勃朗宁和叶芝，惠特曼和史蒂文斯。在每一对中，前者既是后者的前驱，同时又和后者共享另一位前驱者——被共享的三位共同前驱者分别是：弥尔顿、雪莱和爱默生。"①比如华兹华斯的诗歌《格拉斯米尔的家》是对弥尔顿诗歌的缩削。

第六阶段是阿波弗利达斯（Apophrades），意为"死者回归"，指前辈作品在后辈作品中的重现。这个词取自雅典城邦的典故，原指每年中间死去了的人们回到他们原先居住过的房屋中居住的那段不祥的日子。这里指的是，后辈作家在创作的最后阶段已经陷入了虚幻的状态，将作品向前辈的作品敞开而产生奇特的效果：后辈作品的成就使前辈作品看起来仿佛不是前辈所写，倒像是后辈作家写出来的。"阿波弗利达斯"与"换喻"相关。通过这种手法，后辈作家成为强者，取得了领先于前辈的地位，获得了想象的时间和空间上的优先权。比如，"叶芝和史蒂文斯是本世纪的最强者诗人，而勃朗宁和狄金森是十九世纪后期的最强者诗人。他们都生动地体现了修正比的这种最精妙的功能。他们都获得了一种风格，使他们获得并保持了领先于他们的前驱者的地位，从而几乎推翻了时间的专制独裁。我们可以认为，在某些惊人的时刻，他们被他们的前驱者所模仿"②。只有最具强力意志、误读策略运用最精妙的诗人，才能做到"阿波弗利达斯"，让读者在读前辈的作品时无法不想到自己，使自己看上去是被前人所模

---

① 哈罗德·布鲁姆：《影响的焦虑》，徐文博译，江苏教育出版社 2006 年版，第125—126 页。

② 同上书，第 147 页。

仿，这是误读的最高境界。

布鲁姆说："我将这些修正比定为六种是因为我认为：对于我所理解的一个诗人如何偏离另一个诗人的方式，这六种是必不可少的，具有实质性意义的。这六种修正比采用的名称虽然是任意选择的，但均取自曾经对西方的想象力之生命起过核心作用的各种传统。"① 这六种修正比是误读和偏离前驱的基本策略，通过这样的策略，后辈诗人才能最终从影响和焦虑中解脱出来成为强者诗人。它们在创作实践中并不是单独作用，往往交叉进行。布鲁姆提出与六个修正比相对应的六种修辞方法——反讽、提喻、转喻、夸张、隐喻和换喻，以此作为六种心理防御机制，无疑是吸收了保罗·德·曼的修辞性观点。布鲁姆提出："讽喻、转喻、隐喻系列是限制的比喻，而提喻、夸张、代喻系列则是表现的比喻……限制的防御是：反应形成；然后是消除、孤立、复归三合一，最后是升华。表现的防御是：首先是转向反对自我那一对；其次是压抑；最后是内射与投射一对。"② 讽喻或曰反讽，作为有缩略形式和限制性的比喻，通过在场与不在场辩证的相互作用而撤销意义；转喻通过一种属于具体化的让出空间来打碎意义；隐喻通过对二元论，对内外部二分法的无休止的透视来缩略意义。作为替代或表现，提喻从部分扩大到整体；夸张则是增大提高；代喻（或曰换喻）通过较早的替代较迟的来克服暂时性。

为了克服来自传统的影响焦虑，后辈作家将"误读"作为防御策略，通过六种修辞性心理防御来对前辈诗人的影响进行抵制，从而完成误读。"这些修正比对于诗人之间的关系所起的作用相当于自卫机制对于我们的心理生活所起的作用。"③ 布鲁姆认为每一个阶段都表现出修正的特定程度，正是通过这六个修正比，通过对前人诗歌的有

---

① 哈罗德·布鲁姆：《影响的焦虑》，徐文博译，江苏教育出版社 2006 年版，第11 页。

② 哈罗德·布鲁姆：《误读图示》，朱立元、陈克明译，台湾骆驼出版社 1992 年版，第88 页。

③ 哈罗德·布鲁姆：《影响的焦虑》，徐文博译，江苏教育出版社 2006 年版，第88 页。

意反讽、剥离、曲解甚至颠覆，后辈诗人最终完成了对前辈诗人的超越，也完成了对自我的确立，使后辈诗人在文学史中留下了自己的特色。诗歌的历史表明，单独的诗和诗人并不存在，任何新诗的产生都基于对前人诗作的误读和修正，因此这类"修正比"策略是任何有创造力的诗歌所必然会采用的。这一过程相当于刘勰《文心雕龙》所讲的"通变"，对传统进行批判性继承，以达到自我创新。

　　布鲁姆将作品从社会历史背景中独立出来，在与其他作品的审美分析中发掘意义，六种修正比即是立足于语言修辞本身的研究方法。然而，布鲁姆在纯粹的语言研究之外还强调："要提防修辞学或反讽的非个性主义，不论是传统主义的还是解构主义的，它们的那种冷漠的腔调乃是对个人的力量追求的一种防御性的反应结构。"[①] 布鲁姆的误读理论虽然以语言修辞为方法，但他念念不忘主体意志，语义学因素最终还是要转化为心理学问题。在他看来，意义多样性的来源是人而不是语言，语言修辞只是主体借助实现心理超越的方式。作家通过修辞完成创新、超越焦虑心理才是布鲁姆误读理论的侧重点。

第三节　精英主义的误读主体

　　"误读"作为一个术语被布鲁姆提出来时，与作家创作、读者阅读中的心理研究密切相关，是弗洛伊德所说"防御性"心理的表现，因此他的误读理论是一种关于主体的阅读理论。布鲁姆曾在《影响的焦虑》中明确表示："本书所关注的只是诗人身上的诗人，亦即地地道道的诗人的自我。"[②] 他关注的是诗人在创作过程中不为人所察觉的内在心理，甚至深入到无意识层面，然而他所讨论的"诗人"也并不是指向所有的创作者，而只是其中能够以误读突破前辈的强者诗

---

　　① 哈罗德·布鲁姆：《对抗：修正理论与批评的个性》，载《批评、正典结构与预言》，吴琼译，中国社会科学出版社 2000 年版，第 265 页。
　　② 哈罗德·布鲁姆：《影响的焦虑》，徐文博译，江苏教育出版社 2006 年版，第 12 页。

人。他在《影响的焦虑·绪论》中说："本书的着眼点仅限于诗人中的强者。所谓诗人中的强者，就是以坚忍不拔的毅力向威名显赫的前代巨擘进行至死不休的挑战的诗坛主将们。"① 可见，优秀的作家作品群体才是布鲁姆误读理论的主要研究对象。就误读主体的类型来说，布鲁姆划分为"天才"和"庸才"，这种分类具有鲜明的尼采痕迹，尼采的"超人"理论是布鲁姆认识优秀作家的标尺。布鲁姆认为"影响的焦虑使庸才沮丧却使经典天才振奋"②，"影响的焦虑"对天才来说是一种促进，对庸才来说却是一种巨大的压力。面对传统强大的影响阴影，大量作家简单地模仿、继承却被传统所淹没，只有少数伟大的作家以他们卓越的误读手法实现超越，从而创造出自己的独特风格。强悍的误读是布鲁姆所赞赏的，它能够促生其他阅读，是强悍的读者借以支配文本的阅读。每个误读都会引发更多其他的误读，强误读在创新性方面则更有优势。真正的误读是发生在强者诗人与强者诗人之间的争斗和较量，有能力的后辈作家通过有效的强误读使自己从"父亲"的阴影中独立出来而成为一位强者诗人。不难看出，布鲁姆的误读观念具有强烈的精英意识，以能否误读来区分天才与庸才，以误读力量的强弱来界定作品创新的程度，呼唤文学创作中的"天才""强误读"和创新。

　　然而，需要注意的是，布鲁姆主张"误读"，鼓励后辈作家超越传统，但他并不是要颠覆传统经典作家作品的位置，反而对经典推崇备至，对文学史上的优秀作家坚决维护。在《西方正典》一书中，布鲁姆精心挑选了 26 位堪称经典的作家来进行分析，对他们的天才推崇备至，希望通过重回经典的方式来唤起西方人对文学的兴趣，弥尔顿、华兹华斯、布莱克、爱默生、雪莱、济慈、丁尼生、叶芝、惠特曼、狄金森……布鲁姆对这些天才作家如数家珍，莎士比亚更是他所认为的西方文学的制高点："'莎士比亚就是诗的影响'和'莎士

---

① 哈罗德·布鲁姆：《影响的焦虑》，徐文博译，江苏教育出版社 2006 年版，"绪论"第 5 页。

② 哈罗德·布鲁姆：《西方正典》，江宁康译，译林出版社 2005 年版，第 8 页。

比亚是唯一的西方文学经典'这两个命题之间并没有多少差别。"
"如果说世界上存在某种普遍性艺术，那就是莎士比亚艺术。"① 布鲁
姆认为莎剧中的审美原创独一无二，是经典中的经典，可谓"李杜文
章在，光焰万丈长"。可见，布鲁姆误读理论涉及的文学"经典"具
有双重效应，虽然经典对后辈作家构成了心理压力，但这种压力同时
也是促进创新的动力，对文学创作是有益的。在他看来，文学创作需
要先存在一个伟大的标准，这样后辈作家的误读活动才更有价值，文
学的创造性能量才能得到更大的激发；如果离开了经典传统，文学的
创造性也就窒息了。布鲁姆在伟大作家的著作中寻找"强误读"的
模本，以此来建立切实可行的创作和批评方法。

能够在误读中超越传统的强者作家需要哪些素质呢？布鲁姆也通
过经典作家研究直接或间接地作了回答。首先，也是最重要的方面，
在心理上优秀作家要有与前辈竞争的勇气和原创意识。布鲁姆认为不
存在"正确"的阅读，只存在"强误读"（strong misreading）和"弱
误读"（weak misreading）之分。美国学者艾布拉姆斯对此有一个精
妙的说明："弱势的误读企图（尽管无用）达成文本自身真正的意思
是什么；这是一种内心胆怯的产物，或最多不过是对父辈诗人的一种
'宽宏'过度。强势的误读，因为强势，所以是创造性的、有价值
的，势力的强度是根据读者胆量大小来划分的，有了这种胆量，读者
的情感压抑便取得了对他希望征服的文本施行暴力的资格。"② "弱误
读"貌似对父辈作家宽宏、尊敬、服从，实则只不过是由于内心胆
怯，没有足够的力量超越前辈；"强误读"的作家以超越、征服前辈
的野心来创作，只有这种心理模式才能带来真正"创造性的、有价值
的"作品。任何作家作品都不是孤立的，必然与传统相连，来自传统
影响的焦虑心理是每一位作家都不可回避的，因此作家在创作中需要

---

① 哈罗德·布鲁姆：《影响的焦虑》，徐文博译，江苏教育出版社 2006 年版，"再版
前言：玷污的苦恼"第 20—21 页。

② M. H. 艾布拉姆斯：《如何以文行事》，载《以文行事：艾布拉姆斯精选集》，赵毅
衡、周劲松等译，译林出版社 2010 年版，第 267 页。

强力意志，必须尽力战胜传统使之屈从于自己。

其次，在知识和能力方面，要有实际创作的才华，"莎士比亚和但丁是经典的中心，因为他们在认知的敏锐、语言的活力和创造的才情上都超过所有其他西方作者"①。思想的能力、语言的能力和实践的能力，三方面共同构成了伟大作家创作的必要条件。

最后，也是布鲁姆一再强调的，优秀作家一定要坚持康德意义上的纯粹审美理念："美学是一种个人关怀，而不是社会关怀"②，"莎士比亚位居经典核心的秘密部分地在于其非功利性……莎士比亚不受任何意识形态的约束……他不谈神学、形而上学、伦理学，政治理念也比他那时的批评家所看到的为少"③。布鲁姆主张文学只与个人的内心生活相关，文学批评应是纯粹的审美批评，要使人们回到文学想象的自主性上去，在孤独的心灵中寻找深层的自我，通过深刻的内在性力量来保存自我的坚定性，从而完成超越与创新。

布鲁姆所做的主体研究，在当时的时代语境中是很独特的，为当时的文学批评界带来强烈冲击，甚至《影响的焦虑》的出版被评论界称作"一本薄薄的书震动了所有人的神经"④。之所以会有这样的效应，是因为随着语言学转向，语言研究早已取代传统对主体的研究，在这种语境中，布鲁姆重回主体性研究无疑显得特别。在解构主义文学批评之前，主导美国文学批评界的是新批评，这是一个提倡文本内部研究的学派，主体被消解，其奠基人艾略特在《传统与个人才能》中提出"非个人化"概念，认为文学文本不是表现个性，而是逃避个性。随后的结构主义批评致力于语言结构的深度挖掘，主体也是排除在研究视野之外的。解构主义文学批评从巴特"作者之死"理论开始，更是具有明显的反主体倾向，巴特用文本替代作品，作品

---

① 哈罗德·布鲁姆：《西方正典》，江宁康译，译林出版社 2005 年版，第 33 页。
② 张龙海：《哈罗德·布鲁姆教授访谈录》，《外国文学》2004 年第 7 期。
③ 哈罗德·布鲁姆：《西方正典》，江宁康译，译林出版社 2005 年版，第 41 页。
④ 哈罗德·布鲁姆：《影响的焦虑》，徐文博译，江苏教育出版社 2006 年版，"代译序"第 1 页。

意义被认为是存在于被语言符号所编织的世界里，不再围绕作者与作品的关系而展开，主体成了某种破碎的幻象。布鲁姆和形式主义研究有共同之处，重视文学文本本身的形式研究，但同时他又不把文本与作家隔离开来，相反十分强调作为主体的"人"的意义："实际上是人写作，是人思考，人总是寻求抵抗另一个人的攻击，不管那个人在强烈地想象那些迟来到这个场景的人时多么富有魅力。"① 布鲁姆俨然把作家的位置拔高，把作家依旧建构为一个不可侵犯的主体，甚至像他的同事哈特曼评价的："布鲁姆把每一个作家看作是一个仅次于最高神的造物者"②，作品依旧饱含作家的主观能动性。从这一点说，布鲁姆的误读理论具有强烈的主体性，呼唤人的勇气，信任人的力量，并以此获得了与传统文论的相似性。

然而，值得注意的是，布鲁姆误读理论与传统的相似性只是反映在表层，无论在主体意志的性质还是表现方式上，都与传统文论有质的差别，表现出新的时代特征。首先，从主体意志本身的性质来看，虽然作品是作家强力意志下的创造，但这种意志是一种特殊的心理，它发生的语境是创作传统即文学史的世界，不指向现实的世界。主体不是一般的与生平、情感等因素有关的社会人，而是独立于其他社会活动的作家或批评家，因此，对主体的研究只和创作、批评活动本身有关，排斥社会文化研究。其次，从主体意志的运行方式来看，它不是通过作品对现实的反映而实现，而是通过对传统文本的超越来完成。作家所创作的文本与前辈的文本之间始终有一种比较和交互的关系，这种关系本身产生意义，也体现作家的强力意志。因此，主体的能动性，不是在文本之中而是在文本之间来体现。由于一切创作和批评都离不开之前的其他文本，新的文本只有在与旧的文本的关系中才能获得自身的意义。"阅读，如我在标题里所暗示的，是一种延迟的、

① 哈罗德·布鲁姆：《误读图示》，朱立元、陈克明译，台湾骆驼出版社 1992 年版，第 60 页。
② 杰弗里·哈特曼：《荒野中的批评》，张德兴译，天津人民出版社 2008 版，第 60 页。

几乎不可能的行为，如果更强调一下的话，那么，阅读总是一种误读。"①布鲁姆吸收了德里达的观点，阅读总是一种延异行为，它是通过在不同文本之间的滑动来实现的，文本间性使得文学误读连绵不断地发生，新的意义不断涌现。可见，主体意志是在解构式的过程发挥出来的，离开了延异性的误读行为就不能实现布鲁姆所说的强力意志。总之，布鲁姆回归主体，不是回归传统意义上的、自足的主体，而是解构式阅读活动中的、延异的主体；他的误读理论也不是传统的、封闭的意义研究，他想方设法去除语言的先在意义，赋予它以新的意义，是解构式的、鼓励创新的误读研究。当然，布鲁姆误读理论对作家心理的揭示也有其"深刻的片面"性，艾布拉姆斯曾批评说："布鲁姆的关注点所没有考虑到的，是写作诗歌的动机极其多样，在写出的作品中，题材、人物、体裁、风格，以及从血腥、恐怖、痛苦到极乐、欢喜到甚至有时是单纯的快活，简直是太丰富了。总之，被布鲁姆那个文学景象的悲观视野所系统省略掉的，几乎正是迄今被认为构成了文学国度中的一切。"②"文学国度"千姿百态，尽管不一定所有作家都存在"影响的焦虑"以及"误读"的动机，但不得不说，布鲁姆不是全部但相当程度上揭示了作家创作的隐秘心理，有一定的普遍意义。

　　布鲁姆的误读理论有强烈的主体意识，关注人的心理，但并不是传统人文主义，他和其他解构主义批评家一样都是反对传统人文主义的。美国学者艾布拉姆斯曾指出，德里达、费什、布鲁姆这些新的文学理论家最鲜明的共同特征和弊端是反人文性，"也许可以想到，当其人文特性被蒸发掉，阅读本身便会成为无血无肉的众多抽象东西之间的一种交互影响游戏。远非如此"③。王逢振在《怪才布鲁姆》一

---

① 哈罗德·布鲁姆：《误读图示》，朱立元、陈克明译，台湾骆驼出版社1992年版，"导论：对误读的沉思"第1页。

② M. H. 艾布拉姆斯：《如何以文行事》，载《以文行事：艾布拉姆斯精选集》，赵毅衡、周劲松等译，译林出版社2010年版，第270—271页。

③ 同上书，第252页。

文中说："在布鲁姆的理论里，文雅的人文主义姿态几乎毫无地位。他突出的是权力、暴力和占用。"① 传统的"文雅的人文主义"尊重人的社会历史背景，从具体个人所处的历史、文化环境中来界定人的存在、理解人的思想情感，布鲁姆的误读理论则抛开了外在的社会历史因素，潜沉到人心理无意识深处去理解主体的动机，强调的是作者或读者内心的征服欲望，因而对"人"的理解和传统人文主义是有区别的。《怪才布鲁姆》一文对布鲁姆这一让人惊异的理论进一步评论道：

> 布鲁姆坚持认为，读诗和写诗一样是一个防卫过程，并由此推断出后来的解释始于读者的焦虑并构成读者的防卫。以这种方式解读的后果会取消世俗人文主义坚持的历史概念。因为当隐蔽的问题比突出的问题显得更重要时，历史解释本身的有效性便成了问题。正如布鲁姆所指出的，当你知道两个诗人之间的影响关系时，其实你的了解只是一种概念化，而你的概念化（或误读）本身就是你在写的文学史里的一个事件。当称之为批评的概念机制本身是诗的误解现象的组成部分时，决不可能将诗和对诗的批评分开。布鲁姆这种看法曾引起争论，其部分原因是他对人文主义的抨击其实是对人们阅读方式的抨击，是对人们理解事物的习惯的抨击，是对人们称之为客观性的幻觉的抨击，因而也是对学术和政治决定的抨击。②

这里所谓"隐蔽的问题"指的是布鲁姆所揭示的作家心中的焦虑和对焦虑的自我防御，"突出的问题"则是外在历史环境因素。当难以考证的个人心理因素比易于考察的外在历史因素更受重视时，当过去人们坚信的"历史概念"也变得不可靠时，文学传统中形成的体

---

① 王逢振：《怪才布鲁姆》，《外国文学》2000 年第 6 期。
② 同上。

系——包括对创作、批评的区分，人们习惯的社会历史批评方式，读者对"真实"的信仰，甚至包括既有学术体制——都被闲置到一边，主宰阅读领域的是布鲁姆以及他推崇的弗洛伊德、尼采。布鲁姆的这套话语一鸣惊人，被誉为 20 世纪 70 年代最大胆、最富有创见的诗学理论。实际上，布鲁姆本人在从事文学批评活动时的确是有意识地打破传统，他的诗论才情横溢但从不遵照学术传统来做引文注释，符合了他的理论主张。

布鲁姆的误读理论，从作者研究开始，又延伸到整个阅读活动之中，把主体意志视为文学发展、意义创新的动力性因素，无论是在解构传统"正读/误读"二元对立项方面，还是在促进文学意义异延性发展方面，都有突破性的成就。布鲁姆是解构主义批评家中很特殊的一位，他的误读理论给西方当代文学批评界带来了猛烈的冲击。不管他自己是否承认，其理论在反叛作者本意、创造新的意义方面具有解构的特征，促进了文本意义的多元化，最终还是作为"耶鲁学派"四大批评家之一而被归为解构主义文学批评思潮之中，主体之维的误读理论因而成为解构主义误读理论中独特而又重要的一种形态。

第四节　"修辞之维"观照下的"主体之维"

在第一章梳理解构主义误读理论发展历程时，本书已经提出，误读理论在发展鼎盛时期主要有两个分支，一是以布鲁姆为代表的误读研究，偏重于主体性研究；二是以德·曼为代表的误读理论，主要是修辞式阅读。这两支理论有一个共同特征即反传统性，他们都反对把文学意义定于一尊的传统正读理论，这共同的反叛性把他们联系在一个思潮之中。然而他们之间的差异性也是十分鲜明的，他们的理论有着迥然不同的侧重点，由此带来了研究方法上的巨大区别。

首先，从这两种理论对待作家、读者主体的态度上看，布鲁姆的误读理论和其他解构主义批评家最明显的区别在于，他并不反对主体研究，相反十分强调作者的主体性并进行了深入的心理分析。布鲁姆总是在自觉地保持与德里达及解构主义批评的距离，他曾说过："我整理那些文章并起了'解构和批评'这个书名。我的意思是说其他四人是在解构，而我是进行批评。我从来对德里达的作品不感兴趣。"① 布鲁姆和德里达、德·曼等人的重要差异在于对文学批评的主体问题的认识方面，布鲁姆的理论立足于作家和读者的主体精神，德里达、德·曼则反对文学批评的主观性，主张文本阐释是中性的。在德里达的观念中"主体"作为中心受到消解，文学语言是脱离作者的符号，应当作差异性的符号来进行阐释；德·曼则以语言的修辞性来消解一切的意义中心，把作者的意志基本抛在意义研究的范围之外。然而布鲁姆的阅读理论却是从作者研究开始的，他把作者视为具有强力意志的主体，认为在阅读中读者的心理起到了决定性的作用，因而作家试图超越前辈的"强力意志"对意义创新具有积极的推动作用。布鲁姆的讨论建立在作者研究尤其是心理研究的基础上，他的误读理论是一种关于主体的阅读理论。正是由于这种古典的倾向，布鲁姆在许多场合都强调他不是解构主义者，并且他多次批评德·曼、德里达等人的解构实践。

在主体性这一点上，两者的对立很鲜明，使得他们的文本修辞研究同中有异。从研究方法上看，两者共同点是修辞研究，但他们运用修辞的旨归是不同的。德·曼代表的修辞阅读把修辞视作文学语言的本体，通过其内在矛盾的发掘来获得多重的意义阐释，修辞的自我颠覆性是"误读"的关注点；布鲁姆误读理论深受德·曼修辞理论的影响，六种修正比就是六种创造性的修辞方式，然而布鲁姆运用修辞却是为了主体的创新。布鲁姆一再强调："要提防修辞学或反讽的非个性主义，不论是传统主义的还是解构主义的，它们的那种冷漠的腔调乃是对个人的力量追求的一种防御性的反应结构。"② 可见，布鲁姆的修辞理论虽然吸收了德·曼的研究成果，但他念念不忘作家意

①　张龙海：《哈罗德·布鲁姆与对抗式批评》，《国外理论动态》2005 年第 1 期。
②　哈罗德·布鲁姆：《对抗：修正理论与批评的个性》，载《批评、正典结构与预言》，吴琼译，中国社会科学出版社 2000 年版，第 265 页。

志，把语义学因素转化为心理学问题，把修辞视为作家有意识地与前辈竞争、超越前辈的有效手段。作家通过修辞完成创新、超越焦虑心理才是布鲁姆"误读"理论的侧重点。"实际上是人写作，是人思考，人总是寻求抵抗另一个人的攻击，不管那个人在强烈地想象那些迟来到这个场景的人时多么富有魅力。"① 也就是说，作家的想象力独立于语言之外，意义多样性的来源是人而不是语言。对主体的忽视和重视，是德·曼和布鲁姆的差别，也是解构主义误读理论的语言维度和主体维度的差别。布鲁姆把作者心理和文本修辞研究结合在一起，超越前辈的心理动机是文本外的动力因素，反讽、提喻、换喻、夸张等修辞手法则是实现超越的文本内在因素，内外研究结合得恰到好处。

其次，从研究对象上看，两者也存在一系列的对立。其一，同是纯文本研究，布鲁姆的误读理论以优秀的作家作品群体为研究对象，注重在作品分析中挖掘作家之间的影响与修正关系，将作品从社会历史背景中独立出来，在与其他作品的审美分析中发掘意义，文学研究方式表现出鲜明的互文性；德·曼的修辞阅读研究则基本研究单独的作品，也会运用其他文本表现出一定的互文性，但互文不是主要特征，注重研究文本中的修辞效果，通过修辞分析发掘文本自身的多重意义。其二，布鲁姆关心文学作品的形成，即使是文学意义的阐释也是在作品形成研究中发现的；德·曼则关心文学作品的阐释，研究多是限定在文本内部字句、段落的分析上。其三，布鲁姆的笔墨是浓重的、大写的，他的诉求却是宏伟的，并不对文字细节作蜿蜒曲折的分析，而是宏观地分析一部作品对另一部作品的误读，甚至不涉及具体作品，只整体地谈论一个作家对另一个作家的误读。甚至，他的文学批评也并不意在探讨一部作品、一个作家，而是希望通过具体作家作品的分析，建构关于文学创作观、文学影响观、文学史观等各领域的

---

① 哈罗德·布鲁姆：《误读图示》，朱立元、陈克明译，台湾骆驼出版社 1992 年版，第 60 页。

理论大系统；相比之下，德·曼等人的修辞研究则更主张微观的文本内部研究，包括文本各部分之间的关系、一个词字面义与比喻义之间的关系等。宏观与微观的误读理论都是既有理论冲击力又有对批评实践的实用性的。从上述比较中可以看出，主体性的误读理论与修辞之维的误读理论之间虽然在研究对象、侧重点、目标方面都有差异，但这种差异恰恰表现出一种互补的关系，它们的对立统一使误读理论的内涵更加丰富。

解构主义误读理论有多重维度、多个倾向，布鲁姆是解构主义批评家中很特殊的一位，然而，不管他自己是否承认，他的误读理论确实给西方当代文学批评界带来了猛烈的冲击，他对传统影响研究的颠覆确实有强烈的解构性质，并且他和其他解构主义批评家之间确实有理论的共通性，因而最终他还是作为"耶鲁四君子"之一而被归入解构主义文学批评思潮之中。

布鲁姆和耶鲁学派其他批评家一样，主张文学意义不能回到作者意图中去探寻，他说："在尼采和弗洛伊德之后，要完全回到寻求复原本文意义的解释方式是不可能的了。"① 布鲁姆反对文学文本的僵化阐释，认为尼采和弗洛伊德已经将文学批评带出传统一元化研究的模式之外了，作者本原意义不可追寻，传统关于阅读的"正""误"标准不再有效，如果个性强悍的读者总是误读，文本的意义就趋于不确定性。文本是唯一的、不可重复的，但可以借助于对不断更新的语境的开放，借助于不断出现的差异性而实现意义的延伸。哈特曼曾说："我喜欢把布鲁姆的观点变成以下的思考。像笛卡尔的怀疑一样，认真的阅读不就是一种复杂的辩护吗？这种辩护反对一个骗人的神祇——也就是反对我们称之为一部小说的那种不可思议的、奇妙的和有吸引力的实在的作者——创世者。……布鲁姆努力把辩护技巧编纂起来，这种技巧使创造性的作家——或者在这一点上，使创造性的读

---

① 哈罗德·布鲁姆：《误读图示》，朱立元、陈克明译，台湾骆驼出版社 1992 年版，第 84 页。

者具有明显的特点。最仔细的阅读导致写作的重复捏造，正像写作包括一种对于此前的作家们的'误读'一样。"① 反对作家权威、肯定意义的不确定性是布鲁姆和其他解构主义批评家的共同主张，是他们从不同前提出发所得出的相同结论，误读理论是解构主义文学批评家共同的批评理论。布鲁姆对作家创作的研究，其实是以德里达"延异"的语言观和德·曼修辞研究成果为基础的。比如布鲁姆就把文学创作界定为"强劲有力度诗歌的延迟"②，并且把阅读定义为"一种延迟的、几乎不可能的行为"③，这都是德里达式的语言和思维方式；布鲁姆对"六种修正比"的研究，也借鉴了德·曼的修辞理论尤其是对隐喻的研究，正是因为如此，布鲁姆的《误读图示》是为献给德·曼而撰写的，文中所展现的观点与德·曼的《修辞阅读》一书中提出的观点相似。总之，对语言修辞性的重视是所有解构批评家的共同特征，相对于强调语言指称性的传统文论，也相对于坚守文本封闭结构的现代形式主义文论，解构主义文学批评家的理论都具有鲜明的解构特征，都强调文学的误读性，认为误读能够产生洞见。

最后，布鲁姆并不否定作家主体的力量，也不像德里达那样把"误读"泛化到文化研究的领域，他的主张保持作家意志对意义的决定性，坚守文学的边界、文学的特性，有一种古典倾向。因而，在讨论解构主义思潮的"误读"理论时，有必要把布鲁姆单列出来，在和其他批评家的对比中揭示他独特的"误读"观念。

---

① 杰弗里·哈特曼：《荒野中的批评》，张德兴译，天津人民出版社 2008 年版，第61 页。

② 哈罗德·布鲁姆：《误读图示》，朱立元、陈克明译，台湾骆驼出版社 1992 年版，第 63 页。

③ 同上书，"导论：对误读的沉思"。

第三章

解构主义误读理论的修辞之维

　　雅克·德里达、保罗·德·曼和希利斯·米勒响应了布鲁姆"一切阅读皆误读"的宣言，却不再关注文学活动中的创作和接受主体，转而聚焦文学语言本身对于误读的决定性意义，从文学语言内在的修辞性方面来挖掘误读的根源。"解构是具有悠久传统的修辞研究在当今的变体"[①]，美国解构主义批评家们以批判的眼光承继西方修辞学研究成果，尤其是继承了英美新批评关于文学本体论的理论思想，重视文学批评实践，在文学文本阐释实践中变革传统，以"延异""寓言""寄生性"观念建立"自由嬉戏"的解构主义语言观和阅读观。米勒曾说："小说是人类现实生活的'语词形式'的表现，我便可能全力探讨风格的地方特色，探讨'小说修辞学'，我不是将'修辞学'视为说服劝导的方式，而是依据它的其他意义，在那个词最为广泛的意义上将'修辞学'看作运用比喻转义的规律：语言偏离了直接的相关意义。"[②] 本章关注解构主义误读理论的语言维度，首先，探讨解构主义批评家所主张的"修辞"的内涵，分析"比喻"这一文学文本的主要修辞方式；其次，讨论德·曼、德里达、米勒关于修辞性阅读的具体策略，从而揭示"误读"的方法论价值。

　　[①]　希利斯·米勒：《1984》，载《重申解构主义》，郭英剑等译，中国社会科学出版社1998年版，第272页。

　　[②]　希利斯·米勒：《小说与重复》，王宏图译，天津人民出版社2008年版，第23页。

第一节　误读：修辞的必然结果

德里达、德·曼、米勒注重文学语言性质的研究，认为语言在本质上具有修辞性，它使文学文本获得了内在的张力，在表达一种意义时总会有其他的意义来进行补充或颠覆，因而具备了不确定的、无限丰富的意义形式，从这个角度看，"一切阅读皆误读"。既然语言的修辞性是误读产生的根本原因，那么本节的讨论就从"修辞"这一术语开始。"修辞"起源于古希腊的演说术，是演说家运用语言说服他人的艺术。现代语言学意义上的"修辞"，包括各种"辞格"：比喻、拟人、夸张、反讽、寓言、象征等。在解构主义文学批评家看来，文本是这些修辞形式的组合，任何语言都具有修辞性，这是语言的本质特征。

一切语言都具有修辞性，然而根据载体的不同，其修辞效果又有"隐"与"显"的差别。日常语言和哲学语言要求表达的真实性，能指和所指之间基本上具有直接的指涉性，二者是透明的关系；文学语言却不同，由于文学是一种虚构艺术，文学中的形象、意境不是对现实的实指，文学语言也就不是对外在现实世界的直接指涉，其能指具有更多的能量，指向更为丰富的所指，因而文学语言的修辞性较之其他语言更为突出。正如德·曼所说："修辞学在根本上中止了逻辑，展现出了指涉性变异之令人目眩的可能性。而且，虽则它或许在某种程度上更为远离了普通用法，而我却会毫不犹豫地将语言修辞学的修辞潜在性，同文学自身等同起来。"① 作家试图让文学作品像镜子一样精确地传达某种确定的意义，但语言的修辞性总是在破坏这种企图。实际上，德·曼在此阐发了对文学性质的新观点：语言不是指称性而是比喻性的，语言的"指称性"总是被"比喻性"所破坏。于

---

① 保罗·德·曼：《符号学与修辞》，载《解构之图》，李自修等译，中国社会科学出版社1998年版，第58页。

是，语言不像海德格尔描画的是人类存在的家园，语言不能等于存在，它只是一种说法、一种修辞，语言的本质在于修辞性。"修辞"使文学语言产生与现实的距离，从而能够更有效地脱离逻辑的控制，更显虚构艺术的特性。文学语言的这种修辞性和虚构性，必然带来意义的模糊与遮蔽。所有本体论的概念，包括"在场""物本身""本真"等，都被无限地拖延了。传统文学批评对本质、形而上学的追求在此成为一种不可实现的乌托邦。

值得注意的是，虽然文学语言消除了与现实的直接指涉关系，但这并不意味着文学语言消解了指涉性。德·曼认为在文学中，"语言的指涉功能并没有被否认……文学是虚构，并非因为它在某种程度上拒绝承认'现实'，而是因为无法先验地确定语言是否按照现象世界的原则发挥作用"[1]。从常规的意义理解，"指涉"是语言指向现实世界，与现实意义保持一一对应的关系是所有"指涉"的最终目的。语言的修辞性和文学的虚构性决定了这种一致的不可能，文学不是面向现实外部对象的指涉性，而是自我指涉性的。也就是说，指涉关系不是从语言指向现实，而是从符号指向符号。对于这种现象，卡勒用"自反指称"来描述："解构主义所揭示的关系并非在一种自反性质的自述或自有行为中文本向自身呈现的透明度，相反，它是种生成悖论的盲乱的简明性，是种最终使任何话语无以作自为描述，使行为句和叙述句，或所在和所为无以弥合的自反指称。"[2]"自反指称"指的是，文学语言符号不是与外在现实的简单对应关系，它返回到文本符号本身，在与其他符号的复杂关系中生成意义，因而文学语言符号具有自我消解的功能，其"自反指称"的性质必然把文学引向悖论，从而难辨真伪。文学语言本身的修辞性以及由此带来的"自反指涉性"，决定了它的意义是复杂的、模糊的甚至是悖论性的，文学语言在本质上具有"误读"的特征。由于极端重视文本的修辞，解构主

---

① Paul De Man, *The Resistance to Theory*, Minneapolis: University of Minnesota Press, 1986, p. 11.

② 乔纳森·卡勒：《论解构》，陆扬译，中国社会科学出版社 1998 年版，第 180 页。

义误读理论一方面显示出文本阐释过程中的自由创造性，另一方面也暗示了文本阐释活动的高难度性和复杂性。

在所有修辞手段中，比喻的应用最为普遍，文学语言的基本表达方式是比喻这种含混性的语言形式。在《阅读的寓言》中，保罗·德·曼指出文学中的"修辞手段"笼统地说即是比喻，它是一种普遍的语言现象，否定语言的直接指称性，因而破坏逻辑，产生意在言外的效果。比喻是语言的内在属性，任何与现实的统一性指涉都是违背语言特性的，因此，通过分析语言的比喻意义从而达到对真实意义的把握，这是一种乌托邦的设想，实际存在的状况是只有比喻意义而绝无真实意义。也就是说，所有的词语从本源上看都是比喻，"正因为语言是由这种隐喻，或隐喻系统所构成的，所有文本的范式都是一个比喻或比喻系统"①。比喻不是派生的语言形式，而是语言范式本身，所有的文本及其阅读阐释都具有比喻性。

解构主义文学批评家对文学语言的修辞性都有研究，然而总结起来，这方面最重要的人物还是保罗·德·曼，他在《阅读的寓言》中所做的修辞研究是整个解构主义阅读理论的基础，因此本节将重点探讨德·曼的修辞学理论，以期对"误读"性文本的存在形态有更清晰的认识。在文学文本的范围内，德·曼对修辞作了以下几个层次的研究：

文学意义的第一个层面是字面义和比喻义的对立。字面义阅读是字面的指涉，涉及文本主题的陈述，主要通过语法结构来实现；比喻义则指涉修辞手法。这两种意义实际上代表了一般性阅读与修辞性阅读的区别："比喻义阅读事先认定问题仅是修辞手段，故而可能是天真的，而文字义阅读却把人引向主题和陈述的更为深刻的涵义"，"两种阅读不得不短兵相接，直接对抗，因为一种阅读恰恰是另一种阅读加以斥责的错误，必须由它来加以消解的"②。一般性的阅读方

---

① 希利斯·米勒：《对〈阅读的寓言〉中一个段落的部分"阅读"》，载《重申解构主义》，郭英剑等译，中国社会科学出版社 1998 年版，第 200 页。

② 乔纳森·卡勒：《论解构》，陆扬译，中国社会科学出版社 1998 年版，第 224 页。

式在日常语言交流中常用，注重意义的明晰和理解的准确，字面义是它所追求的，而比喻义是它所回避的。相反，修辞性的阅读方式，不满足于字面义的获得，文本意义是模糊的，充满矛盾和冲突，比喻义的发掘才是它的宗旨。米勒认为这正是德·曼关注的焦点："德·曼的读者会知道，他的作品中反复出现的一个主题就是这么一个问题，即为什么专家读者——且不说普通读者——趋于误读他们所讨论的文本的浅显意义。"① 文学批评家是不满足于对文本"浅显意义"即字面义的理解的，他们希望通过对文学修辞性的挖掘来得到文本深隐的意义内涵。

解构主义误读理论倡导比喻性阅读，修辞性强也就意味着文本意义更为丰富，由于语言的修辞性，文本在表达一个意思的同时又否定这个意思，它不会被最后一种阅读封闭，批评是一个过程而不是一个完美的结局。比如保罗·德·曼的《辩解——论〈忏悔录〉》一文，分析卢梭《忏悔录》中自述的偷窃丝带又嫁祸于一个姑娘这么一件往事。

卢梭《忏悔录》中关于"丝带"事件的原文如下：

> 我刚才在率直地忏悔，大家肯定不会觉得我在这里掩饰我的卑鄙行径。但是，如果我不同时把自己内心的想法，以及因害怕被人认为诡辩不把当时的真情说出来，我就没有贯彻写这本书的目的。在那残忍的时刻，我并没有害她的心。当我诬告那个可怜的姑娘时，我是出于对她的友情，这说来奇怪，但又确实如此。当时，她正萦绕在我的脑际，我随口便把责任往她身上推了。我把自己想干的事嫁祸于她，说她把丝带送了我，因为我是心里想送给她的。当我看见她来了的时候，我的心碎了，但是，在场的人那么多，我不敢开口了。……因一时糊涂而干点坏事，不算什

---

① 希利斯·米勒：《不可能的隐喻：以史蒂文斯的〈红蕨〉为例》，载《重申解构主义》，郭英剑等译，中国社会科学出版社 1998 年版，第 181 页。

么大罪，而我的过错也就仅此而已。因此，回忆起这件事来，我难过的不是这件事本身，而是这件事可能造成的恶果。这件事对我甚至是件好事，使我常常回忆起我干过的这一坏事，而一辈子保证不再干出任何导致犯罪的事来。我认为，我对谎言的厌恶，大部分原因是悔恨曾经说过如此卑鄙的谎话。如果这是一个可以弥补的罪行的话，我敢说，那么我晚年遭受那么多的不幸以及40年来在艰难的环境下，仍然正直和诚实，总该弥补它了。而且，可怜的马里翁在这个世界上有那么多人为她报仇，所以就算我把她害苦了，我也不太害怕死后再受到什么惩罚了。①

从字面义上看，卢梭表达了忏悔之情，但德·曼认为这里的"忏悔"是可疑的：

> 乍一看，忏悔与辩解之间不应当有矛盾。然而语言揭示出表达的张力：怕为自己辩解。一个人从为自己辩解而不得不感到害怕的唯一事情是，辩解确实将会为忏悔者开脱罪责，从而使忏悔（和忏悔的文本）从一开始就变得多余。他承认为自己辩解；这听起来足以令人信服和非常合适，但是，按照绝对真实来看，它毁灭了任何忏悔话语的严肃性，从而使它自我毁灭。既然忏悔不是实践正义领域内的弥补，而仅仅是作为一个动词表达存在，那么我们怎么会知道我们的确正在论述一个真正的忏悔呢？②

德·曼认为，在时过境迁多年之后，卢梭的忏悔不是通过行动而是通过语言表达出来的，"忏悔文本""忏悔话语"作为"一个动词表达"，在语言内部存在自我矛盾性：一方面话语指向了"忏悔"的意思，另一方面它也暗含了"为自己辩解"的意味。德·曼分析

---

① 卢梭：《忏悔录》，黎星译，人民文学出版社1982年版，第70—71页。
② 保罗·德·曼：《辩解——〈忏悔录〉》，载《阅读的寓言》，沈勇译，天津人民出版社2008年版，第298页。

"丝带"这一隐喻，发现它作为一个"纯粹的能指"，既可指向卢梭的过失，又可指向卢梭的情谊，后者更多是在忏悔的表象下以堂皇的理由为自己作辩护和开脱，甚至是想要获得在公众场合下暴露自己的愉悦感，同一文本中忏悔话语与辩解话语相互交织、摇摆不定，显示出卢梭人性、心理的复杂与矛盾。德·曼作了修辞性阅读的示范，即透过字面义挖掘语言背后的比喻义，从而洞察文本内涵的丰富性和矛盾性，无疑是令人信服的合理而有效的阐释。德·曼在对卢梭《忏悔录》进行解构式分析之后总结说：

> 阅读的最重要的要点已经证明，最终的困境是语言的困境，而不是本体论的或解释学的困境。这一点在《忏悔录》的玛丽永事件得到清楚的表明，替代的比喻方式（二元的或三元的）的解构可以被包含在一些话语中，这些话语使可理解性的假设不仅不受到怀疑，而且通过使对比喻置换的控制变为理解的负担来加强这个假设。这个计划产生了它自己的叙述，我们可以将这个叙述称为修辞手段的寓言。①

修辞的手法有多种，德·曼文学意义讨论的第二个层面是"寓言"和"象征"这一组范畴。这是两种常见的文学修辞手法，是德·曼重点论述的修辞形式。"寓言"同时是一种文学体裁，指用比喻性的故事来寄寓一定的道理，它是一种延伸的比喻形式，比如"狐狸与葡萄""农夫与蛇"；"象征"则是指用具体的事物来暗示其他事物或者抽象道理，比如白鸽象征和平、十字架象征着基督。在同样表现抽象概念、思想和情感的时候，这两种文学手法就显现出媒介和效果的差别："寓言"借用的是比喻，包括比喻性的故事、比喻性的形象，一方面它要指向抽象的内涵，另一方面它本身也富有形象性，感

---

① 保罗·德·曼：《辩解——论〈忏悔录〉》，载《阅读的寓言》，沈勇译，天津人民出版社 2008 年版，第 318—319 页。

性的形式让抽象内涵不是一目了然，寓言的语言、形象本身也具有丰富的潜在意义；"象征"则与逻辑性、明晰性联系在一起，虽然也是用具体可感的形象来表达抽象的意义，但象征物与被象征物之间是明了的、直接的指涉关系，它们之间的意义表达往往是固定的，类似于《庄子·外物》所说的"得兔忘蹄""得意忘言"。"象征"体现了同一性思维，比"寓言"更具有形而上的优势，因此在传统文学观念中"象征"高于"寓言"，比如，19 世纪的浪漫主义文学就是褒扬象征、贬低寓言的。

鲜明提升寓言地位的是本雅明。他认为象征是一种表象，指涉的是超验的、绝对的价值；寓言则是一种表达方式，不存在直接的指涉性。德·曼吸收了本雅明的这一观点，认为象征是总体化的、空间性的，在共时性的空间中用部分代替整体来把多样性化约为统一性，把零碎的事物熔铸为一个整体，与现实指涉是同一的；寓言则是碎片化、时间性的，寓言性符号在与其他符号的时间性关系中产生流动的意义，排除传统逻辑的综合和"扬弃"，类似于德里达所说的"延异"过程，即符号的意义是建立在一能指延宕至另一能指这种无止境的游戏中的。由于寓言与现实保持了较远的距离，更适用于多义性的文学，因此成为德·曼修辞性阅读的关键性术语。

寓言性符号的意义生成不是独立的，需要借助其他符号来完成，必须指向其他符号，因此寓言反映的是符号与符号的差异关系。由于"不可读性的悖论从一开始就存在于寓言的概念之中"①，能指与所指之间的关系是不一致的，意义难以确定，对寓言的解读具有非总体性、无逻辑的特征。寓言式阅读（allegorical reading）是德·曼所极力推崇的，他在《阅读的寓言》中这样界定它：

　　　　所有文本的范例都是由一个修辞手段（或一个修辞手段系

---

　　① 希利斯·米勒：《对〈阅读的寓言〉中一个段落的部分"阅读"》，载《重申解构主义》，郭英剑等译，中国社会科学出版社 1998 年版，第 205 页。

统）及这个修辞手段的解构构成的。但是由于这个模式不可能由
一个最终的阅读来封闭它，所以它接着便产生一个补充的比喻叠
加，这个补充的比喻叠加叙述前一个叙述的不可阅读性。由于这
个叙述与最初的集中于各种修辞手段和基本上总是集中于隐喻的
解构叙述不同，所以我们可以称这样的叙述为二（或三）度寓
言。寓言的叙述讲述阅读的失败的故事……阅读永远是隐喻的寓
言，因此，它们永远是阅读的不可能性的寓言。①

　　寓言性阅读所面对的文本是比喻性的，它与现实性含义之间不是
透明的、单层的关系，而是多层的、层层推进的。当通过解析文本的
比喻系统得到一种结论时，就出现第一层次的整体性阅读；寓言的比
喻性质立即消解了这种整体化的结论，把阅读活动推向第二个层面；
当得到第二层面的固定意义时，转而又推向第三层面……以此类推，
每一层次的比喻层层推进，寓言的意义向无限的未来扩展，使阅读达
不到终极意义所在。

　　德里达在《多义的记忆：为保罗·德曼而作》一书中对德·曼的
"阅读的寓言"概念极为肯定："寓意，美学的一部分，具有换喻
（以部分喻全体）或提喻的修辞作用。由于寓意概念（作为换喻）借
助形象言说体系，而意思尽在言外，所以它是一种最广泛意义上的寓
意转义手法。……意在言外、借助寓意表达与表面意思相反的东西，
这就是寓意的本领，也是它的反话能力。"② 德·曼、德里达之所以
关注这一概念，在于"寓言"对他们而言并不只是一种语言修辞手
法，而是语言的本质属性，即比喻性。并且，他们看重这一概念内在
的"反话能力"也就是解构能力。一个寓言在表达一种寓意时，也
常常会在表面的、普遍认可的意思之外旁生出独特的乃至相反的含义
来，比如"狐狸与葡萄"的寓言，普遍的寓意是"得不到的都是酸

---

①　保罗·德·曼：《阅读的寓言》，沈勇译，天津人民出版社2008年版，第218页。
②　雅克·德里达：《多义的记忆：为保罗·德曼而作》，蒋梓骅译，中央编译出版社
1999年版，第84页。

葡萄",然而反过来说,狐狸的心理恰恰符合了弗洛伊德所论及的"自我防御"原则,虽然信息虚假,但有利于心理的治疗和平衡。解构主义学者鼓励这种旁枝别出的意义阐释方法。

关于"寓言"的解构式运作方式,德里达有一个生动的说明:"作为享有特权的比喻手段,寓意将成为其他比喻的寓意,占据换喻或提喻的位置,以部分代全体,或占据隐喻的位置⋯⋯以致这些比喻法中的每一种转过来又占据寓意的位置,每一种比喻成为其他比喻的隐喻或换喻,这一过程的自反行为(auto-reflexion)没有穷尽。"[1] 这里所说的"自反行为"即寓言的一种意义与另一种意义,或者,一个寓言与另一寓言之间的互文关系。德里达同时又指出,这种互文关系侧重的不是联系而是差异:"保罗·德曼同时坚持两个做法:突出寓意的独特性,寓意是一种其特殊性没有换喻或提喻价值的特殊比喻,但同时承认寓意具有联系乃至参与(非象征的、非总体化的参与)其他比喻、也许所有其他比喻的权利,但这种联系和参与恰恰不是通过相似、同一,而是通过他者、差异和分离来实施的。"[2] 每一种固定意义都会被其他的意义所颠覆。寓言含而不言,对它的理解需要重视的是过程而不是结论。寓言式阅读就是一种解构,一种"误读"。

总之,"修辞性"是语言的本质特征,是解构主义误读理论的核心。在文学语言中,比喻义优于字面义,文学批评需要以修辞性的阅读来代替一般性阅读对字面义的推崇;在比喻的各形态中,寓言高于象征,寓言能够更鲜明地体现文学语言的修辞性。由于文学语言的修辞性,语言不是只停留在"物"本身,文本不能满足于指涉现实的浅显意义,必然产生多重阐释。误读的必然性在解构批评家那里是很自然的结论,误读之"误",究其根源不在于读者而在于语言,在于意义的不确定和不可把握。对文本中比喻修辞手法的研究,是解构主

---

① 雅克·德里达:《多义的记忆:为保罗·德曼而作》,蒋梓骅译,中央编译出版社1999 年版,第88 页。

② 同上书,第91 页。

义文学批评的基础。文学正是凭借多义性的隐喻和寓言来传达深隐的意味，文学阅读也通过对它们的解读来获得更为丰富多彩的意义内涵。

第二节　修辞性的误读方式

文学是充满隐喻和寓言的修辞性语言，因而文学批评就不能满足于语言和现实简单的内外指涉关系，不能停滞于同一性的意义结论，解构主义误读理论主张在严肃细致的细读基础之上深入挖掘文学语言的多层次内涵。针对如何释放修辞性文学语言潜藏的多重意义，德里达、德·曼、米勒分别提出了自己的阅读方法：

一　德里达：边缘阅读策略

德里达的文学意义研究是建立在其哲学观的基础上的。德里达哲学的重要目标就是批判形而上学。形而上学思维指导下的阅读理论，为了保持文本结构的统一和意义形式的清晰，把文本内部干扰、破坏的因素放逐到了边缘地带。然而这些边缘成分对于解构主义文学批评来说是重要的，它们构成了文学文本的内在矛盾性，促使文本自己颠覆自己。德里达把文本的这种自我颠覆的现象称为"自动解构"（autodeconstruction）："解构不能被还原为某种方法论的工具或一套规则和可换位的程序……解构甚至不是一个行动和操作。……解构发生，它是一种事件，一种不有待于熟思、意识或者主体的甚至现代性的组织的事件。它自行解构。它可以被解构。"① 解构不只是外在的方法，它更多是在文本内部自行发生的，是文本内部固有的性质而非简单的外在操作。解构主义阅读也不是用一种意义去反驳、替代另一种意义，而是发现文本所指之间的差异、错位和张力，简而言之就是挖掘

---

① 雅克·德里达：《致一位日本友人的信》，载杜小真、张宁编《德里达中国讲演录》，中央编译出版社 2003 年版，第 233 页。

文本中自相矛盾的观点。也就是说，不是批评家而是文本本身在进行解构活动，批评家只是以自己的批评活动对文本自身的解构行为做出认同。

批评家如何对文本的"自动解构"性质做出认同？德里达采取的是"边缘消解中心"的解读策略。文本中的边缘方面暗中破坏文本的一致性和可理解性，解构批评的策略就是表明文本如何颠覆自身逻辑系统的。德里达的批评文本尤其能够代表解构式的批评方式，他主要着眼于文本中某种未曾被注意到的边缘因素，从文本不重要的段落或者不受重视的意象、典故、注释、笔记等入手，通过解构性的语言分析而得出与文本的显在意义不一致的东西，使文本不再具有明确的指涉性。这正如伊格尔顿所说："解构批评的战略是表明文本是怎样跟它们自己的起支配作用的逻辑系统为难的。"[①] 在这过程中，任何一个细枝末节，都能得到机智的利用。譬如，德里达在《不合时宜的格言》一文中分析了莎士比亚戏剧《罗密欧与朱丽叶》的第二幕第二场。这场戏发生于凯普莱特家花园中，讲述的是朱丽叶在与罗密欧一见钟情之后，陷入情思，不禁独自在闺房窗口对月抒怀："罗密欧啊，罗密欧！为什么你偏偏是罗密欧呢？否认你的父亲，抛弃你的姓名吧；也许你不愿意这样做，那么只要你宣誓做我的爱人，我也不愿再姓凯普莱特了。""只有你的名字才是我的仇敌；你即使不姓蒙太古，仍然是这样的一个你。姓不姓蒙太古又有什么关系呢？它又不是手，又不是脚，又不是手臂，又不是脸，又不是身体上任何其他的部分。啊！换一个姓名吧！姓名本来是没有意义的；我们叫做玫瑰的这一种花，要是换了个名字，它的香味还是同样的芬芳；罗密欧要是换了别的名字，他的可爱的完美也决不会有丝毫改变。罗密欧，抛弃了你的名字吧；我愿意把我整个的心灵，赔偿你这一个身外的空名。"[②]

---

① 特里·伊格尔顿：《二十世纪西方文学理论》，伍晓明译，北京大学出版社 2007 年版，第 131 页。

② 莎士比亚：《罗密欧与朱丽叶》，载《莎士比亚全集》（四），人民文学出版社 1994 年版，第 635—636 页。

这本是朱丽叶表达冲破世仇、靠近罗密欧的深切愿望，弹奏的是一曲情意绵绵的爱的颂歌。然而，德里达却把它看作是一出关于名字的戏剧，抓住朱丽叶的一句"只有你的名字才是我的仇敌"来进行分析："在让他抛弃他的名字时，她无疑是让他最终活下去……但她恰恰等于让他去死，因为他的生命就是他的名字。……朱丽叶悄声对名字进行了最无情的分析。"①事实上，进行"最无情的分析"的是德里达本人，他抓住一句对整场戏剧情节不甚重要的台词，在分析"名字"所蕴涵的生命与死亡的多重意义之后，发现了这场暖色调戏剧下所掩盖的不祥之兆，揭示了整个故事的悲剧性。德里达的这种解读把边缘性的台词提到了中心的位置，通过对其多重矛盾性的揭露来实现对整场戏剧气氛的颠覆，这无疑是一种对作为定论的"爱的颂歌"的误读，然而它是对文本意义的延伸和发展，尤其是联系这部剧最终的二人殉情而死的结局，不能不说德里达的解读是一种洞见。

德里达把这种误读的过程称之为"擦抹"（erasure）。它是对文本自我解构的再度解构、自我颠覆的再度颠覆。它包含着"抹去"和"保留"双重含义，并不彻底消灭意义，而是把意义暂时"擦"去，被擦的意义会留下某些"踪迹"（trace），意义总是处在不断出现又不断被涂改的状态，形成不确定的形态。在上面的例子中，"生"被"死"擦去，"死"又被永恒之爱的"生"所擦去……如此延伸，最终形成丰富多样的意义形式。德里达说："这种涂改是一个时代的最终文字。在场的先验所指隐没在划痕之下而又保留了可读性，符号概念本身被涂改而又易于阅读，遭到破坏而又清晰可辨。这种最终文字也是最初文字，因为它能给存在—神学、给在场形而上学和逻各斯中心主义划界。"②先验所指被解构，能指不可还原，经验性的所指在某一时刻显现，却又很快被其他所指否定，因而没有固定的意义，只有意义无限延展所留下的无数印迹。德里达正是以这种方式实现对定

---

① 雅克·德里达：《不合时宜的格言》，载《文学行动》，赵兴国译，中国社会科学出版社 1998 年版，第 317 页。

② 雅克·德里达：《论文字学》，汪堂家译，上海译文出版社 1999 年版，第 31 页。

于一尊的阅读方式的颠覆。

德里达边缘阅读策略的宗旨是反抗语音中心主义即"逻各斯中心主义",然而德里达又被认为在消解语音中心的同时塑造了另一种中心——"图像中心"。英美文学批评界德高望重的前辈艾布拉姆斯(Meyer Howard Abrams,1912—)曾在 20 世纪 70 年代后半叶写了一系列论文与解构主义学者论战,其中的代表作是《解构的天使》(*The Deconstructive Angel*,1977)一文。艾布拉姆斯在此文中驳斥了德里达和希利斯·米勒的观点,他将德里达对文字的重视称为"图像中心模式":"这种模式中的唯一在场,就是白纸上的黑字。""根据图像中心模式,当我们看着页面,我们看到的不是组织,而是'连串的'成组标记、系列的单个符号。"① 在艾布拉姆斯看来,德里达把诉诸视觉的文字变成了意义的唯一来源,然而由于文字相比语音而言是含混的、遮蔽性的,因此对文字的解读就是零散、缺乏统一性的,不过是碎片化符号的堆积。在批判德里达的解构策略导致意义支离破碎的同时,艾布拉姆斯在《解构的天使》中进一步指出德里达解构策略的自我矛盾性:

> 德里达的结论表明,没有什么符号或符号串有得到一种确定意义的可能。但是,在我看来,德里达得出如此结论,就其本身的方法来说,与他用结论解构了的那个玄学体系中最有活力的部分相比,同样地要依赖于起源、背景和终结,而且同样遗憾地是"目的论性质的"。他的起源和背景是他的图像中心的前提,而为了这个封闭的文本圈,他竟然要求我们放弃我们通过言说、听闻、阅读和理解语言等日常经验构建而出的那个领域。我们从前的结论正是来源于此。②

---

① M. H. 艾布拉姆斯:《解构的天使》,载《以文行事:艾布拉姆斯精选集》,赵毅衡、周劲松等译,译林出版社 2010 年版,第 225 页。
② 同上书,第 226—227 页。

　　在他看来，德里达的解构哲学在反对逻各斯中心的同时，其"图像中心模式"反而成为另一种形式的形而上学。艾布拉姆斯认为形而上学是建立在"日常经验"的坚实土壤之上的，因而德里达的解构是无力的，甚至德里达自己也没有办法不借用形而上学来从事学术活动。

　　对于德里达所使用的"踪迹"（trace）这一术语，来描述符号的表意过程，艾布拉姆斯评价这一概念："看上去，踪迹似乎提供了某种在场的承诺，让表意行为游戏能够在确定的指涉体系中安顿下来，但实际上，这种承诺根本不可能兑现，得到的只会是无止境的推后、延迟和搁置。"① 艾布拉姆斯指出，德里达要求读者"投身到由文本中的那些符号开启的表意行为那无限自由的游戏中"，所带来的却不是狂欢的乐趣，而是"无快乐可言的语言景象和一片荒颓的文化事业"②。艾布拉姆斯坚持的是传统的语言观和对于确定意义的追求：

　　　　德里达对表面确定意义的"撒播"，如同他对关于绝对真理的玄学主张所进行的颠覆一样，都依赖于这种语言绝对基础的不可或缺性作为前提，但它又激进地不在场。对此，我认为，正确的回答是：语言是一种高度复杂的习惯性实践活动，要求的不是本体论或认识论上的绝对或基础来起作用；此外，我们有令人信服的证据表明，作为说话人或听话人，作者或读者，我们共有这种实践活动的种种规则，使得交流的确定性成为可能，也使得做出断言不仅可以被确定地理解也可以有效评定其真伪成为可能。③

　　艾布拉姆斯这里所谓"语言绝对基础"即德里达所言"逻各斯

---

① M. H. 艾布拉姆斯：《解构的天使》，载《以文行事：艾布拉姆斯精选集》，赵毅衡、周劲松等译，译林出版社 2010 年版，第 226 页。

② 同上书，第 227 页。

③ M. H. 艾布拉姆斯：《关于近年批评理论的对话》，载《以文行事：艾布拉姆斯精选集》，赵毅衡、周劲松等译，译林出版社 2010 年版，第 309 页。

中心", "关于绝对真理的玄学主张"即"逻各斯中心主义", 它们是德里达所竭力讨伐的。艾布拉姆斯回避了对"逻各斯中心主义"这一哲学概念的讨论, 认为人类的语言活动通常是一种实践活动而不是哲学思辨, 所以不是一定要依赖逻各斯中心才能起作用。他认为, 人类在长期语言实践中形成了约定俗成的语言规则, "种种规则"是任何用语言进行交流的主体都共享并必须遵守的, 它对意义的产生起决定作用。语言规则让意义的确定性成为可能, 让人与人之间确定的、有效的交流成为可能, 同时, 也让语言意义的正误判断成为可能。显然, 在艾布拉姆斯这里, 交流的主体——"说话人或听话人, 作者或读者"之间能否达成共识, 是理解的"真伪"判断的唯一标准, 也就是说, 在"说话人/听话人""作者/读者"这两对二元对立关系中, 每一对关系的第一项是中心、是意义的源头, 第二项是接受者, 必须跟随第一项的原意。艾布拉姆斯悬置逻各斯中心主义这一问题的讨论, 但他的思路却又明显陷入了逻各斯中心主义旋涡之中。

虽然德里达的边缘解构策略的提出伴随着不绝于耳的怀疑之声, 虽然德里达不能够完全颠覆逻各斯中心主义, 但他消解中心、重视边缘因素的批评策略, 的确为文学批评提供了新的思路, 为意义的多重可能性开辟了广阔的天地。

二　德·曼: 修辞的语法化与语法的修辞化

与德里达热衷于抽象理论思辨不同, 保罗·德·曼的理论思考几乎都融入在对具体作家作品的文本阐释中。德·曼的文学观立足于严肃的语言形式研究, 在《符号学与修辞学》一文中, 他对文学语言和日常语言进行了理论辨析, 采用的方式是"修辞"与"语法"关系的研究。修辞、语法、逻辑是西方中世纪所倡导的"三艺"即人文三学科, 然而它们之间却不是平等的关系, 三者之中, 逻辑是主导, 语法是逻辑的附属方式, 修辞则是逻辑的背离, 然而通过语法是可以回归逻辑的。因而, 传统"三艺"中修辞的地位最低, 要服从语法, 最终具备逻辑。然而, 德·曼却反转过来, 认为: "文学性,即那种把修辞功能突出于语法和逻辑功能之上的语言运用，是一种决定性的，而又动摇不定的因素。它以各种方式，从诸多方面破坏这种模式的内部平衡，从而破坏其向外的非言语世界的延伸。"① 语法具有确定性规则，产生固定的语法意义；修辞则产生不确定的修辞性意义，它是文学作品区别于日常语言的法宝。相应地，对文学作品的阅读也可以是修辞性的，德·曼极力主张要强化文学阅读中对修辞力量的关注，要把修辞功能突出于语法和逻辑之上。德·曼希望用修辞性阅读这一新的模式来超越传统重视语法的阅读。为了区分这两种阅读，他选择了这么两个例证：

第一个例证选自大众媒体的亚文学。妻子问丈夫邦克想把球鞋的鞋带系在上面还是系在下面，丈夫回答："What's the difference？（这有什么不同?）"妻子耐心地向他解释两种系法怎样不同，结果弄得丈夫非常恼火。"What's the difference？"这个句子从语法上看是清晰的，它也合乎逻辑，但却有两种相互排斥的意义：既可询问"差别在哪里"，也可以表示"没什么不同"。这种歧义效果是修辞造成的："同一个语法形式产生了两个互相排斥的意义：字面义询问概念（区别），比喻义却否定了这个概念的存在。"② 字面义和比喻义互相对峙，彼此取消，使作为阐释者的妻子陷入无可决定的困境，同时，也让作为表达者的丈夫陷入无法控制意义的苦恼："他的愤怒揭示了他遇到一个他无法控制的语言学的意义结构时的绝望，这个语言学的意义结构掌握着无数类似的未来混乱状况的沮丧前景，所有这些混乱状况的结局都蕴藏着灾难。"③ 就这个句子本身来分析，不能决定两种含混的意义孰对孰错，只能结合具体语境、在超文本力量的干预下才能澄清。

---

① 保罗·德·曼：《对理论的抵制》，载《解构之图》，李自修等译，中国社会科学出版社 1998 年版，第 106 页。

② 保罗·德·曼：《符号学与修辞学》，载《阅读的寓言》，沈勇译，天津人民出版社 2008 年版，第 10 页。

③ 同上书，第 11 页。

第二个例证来自叶芝的名作《在学童中间》　（ *Among School Children* ）：

> 栗树啊，根子粗壮的花朵开放者，
> 你就是叶子、花朵或树身？
> 啊，随乐曲晃动的躯体，啊，明亮的眼神，
> 我们怎能分辨舞蹈和舞蹈着的人？[①]

对最后一行诗"舞者和舞蹈叫人怎能分别？"　（英文原句为："How can we know the dancer from the dance？"）一般的解读是：舞蹈与舞蹈者合二为一，我们无法将舞蹈与舞蹈者截然分离，表达了诗人对艺术至高境界的认识和向往。德·曼却认为，"从字面义而不是比喻义来阅读最后一行诗同样是可行的"[②]。这句诗也有可能是在问："我们能用什么方法分辨舞蹈与舞者？"前一种阅读从修辞的角度切入，把这一行诗读成反问句；后一种从语法的角度切入，把它读成疑问句。

上面两个例证都是修辞意义优先于语法和逻辑的，修辞具有相对于语法的独立性、能动性。对于修辞意义和语法意义，德·曼总结说："两种意义不得不互相直接对抗，因为一种读解恰恰是被另一种读解所斥责的罪过，并且不得不被它所消解。我们也不能以任何方式就两种读解的哪一个优于另一个的问题作出正确的决定；没有一种读解能够缺少另一种读解而存在。……另一方面，语法结构产生的意义权威性被修辞手段的两重性搞得完全含混不清，这种修辞手段的两重性在昭示为意义权威性遮蔽的二者间的差异。"[③] 在文学文本中，修

---

① 叶芝：《在学童中间》，转引自保罗·德·曼《阅读的寓言》，沈勇译，天津人民出版社 2008 年版，第 12 页。

② 保罗·德·曼：《符号学与修辞学》，载《阅读的寓言》，沈勇译，天津人民出版社 2008 年版，第 12 页。

③ 同上书，第 13 页。

辞系统所产生的意义往往会颠覆、代替语法系统的意义。因此，修辞性阅读对文学阐释来说是主要的方式。

还有一种情况却是相反，修辞通过语法来达到整体化的目的。德·曼列举了普鲁斯特《追忆似水年华》中的一段话，它讲述马塞尔在房间里享受"阴暗的清凉"：白昼的光线像飞舞的蝴蝶，阳光下的灰尘仿佛抖落的星雨，苍蝇的嗡嗡声恰如一支协奏曲……"白昼""灰尘""苍蝇声"这些形象用隐喻表达出来，有陌生化的效果，打破了对夏天的通常体验。然而，这些隐喻不是散乱的，它们最后归入主人翁的总体化感觉："我的房间中这种阴暗的清凉和大街上明媚的阳光的关系，正如同阴影同光线的关系，也就是说，它虽暗犹明，并且给我的想象展示出夏季的全部景象：而倘若我在外面散步，我的感观恐怕也只能品享到其中的一些片断……"这段话是评述修辞的语言，德·曼把它称为"元比喻语言"（metafigural language），即"用比喻的手法来描写修辞手段"①。它使主人翁获得了整合修辞语言的整体性感受，而这种确定性感受的实现，还是元修辞语言中语法起作用的结果。因此，普鲁斯特小说中的这段话，是修辞被语法整合的例证。然而，这种整合没有破坏修辞的效果，反而使零散的修辞获得了更深刻的意义。可见，语法并不是和修辞势不两立的，它们二者也可以结合使用，产生更好的表达效果。

德·曼归纳上述实例，提出了两种阅读模式：语法的修辞化（metorization of grammar）和修辞的语法化（grammartization of rhetoric）。邦克和叶芝的例子属于"语法的修辞化"，普鲁斯特的例子属于"修辞的语法化"。"修辞的语法化"把文学和世界看作简单对应的指涉关系，希望从修辞性语言的字里行间找到可理解的、现实性的意义，因而是单义性的阅读方式；"语法的修辞化"反对把修辞纳入语法，认为修辞具有不受语法、逻辑支配的能动性，主张在修辞意义

① 保罗·德·曼：《符号学与修辞学》，载《阅读的寓言》，沈勇译，天津人民出版社2008年版，第15页。

与语法意义的对立冲突中实现意义的多元存在，这是一种解构式的阅读方法。显然，德·曼支持"语法的修辞化"、反对草率的"修辞的语法化"，他主张用语言的修辞性来改变传统语法主导的意义观念，用多义性的"误读"来改变一元化的传统阅读。盛宁指出："德曼强调指出，文本的这种解构并不是同一层面上的陈述与陈述之间的相互否定，而是指两个不同层面之间存在着一种顾此失彼的两难境地：一方面是元语言的层面，我们说语言的本质是修辞，它只能是自我指涉的，永远无法涉及语言以外的客观存在；可是另一方面，我们又不顾语言的这一内在的致命缺陷，时时刻刻从事着以修辞性语言指义的实践活动，而后一层面上的语言实践实际上是与前一层面的命题相矛盾的。"① 盛宁这里所谈的两个方面实际上就是语言的"修辞"与"语法"两个表义维度，显然，德·曼更重视的是"修辞"维度对语言指义性的颠覆。然而，这并不意味着德·曼完全反对语法对意义的作用，他反对的只是传统以语法为中心的、"内/外"简单呼应的意义解读方式。在德·曼看来，"语法的修辞化"和"修辞的语法化"不是绝对的对立，不能简单断定孰优孰劣，正确的做法是把两者结合起来，在语法与修辞的张力关系中把批评活动共同推向更有活力的未来。

三　米勒："重复"理论

就力主语言修辞性的三大解构批评家而言，德里达的延异思想有鲜明的哲学意味，德·曼的寓言理论致力于文学语言本质的研究，至于米勒，他的贡献主要表现为文学批评理论的研究。米勒以阅读理论为中心，关注解构主义文学批评的理论与实践，倡导寄生性阅读，以文学"重复"现象为视角进行解构主义批评。

米勒从20世纪70年代开始由意识批评转向解构主义批评，米勒自述之所以会发生这种转变，是"在于我对文学语言或就是语言本身

---

① 盛宁：《二十世纪美国文论》，北京大学出版社1994年版，第193页。

的别异性或另类性始终保持着敏感。所谓'解构主义阅读',照我看来,就是这样一种以揭示语言的别异性为己任的阅读。它在一既定的作品中寻求那些看似琐屑的反常和怪异……说明这些怪异何以会出现,但最终之目的则是要在这些怪异的相互关联中尽可能地烛显出更多的该作品的特色"①。可见,米勒从事解构主义文学批评的出发点即是对语言修辞的重视,他关注的是文本语言中的"反常和怪异",即文本不为人所察觉的边缘性因素,希望借此挖掘文本"别异性"的内涵。进而,米勒提出解构主义文学批评就是一种"修辞性阅读":"这一'修辞性阅读',最低限度地说,关注语言的修辞性维度,关注修辞格在文学作品中的功能。我们有意扩大比喻的基本外延,使其不只包括了隐喻、转喻,而且还能包括反讽、越位(cata-chresis)、寓言、进喻(metalepsis),等等。进一步,德曼晚近的著作、德里达的以及我本人的更表现出对语言的操作维度的原则性关切。"②解构主义文学批评家把修辞分析作为立论的关键手段,通过修辞分析实现文学批评的可操作性,并且,"'修辞性阅读'可不是那类易学易记的功课。我们太容易就退回到幼稚的流行的观念或意识形态的诸多假说"③。他们所强调的"修辞性阅读"由于付出了文本细读的辛劳,不是幼稚的、鲁莽的"假说",所提出的思想观念是建立在严谨的语言研究基础之上的。

米勒认为异质性(herterogeneity)是文学的基本特征,所谓"异质性"是指文本本身具有多重的、矛盾的意义。因此,读者不能把它们统一为一种终极意义,必须在承认文本异质性的前提下展开阐释活动。米勒认为,文本中反逻辑的异质性因素是一种客观存在,正是它导致了文本统一结构的消解,解构主义文学批评呼应了文本的异质

---

① 希利斯·米勒、金惠敏:《永远的修辞性阅读——关于解构主义与文化研究的访谈一对话》,载易晓明编《土著与数码冲浪者:米勒中国讲演集》,吉林人民出版社2004年版,第180—181页。
② 同上书,第179页。
③ 同上书,第182页。

性，通过修辞格、概念、母题等各层面的分析，挖掘出文本本有的多重意义，它们是系统地相互关联、是由文本决定，然而在逻辑上是不一致的，这些不同性质的意义并存在文本中，颠覆了传统阅读论对统一的梦想。对于文本内部这些异质因素之间的相互关系，米勒用文学"寄生性"的观念来解释。

"寄生性"是米勒的代表作《作为寄主的批评家》的核心论题。20 世纪 70 年代美国文坛爆发了关于解构主义的论战，为了回应艾布拉姆斯和韦恩·布思的批评，米勒撰写了《作为寄主的批评家》一文作为反批评。艾布拉姆斯和布思提出，解构主义的阅读明显依附于别人对作品的"明白或明确的阅读"之上，是寄生性的。米勒反问：什么阅读又不是寄生性的呢？米勒认为文本的每一部分都兼有"寄主"和"寄生物"这两种身份：一方面，每一个新的文本必然寄生于原有文本，从中获取营养，因而，原有文本是寄主，新的文本是寄生物；另一方面，新的文本必然包含原有文本，把原有文本变作自身一部分，所以，新的文本又成了寄主，原有文本变成了寄生物。寄主养育着寄生物，使它得以生存，但同时又被它扼杀。因而，在新文本和原有文本之间，同时存在建构与解构的双重关系。这种双重关系在一个接一个文本之间不断发生，在文学史中形成一条解构、建构双重性质的链条。米勒说："'解构'总是对寄生现象这种牢不可破的逻辑很关注。作为一种话语，解构总是一种关于寄生物的话语，解构本身是寄生于寄生物主体的一种寄生手段，是一种'有关寄生物'的话语，是一种以'超级寄生物'的逻辑为基础的话语。"① 米勒的解构主义文学批评建立在对文学文本自身、文本之间寄生关系的认识基础之上。

首先，在对文本存在方式的认识上，米勒论述了文学文本自身所体现的寄生物与寄主的关系，即既解构同时又建构的关系："诗歌内

---

① 雅克·德里达：《一种疯狂守护着思想：德里达访谈录》，何佩群译，上海人民出版社 1997 年版，第 183 页。

部一部分同另一部分之间的关系，或是该诗同先前的和以后的文本的关系，就是对于寄生物和寄主关系的一种表述。它以实例说明了这种关系不可确定的摇摆。要确定哪种成分是寄生物，哪种成分是寄主，哪种成分支配或包含另一种成分，是不可能的。"① 这是因为，文本的每一部分都兼有寄主和寄生物这两种身份：一方面，每一个新的文本必然寄生于原有文本，从中获取营养，因而，原有文本是寄主，新的文本是寄生物；另一方面，新的文本必然包含原有文本，把原有文本变作自身一部分，所以，新的文本又成了寄主，原有文本变成了寄生物。新文本和原有文本之间同时存在建构与解构的双重关系，寄主养育着寄生物，使它得以生存，但同时又被它扼杀。一个文学文本对于后于它的有关文学文本之间则是相反的关系，进行着相反的解构和建构。在《作为寄主的批评家》一文中，米勒以雪莱的诗作《生命的凯旋》为中心，向前追溯了它的渊源，向后考察了它的影响，以说明在文学作品中："隐居着一条寄生性存在的长长的连锁——先前文本的摹仿、借喻、来客、幽灵。这些现象都以上述奇异虚幻的方式出现在这首诗的居所之内——有的被肯定，有的被否定，有的被升华，有的被扭曲，有的被展平，有的被滑稽地模仿。"② 米勒说这是一个"连锁"，也就是通常说的文本之间的"互文性"关系。每个文本在这样的文学之链里都同时具有双重身份，因此这条连锁中的每一个先前的环节本身对其先行者来说，也都曾经扮演过寄主兼寄生物的角色。

其次，文本内部各成分之间的寄生性，导致批评领域也同样存在寄生性。艾布拉姆斯和韦恩·布思声称，解构主义解读寄生于传统形而上学的阅读方式，即"明显和单义性的含义"。艾伯拉姆斯打了一个比方：单义性阅读是一棵高大的橡树，它扎根于坚实的泥土里，由于被解构批评这根常青藤心怀叵测地包围缠绕而受到了伤害。米勒则

---

① 希利斯·米勒：《重申解构主义》，郭英剑等译，中国社会科学出版社1998年版，第95页。

② 同上书，第104页。

认为情况恰恰相反，形而上学或者说概念性含义，如"滤过性病毒"一样，进入西方文化的内部并以自身模式塑造人。语言是形而上学的载体，它是外在的强制性因素，同时又是人思想和心理的一部分，脱离了概念性的语言，人无法进行思维活动，从这个意义上讲，形而上学又成了侵占"人"这一"寄主"的寄生物。解构主义文学批评就其本质而言，"批评是人的能动表现，其有效性有赖于永不满足于一种固定的'方法'。它必须不断对自己的立足点进行质疑。批评文本和文学文本各自都是对方的寄生物兼寄主，各自都以对方为食物并且为对方提供食物，毁灭对方并且为对方所毁灭"①。在永不满足的质疑精神之下，文学批评不断地依赖文学文本而提出阐释观点，但又不断地重回文本寻找颠覆自己观点的因素、力图提出新的阐释，这样在文学批评和文学文本之间周而复始，意义不断生成而又不断被取代。可见，文学批评的使命不在于解释文本意指何物，而在于设法把文本铸入一个新的文本。

总之，"'解构'总是对寄生现象这种牢不可破的逻辑很关注。作为一种话语，解构总是一种关于寄生物的话语，解构本身是寄生于寄生物主体的一种寄生手段，是一种'有关寄生物'的话语，是一种以'超级寄生物'的逻辑为基础的话语"②。所有文本，无论是文学的还是批评的，都不是统一的而是差异的、分裂的，都与其他文本连在一起，都是互文性的。由于不存在非寄生性的文本，自然也不会有纯寄主性的批评。因此，艾布拉姆斯和布思倡导的探求文本确定意义的纯寄主性批评显然是不切实际的。真正的文学批评不是孜孜以求文本统一性的寄主性批评，而是那种旨在揭示文本差异性的寄生性批评，具体而言就是解构主义批评。

正是由于文学文本具有内在和外在的寄生性，米勒认为，"重复"

---

① 希利斯·米勒：《重申解构主义》，郭英剑等译，中国社会科学出版社1998年版，第129页。

② 雅克·德里达：《一种疯狂守护着思想：德里达访谈录》，何佩群译，上海人民出版社1997年版，第183页。

是普遍存在的文学现象，它是与文学的线形叙事相对立的一种文学表达方式，"线的模式是西方形而上学的传统语言中强有力的一部分……线的意象总是暗示了一个由某一外在统摄原则决定的单一的、持续的、统一的结构"①。线性的文学表达趋于独白化，线性的文学批评受控于逻各斯中心主义，谋求在文本中找到统摄性的、决定性的意义形式。反之，米勒则认识到，文本之间、文本内部各成分之间，存在这样那样的寄生性关系，相互作用造成一系列的重复现象，打破了线性的、总体化的追求，"显而易见，线的意象不能超然于重复的问题。重复可以被定义为任何发生在线索之上使其直截了当的线性状态出现问题甚至引起混乱的东西：返回、打结、交叉、来来回回成波状、悬置、打断、虚构化"②。文学文本中的主题、意象、概念等因素不能成为简洁的线索，不可避免地存在曲折、冗余、交叉、回旋的成分，想象中的直线实际上是一个迷宫。

重复可以涉及许多方面，从小处说，有文字上的重复，比如修辞格的运用，从大处说，有情节、情境、主题或人物的重复；在文本内部有结构的重复，在文本外部有作者其他作品、其他作家的作品、文学原型与母题、历史事件等许多重复现象。米勒以雪莱的诗作《生命的凯旋》为例，向前追溯了它的渊源，向后考察了它的影响，发现诗中的一些意象如"战车"，在之前的《以西结书》《启示录》及维吉尔、但丁、斯宾塞、弥尔顿等的创作中，在之后的哈代、叶芝、史蒂文斯等人的作品中都重复出现过。这充分证明，在文学作品中"隐居着一条寄生性存在的长长的连锁——先前文本的摹仿、借喻、来客、幽灵。这些现象都以上述奇异虚幻的方式出现在这首诗的居所之内——有的被肯定，有的被否定，有的被升华，有的被扭曲，有的被

---

① 希利斯·米勒：《阿里阿德涅的线：重复与叙述线索》，载《重申解构主义》，郭英剑等译，中国社会科学出版社 1998 年版，第 144 页。

② 同上书，第 143 页。

展平，有的被滑稽地模仿"①。可见，米勒所研究的"重复"不是拙劣的模仿，而是反复出现、具有颠覆性的因素。重复把文本相互连接，使之呈现出"互文性"关系，相同的质料在不同背景中重复出现，显现出不同的意义，这些意义彼此又相互映照，促进了新意义的产生，这样文本意义就不再是封闭静态的了，在开放的视野中呈现出动态性和多元性。因而，不能满足于对文本的简单理解。米勒倡导以文本之内、文本之间的相似性为立足点，在比较研究中发现文本的特色和多重意义。

本节讨论了解构主义从语言修辞角度对文本进行"误读"的方式。无论是德里达的边缘解构策略、德·曼对"语法的修辞化"的分析，还是米勒对文本寄生性的阐释，都是通过挖掘文本自身矛盾性来达到颠覆传统阐释的目的，都是"误读"的具体细微的操作，显示了文学批评方法的多元性。总体来看，这些修辞方法都显示了对文本异质性的重视。文本中反逻辑的因素是一种客观存在，正是它导致了文本统一结构的消解，误读理论通过对不在主流视野的边缘因素、脱离总体结构的修辞内涵、深藏在文学史之中的重复因素的挖掘，通过这些传统阅读忽略的视角，发现了文本新的、丰富多彩的意义形式。

传统的阅读方式力求清晰明白，因而提取文本的纲要，归纳出某种主题，看起来达到了某种"洞见"，这种洞见是建立在对非主流的、深隐的因素视而不见的基础之上的。解构主义批评家的误读策略恰恰相反，从传统批评所遮蔽的"盲点"着手，通过蜿蜒曲折的文本分析，到达了另一个别有洞天的意义世界。这种误读策略，恰恰如同德·曼"盲点与洞见"观念所指出的：盲目的阅读，往往成为通往洞见文本的必由之路。德·曼认为，阅读在自身解构中不断出现的矛盾就是传统遮蔽的"盲点"，它是文学语言的修辞性质的必然结

---

① 希利斯·米勒：《作为寄主的批评家》，载《重申解构主义》，郭英剑等译，中国社会科学出版社 1998 年版，第 104 页。

果，修辞性使文学语言充满含糊不清的盲点。阅读就是要解构这些盲点，使之变成洞见。米勒吸收了德·曼的观点，对传统批评家和解构批评家作了有趣命名，区分出"机敏的"（canny）批评家和"盲乱的"（uncanny）批评家。机敏型批评家是传统的批评家，他们相信文学研究中的理性秩序，以发掘文本终极意义为目的，遵照实证的、心理的、现实的批评方法，在文本中按图索骥，能迅速得出文本意义的确定性阐释；相反，盲乱型批评家具备解构思维，他们不作确定性阐释，却能在对文本的游戏、修辞、延宕的探究中更接近文学的本质。对此，卡勒评论说："不信逻辑的盲乱型批评家所获的回报，是'洞烛幽微'了语言和文学的本质，而机敏型批评家，以他们思维中坚不可摧的信仰，只能受挫碰壁。"①"盲乱"与"机敏"形成了一种悖论和反讽：盲乱型批评家有着机敏的成就，洞见了文学语言或文本的实质；机敏型批评家却由于执着于本质主义的观念而流于片面与偏见。解构主义批评家就是"盲乱型"的，潜心于挖掘文学文本被压抑和埋没的"盲点"，以此实现新意义的发掘和对传统阅读观念的解构。解构主义误读理论消除了理性秩序的权威，显示了与讲求清晰性的结构主义文论的差异，具有鲜明的解构特征。

第二章和第三章分别讨论了解构主义误读理论的两种形态。显然，它们的理论侧重点迥然相异。主体之维的误读理论，从主体意志即对"影响的焦虑"的超越心理中寻找误读产生的原因。布鲁姆在提出"误读"概念之初就表示："诗的影响——在本文中我将更多地称之为'诗的有意误读'（misprision）——必须是对作为诗人的诗人的生命周期的研究。"② 布鲁姆的笔墨是浓重的、大写的，他的诉求却是宏伟的，并不对文字细节作蜿蜒曲折的分析，他的文学批评并不在探讨一部作品、一个作家，而是关心文学作品的形成，即使是文学意义的阐释也是在作品形成研究中发现的；相比之下，

① 乔纳森·卡勒：《论解构》，陆扬译，中国社会科学出版社1998年版，第17页。
② 哈罗德·布鲁姆：《影响的焦虑》，徐文博译，江苏教育出版社2006年版，第8页。

德·曼等人的修辞研究则更主张微观的文本内部研究，包括文本各部分之间的关系、一个词字面义与比喻义之间的关系等。修辞之维的误读理论则认为是修辞导致了文本的自我颠覆，文学语言是脱离作者和读者的符号，语言内在的矛盾性是意义的来源；主体作为中心受到消解，已不再是先在于语言的、固定的自我，它退化成一种功能，并且只能在语言中实现。在语言之内，主体除了和文本语言自身的解构行动进行配合外，不能有更多的主动性，不能把自己的意志强加给文本。宏观与微观的误读理论都是既有理论冲击力又有对批评实践的实用性的。从上述比较中可以看出，主体性的误读理论与修辞之维的误读理论之间虽然在研究对象、侧重点、目标方面都有差异，但这种差异恰恰表现出一种互补的关系，它们的对立统一使误读理论的内涵更加丰富。

　　然而，这两个维度的误读理论还是存在交叉的地方，最突出的表现是，德·曼的修辞观直接促成了布鲁姆对六种"修正比"的语言考察。除此之外，这两种形态的误读理论还有一个共同特征，他们都反对把文学意义定于一尊的传统正读理论，这共同的反叛性把他们联系在一个思潮之中。布鲁姆和耶鲁学派其他批评家一样，主张文学意义不能回到作者意图中去探寻，他说，"在尼采和弗洛伊德之后，要完全回到寻求复原本文意义的解释方式是不可能的了"①，反对文学文本的僵化阐释，认为尼采和弗洛伊德已经将文学批评带出传统一元化研究的模式之外了，作者本原意义不可追寻，传统关于阅读的"正""误"标准不再有效，如果个性强悍的读者总是误读，文本的意义就趋于不确定性。文本是唯一的、不可重复的，但可以借助于不断更新的语境，借助于不断出现的差异性而实现意义的延伸。可见，意义的不确定性是布鲁姆和其他解构主义批评家的共同主张，是他们从不同前提所得出的相同结论，误读理论

---

① 哈罗德·布鲁姆：《误读图示》，朱立元、陈克明译，台湾骆驼出版社1992年版，第84页。

是解构主义文学批评家共同的批评理论。文本本身具有多重的、矛盾的意义，不同性质的意义并存于文本中，颠覆传统阅读论对统一的梦想。读者不能把它们统一为一种终极意义，必须在承认文本异质性的前提下展开阐释活动。

第四章

解构主义误读理论的有效性问题

　　解构主义误读理论作为一种激进的文学阅读理论，从产生之初就存在争议，论争的中心是"误读"的有效性问题，即"误读"在什么范畴之内是合理的。具体说来，存在以下三个方面的讨论和争议：一是文本阐释标准的问题，解构主义批评家取消了"正读"与"误读"的界限，也就意味着阅读不存在客观的标准，这种思想引发了赫施代表的传统阐释学从作者意图角度所做的抨击，也触动了艾柯作为符号学家从文本意图角度所进行的矫正努力，然而解构主义误读理论取消作者、文本、读者这些标准的权威性，并不意味着误读实践是随心所欲的，它只是反对把某一种标准当作唯一的中心，主张通过对文本语言修辞的研究来挖掘文本无限可能的意义形式。二是解构主义误读理论与意识形态的关系问题，误读理论具有非意识形态化的特征，不将语言与意识形态一一对应，但它并不缺乏现实关怀，它也具有意识形态批判性，具体体现在从语言层面颠覆传统的语音中心主义，消解整体化和本质主义的倾向、"在场"观念以及深度二元论模式，从文本内部揭示了意识形态的虚幻性。三是解构主义误读理论是"虚无主义"的争辩，艾布拉姆斯认为解构主义文学批评是否定一切的虚无主义，然而实际上，解构主义误读理论反对传统的单义性阅读，却又把传统阅读作为解构式阅读的一部分；反对作为权威"逻各斯中心主义"，却并不反对作为功能的"中心"。总之，解构主义误读理论并不是虚无主义，在否定性思维背后有肯定性诉求，在解构的外表下有建构的深层动机。

第一节 意义阐释标准之争

从传统观念来看，意义的确立离不开特定意义标准的确立。20世纪以来，众多意义系统并存共在。解构主义文学批评家最激进的地方在于他们反对任何标准的限定，认为作家、读者、文本的意图都会对意义的阐释产生作用，但它们之中的任何一个都不是意义生成的唯一决定性因素；解构主义文学批评实际上是以语言修辞分析为方法来展开阐释的。解构主义文学批评家对阐释多样性的倡导，引起了批评界对阐释标准丧失的担忧。传统阐释学要求回到作者意图，文本之所以重要，是因为它是作者意欲表达的意义的限定性时空架构，赫施是"作者中心论"的坚决拥护者；符号学家艾柯则提出理想化的"文本意图"和配套的"标准读者"理论，希望以标准化的阐释来抵制误读的无限性，防止"过度阐释"。

一 解构主义批评：语言修辞论

解构主义批评的一个中心观念认为误读是绝对的，文学阐释不论运用哪一种标准都只不过是无限阐释可能性中的一种，这是因为文学文本的阅读要牵涉到许多因素，正如乔纳森·卡勒所总结的，"给定文本的复杂性，比喻的可逆转性，语境的延伸性，加上阅读之势在难免的选择和组织，每一种阅读都可以说是片面的"[①]，文本内部的语言修辞、外部的语境及读者差异，这些客观存在的复杂因素，使得难以形成全面的、绝对正确的理解，每一种阅读方式都只能是单方面的、不完满的，每一时代的读者都可以证明前人的阅读是误读，却又被后来的阐释者发现残缺不全，因此，概而言之，"在一个较其倒置更为可信的形式中，理解是误解的一个特殊例子，误解之一特定的离

---

① 乔纳森·卡勒：《论解构》，陆扬译，中国社会科学出版社 1998 年版，第 181 页。

格或确认。……在一个总体化的误解或误读中运行的阐释过程，既促生了所谓的误解，也促生了所谓的理解"①。也就是说，"误读"不像传统认为的是"理解"的一种特殊形式，而是反过来，"误读"是绝对的存在，任何所谓的"正读"，由于无法证明自身的绝对正确性，也只不过是一种特殊的误读，或者用布鲁姆的话说，只是相对于"强误读"的"弱误读"罢了。

　　实际上，解构主义文学批评家也主张"正确"的阅读，但他们拒斥阐释的客观标准。他们认为，为了实现较为全面的阅读，就必须拆除传统设定的各类阐释标准。首先，要消解作者意图论的权威。自从巴特"作者之死"口号提出以来，作者原意就不再是作品的唯一意义，文学阅读和阐释活动成为一种独立于原作者的文学再生产活动。布鲁姆曾说："在尼采和弗洛伊德之后，要完全回到寻求复原本文意义的解释方式是不可能的了。"② 绝对的"真理"不存在，作家的心理也有深隐复杂的因素参与。其次，文学意义也不仅仅是文本字面的客观意义。文学文本的性质，正如伊格尔顿所说："一个文本可能会把它无力表述为一个命题的东西，某种与意义（meanging）与表意（signification）的本质有关的东西，'示'（show）于我们。对于德里达来说，一切语言都展示着这种超出准确意义的'剩余'，一切语言都始终威胁着要跑过和逃离那个试图容限它的意义。"③ 文本有所言、有所不言，在言说的文字之外，更有许多难以言传的、不能用命题来陈述的意蕴被文本字面义所掩盖。因此，文本意义不能仅仅通过字面意义的归纳总结来完成，必须通过反复的阐释活动，挖掘文本内部各层面的、甚至是互相矛盾的因素来将更为复杂的潜藏意义揭示出来。最后，文学意义也不是读者所能完全赋予的，读者所拥有的视野是有

---

①　乔纳森·卡勒：《论解构》，陆扬译，中国社会科学出版社1998年版，第157页。

②　哈罗德·布鲁姆：《误读图示》，朱立元、陈克明译，台湾骆驼出版社1992年版，第84页。

③　特里·伊格尔顿：《二十世纪西方文学理论》，伍晓明译，北京大学出版社2007年版，第131—132页。

限的，不能阐释出文本内在的所有可能的内涵。德里达不认为文学能像科学那样得出精确的结论："解构不是批评操作。批评是解构的行动对象。解构所瞄准的靶心永远是倾注在批评或批评—理论过程中的自信。"① 解构主义文学批评家反对那些"自信"得到真理的阐释者，认为任何阐释都是各种因素综合作用的结果，都具有偶然性，所以都只不过是极有限的解读方式，在它之外还有无数解读可能性，因此不能固守一种批评结论。

　　解构主义批评家的文本阐释实践是否定一个统一标准的。比如，米勒在论著《小说与重复》中讨论艾米丽·勃朗特的《呼啸山庄》时，列举了包括他本人的理解在内的15种诠释：弗洛伊德精神分析学观照下的关于性的戏剧；一个与门和窗的母题有关的神秘故事；一个关于强烈激情受挫的道德故事；一个关于性与死亡关系的故事；一个关于作者对她死去的姐姐怀有同性恋感情的故事；或者一出风暴与宁静对立冲突的戏剧……米勒本人则把它看作是一个关于作者宗教观点的戏剧性故事等。这些阐释在批评方法上有社会历史的、精神分析的、原型批评的……多种方式，它们之间相互矛盾和冲突的地方十分明显，作者意图、文本语言、读者感受等阐释标准都发生了作用，但都只是多重阐释中的一种而不是全部。米勒首先肯定了这些评论的合理性："每个解释捕捉到了这部小说中的某些因素，并由此推衍出总体上的解释。……每个解释都是独一无二的。"然而，他同时又尖锐地提出："我认为，所有这些解释都是错误的。这并不是因为每个解释没能阐明《呼啸山庄》中的某些东西，相反每个解释都将一些内容公之于众……然而每个解释还是让人看出了各自的片面性。想必我的论述也极易遭受这样的指责：它力图通过解释这部作品达到对它的终极阐释，尽管这种阐释采取了这样的形式：尝试着合乎情理地系统地阐述作品的非理性的内涵。"② "我引证的有关《呼啸山庄》的论文

---

① Vincent B. Leitch, *Deconstructive Criticism: An Advanced Introduction*, Columbia University Press, New York, 1983, p. 261.

② 希利斯·米勒：《小说与重复》，王宏图译，天津人民出版社2008年版，第57页。

对我来说似乎都美中不足，这不是因为你能确证他们的话有错，相反是由于认为《呼啸山庄》中存在着唯一的隐秘真理这一假设本身便是个谬误。……在一连串事件的开端或结尾的终点处，你找不到能解释一切的依稀可辨的有序化的本原。对这一本原所作的任何系统化的阐述都将明显地残缺不全，它在许多重要之处留下了尚待说明的空白。它是残剩的晦涩，解释者为此大失所望，这部小说依旧悬而未决，阐释的过程依旧能延续下去。"[①] 也就是说，所有阐释都是有理有据的，阐释结果本身是没有错的，但阐释者如果认为自己的阐释活动达到了"唯一的隐秘真理"，这便是错误的出发点了，任何一种阐释都只是通过特定方式而强加给文本的一种模式，除此之外还有无数模式的存在，阐释活动没有终结于任何一种阐释这本身就是明证。由此，米勒表示："我的看法是：最好的解释是这样一些解释，它们最能清晰地说明文本的多样性——这种多样性表现为文本中明显地存在着多种潜在的意义，它们相互有序地联系在一起，受文本的制约，但在逻辑上又各不相容。"[②] 可见，在解构主义文学批评家那里，由于不存在统一性的标准，文学文本也就不存在所谓的"准确意义"，具有多种潜在的意义生产的可能性，不仅仅是作者意图指涉的主观意义、作品"书页文字"的客观意义，也不只是读者阅读赋予的某一种体验意义，而是文本自身因语言修辞而存在的多重意义，从不同的角度切入会生产出不同的意义，只能在误读性的接受活动中把握它们。

　　然而，这并不意味着文学阐释可以天马行空，米勒在表达意义不确定、误读合法的思想的同时，又补充道："批评并非人人都可一哄而上的竞赛，对各种阐释不可等量齐观。即使是这部众说纷纭的小说，称职的读者想必在很多方面有着相同的看法。虽然我认为上面列出的所有那些解释以这种或那种方式可部分地视为正确，但我依旧可

---

① 希利斯·米勒：《小说与重复》，王宏图译，天津人民出版社 2008 年版，第 58 页。
② 同上书，第 57 页。

以举出一些有关《呼啸山庄》的解释，它们错误百出，甚至连部分的正确也说不上。"① 阅读要建立在尊重文本、细读文本的基础上，对于那些过于主观随意、完全不顾文本本身的阐释，只能称之为"错误"而非"误读"。

解构主义文学批评家之所以要坚定地推翻一切阐释标准，是因为文学阐释是在一定语境中发生的，而语境是不可饱和的，这就决定了意义的不可确定性。语境构成了文本阐释的意义场，是制约意义的一个重要因素。卡勒说："语境性的阅读或历史性的阐释，一般是基于据信是简单明晰的文本来确定更为复杂、难以捉摸的文本中的段落的意义。我们已经见到德里达怎样坚持语境的不可饱和性，以及伴随拓宽语境的可能性，容许被研究的文本出现新的复杂性。因此，解构可以比作这一对孪生原理：语境对文本的决定性和语境的无限延伸。"② 语境对文本意义的影响是双向的：一方面意义在语境中生成，被语境所限制和规范；另一方面语境本身是无限的，因而又赋予意义无限可能性。解构主义误读理论反对先验化和普遍化的意义阐释，认为文学解读是对某一境遇的反应，同时也会引发另一不同的反应，因此类推，不断延伸下去。解构主义误读理论将语境作广义的理解，使其既包括语言规则、作者和读者的背景，又包括任何其他能够想象得出的相关的东西。当一个既定语境被确定时，该语境还有其他层面是不能确定的，需要再次语境化，不能设立界限，因此"标准法语或标准英语中那个假定的、充分的语境是一种错觉"③。不存在一个可靠的语境来支持对文本进行孤立、封闭的研究，文本意义总是在开放的语境中展开，在不同的语境中获得独特的风格。语境永远不可能饱和，因而注定无法一劳永逸地解释清楚文本的意义。文本在再语境化的过程中由自身向他者转化，可以脱离原始语境而在其他语境中不断重复，

---

① 希利斯·米勒：《小说与重复》，王宏图译，天津人民出版社 2008 年版，第 57 页。
② 乔纳森·卡勒：《论解构》，陆扬译，中国社会科学出版社 1998 年版，第 194 页。
③ 希利斯·米勒：《1984》，载《重申解构主义》，郭英剑等译，中国社会科学出版社 1998 年版，第 276 页。

从而实现意义的延伸。因此，对文本最佳的解读，就是在无标准的前提下展示出各种可能的意义，这些意义是同时存在于文本之中，但在逻辑上彼此是不协调、不统一的。

二 "作者意图论"之争

阐释学最初产生于神学领域，旨在正确理解和阐释《圣经》。神学阐释学把《圣经》的意义等同于其假定作者——上帝的意图，延续这一思维方法，西方传统文学理论即认为一部文学作品的意义就应该是作者的意图。"作者原意"是传统阅读理论判断一种阐释是否正确的重要标准，也是唯一标准，但它却也正是解构主义批评家坚决否定、力图颠覆的对象。在他们看来，阅读的魅力和价值不仅不在于遵从作者意图，恰恰要用创造性的意义形式来颠覆作者意图，这正如哈特曼所说："认真的阅读不就是一种复杂的辩护吗？这种辩护反对一个骗人的神祇——也就是反对我们称之为一部小说的那种不可思议的、奇妙的和有吸引力的实在的作者——创世者。"① 这一点构成了解构主义误读理论与传统阅读观念之间的冲突，使得持传统观念的批评家担心由此带来文本意义的混乱。美国文论家赫施（Eric Donald Hirsch，1928— ）便是要求坚持传统阐释学的精神，坚信文本客观意义的存在，甚至提出"保卫作者"的口号，是解构主义误读理论的反对者。赫施在《解释的有效性》（1967）一书中尖锐地指出："对作为意义规定者的原来作者的消除，就是对使解释具有有效性的唯一有说服力的规范性原则的否定。"② 赫施是作者权威的坚定拥护者，在他看来，作者意图是意义的来源，也是阐释活动不可逾越的边界，对作者意图的消解会使得其他任何阐释失去说服力，这意味着阐释有效性的丧失。

---

① 杰弗里·哈特曼：《荒野中的批评》，张德兴译，天津人民出版社2008年版，第61页。
② 赫施：《解释的有效性》，王才勇译，生活·读书·新知三联书店1991年版，第14页。

　　文学语言不同于普通语言，它具有多义性特征，对这一点赫施是认可的："反对意向论的人如果坚持，不能把作者的目标与他实际所达到的东西混淆起来，不能简单地把作者的意愿与行为相提并论，显然，这种坚持是合理的，因为，真正的批评在根本上是指把作者的意愿和行为加以对比，而不是把两者混淆起来。"① 为了在多重意义中显现作者意图的位置，他把意义分为"涵义"（meaning）和"意味"（significance）两种："一件本文具有着特定的涵义，这特定的涵义就存在于作者用一系列符号系统所要表达的事物中，因此，这涵义也就能被符号所复现；而意味则是指涵义与某个人、某个系统、某个情境或与某个完全任意的事物之间的关系。……因此，意味总是包含着一种关系，这种关系的一个固定的、不会发生变化的极点就是本文含义。"② 这里，"涵义"是运用语言学方法所得到的意义，具有稳定性原则；"意味"则不是固定的，与具体的阐释语境有关，包含着种种变化。由于外在语境的存在，一个文本可以有多个并行的阐释。然而，赫施同时又指出，所有的阐释都不应违背作者的意图，否则"意味"一词就失去了任何价值："确定意味的原则并不是作者意识到了什么，而是这意味是否从属于作者意指的含义类型。"③ 这也就是说，"涵义"作为一种客观的、内在的意义，它能够传达作者本意，因而是意义阐释活动的基础；"意味"是读者对作者本意的领会，是主观的、外在的意义，必须在作者意图允许的范围内进行。显然，这种重"涵义"而轻"意味"的阐释思想，是以作者意图来限定其他多重阐释，文学语言的多义性必须作为对作者意图的揣度而存在。因而可以说，作者创作时的意图是文本的唯一意义标准。

---

　　① 赫施：《解释的有效性》，王才勇译，生活·读书·新知三联书店1991年版，第176页。

　　② 同上书，第16—17页。王才勇先生把赫施德语原文"Bedeutung"和"Sinn"分别译作"含义"和"意义"，汪正龙先生在《"正读"、误读与曲解：论文学阅读的三种形态》（《江西社会科学》2005年第4期）一文中分别改译为"涵义"与"意味"。本文从后一种译法，对王才勇译文作相应改动，特此说明。

　　③ 赫施：《解释的有效性》，王才勇译，生活·读书·新知三联书店1991年版，第144页。

　　为了说明"作者意指含义"的重要性，赫施曾列举了弗洛伊德对莎士比亚悲剧《哈姆莱特》的解读。弗洛伊德就哈姆莱特迟迟未实施复仇的行为作出"俄狄浦斯情结"的论断，赫施则评论说：

　　　　如果我们像我曾作出的断言那样去断定，只有再认识性解释才是一个正确的解释，那么，我们就必须基于我们所选定的立场就莎士比亚这部作品指出，弗洛伊德的解释是错误的，他的解释与作者意指含义不相吻合。他所解释的只是一种意味，这个意味无法纳入到就我们选定的立场看莎士比亚意指的含义类型中去，至于莎士比亚的这部作品认可了弗洛伊德这种解释的存在，这是无关宏旨的，在此，值得关注的恰恰是意味可能发生的变动，正是意味的这种变动性，才使得有关解释及其解释之正确性的理论显得必要。①

　　这里，赫施所强调的"我们选定的立场"，是尊崇作者权威的立场。从这种立场来看，莎士比亚是不可能在自己悲剧中意图表达"俄狄浦斯情结"的，这一情结不过是弗洛伊德的一己之见，因而弗洛伊德的解释虽然是一种"意味"，但只是一种错误的解释，是需要"解释之正确性"来否定的一种意味。

　　赫施用"作者意图"来统辖所有语言的意义传达，认为不管是文学语言还是普通语言，都应当服从作者的原意，这也就把文学和其他语言形式混为一谈了。巧合的是，赫施和德里达都有把文学语言与其他书写语言一视同仁的倾向，但他们的立足点却是根本相异的：德里达把所有书写都视为如文学语言般具有修辞性，因而是多义的；赫施却是把文学语言视为如普通语言一样一定要讲究原意和确定性，因而是单义的。这两种迥异的观念正反映出解构主义语言观和传统语言观

---

　　① 赫施：《解释的有效性》，王才勇译，生活·读书·新知三联书店 1991 年版，第143 页。

的根本差异。赫施坚持传统语言观，把作者原意与文本的"有效性"与"客观性"紧密联系。不可否认，赫施对客观性的重视，对主观主义与相对主义的意义研究有纠偏作用，然而他对读者主体的忽视也有偏执一端的缺陷，取消了文学语言的独立性和特殊性。因此，仅从作者意图的标准来讨论这个有效性与客观性的问题，是失之偏颇的。

　　美国文论家艾布拉姆斯也曾撰写了论文《如何以文行事》，不无讥讽地批评德里达、布鲁姆以及读者反应批评家费什这些推崇读者作用的批评家："在我们这个阅读时代里，文学交际行为中的第一动因是作者。对一个不再是新手的人而言，看到近来的书和文章作者得意地宣称自己死亡，总让我觉得好笑。"① 他秉持"作者意图论"而宣告："不论批评家针对弥尔顿而创造的文本是多么有趣，都远远比不上弥尔顿写给他心目中那些读者的那个文本，尽管这些读者在数量上并不多。"② 关于传统文学批评与解构主义文学批评之间的关系，艾布拉姆斯的理解是建立在一种假设的基础上，即把解构主义批评视为全新的阐释范式，它与传统理论是根本对立的关系，这种对立把它自身推入颠覆一切的怀疑主义和相对主义之中，因而失去了批评的价值。艾布拉姆斯打了一个比方：单义性阅读是一棵高大的橡树，它扎根于坚实的泥土里，由于被解构批评这根常青藤心怀叵测地包围缠绕而受到了伤害。然而事实上，解构主义文学批评家存在与传统相关的保守倾向。米勒从"deconstruction"（解构）入手，指出："任何一种解构同时又是建构性的、肯定性的。这个词中'de'和'con'的并置就说明了这一点。"③ 解构主义文学批评中同时包含着否定和肯定、解构和建构两个方面的因素。解构主义误读理论反对传统批评对确定性的追求，这并不意味着误读理论完全抛弃了传统批评，也并不把文

---

　　① M. H. 艾布拉姆斯：《如何以文行事》，载《以文行事：艾布拉姆斯精选集》，赵毅衡、周劲松等译，译林出版社 2010 年版，第 251 页。

　　② 同上书，第 265 页。

　　③ 希利斯·米勒：《作为寄主的批评家》，载《重申解构主义》，郭英剑等译，中国社会科学出版社 1998 年版，第 130—131 页。

本瓦解成支离破碎的片断，误读并不是艾布拉姆斯所说的伤害文本的意义，反而以更全面的方式来建构文本意义，以误读的方式来对既定意义作修正与补充。

针对赫施和艾布拉姆斯的担忧，读者反应批评理论家费什说："如果不去考察不受约束的自我（the unconstrained self）这一概念，E. D. 赫施、M. H. 艾布拉姆斯以及其他坚持客观解释说的辩护者们的论点就毫无立足之地。他们担心，缺乏由一个规范的意义系统所决定的控制物，自我将会以它自己的意思取代文本所'固有'的意思（通常与作者的意图一致）；然而，如果自我不被理解成一个独立的实体存在，而是作为一种社会结构——其活动是由向自我提供信息的理解系统所限定的，那么，自我所授予文本的意义就不能被认为是它本身才具有的，而应该在自我活动于其中的'解释的团体'中去寻找依据"，"自我绝不可能脱离群体的或习惯的思维范畴而存在，正是思维范畴使自我的运作（思考、观察、阅读）得以进行。我们一旦意识到，占据（我们）意识的观念，包括其本身的状况形成的任何观念都是由文化衍生而来的，那种认为存在着一个不受约束的自我，一个完全地而且具有危险性、无法控制的意识的想法实在是不可理喻，缺乏根据的"①。赫施、艾布拉姆斯等人质疑"一个不受约束的自我"会让意义过于主观、随意，然而，费什认为这样的一个"自我"并不存在，个体读者总是处于一定社会语境中的，看起来是读者赋予的意义实际上是源自读者背后"解释的团体"的力量。即使读者对于文本意义所做的阐释偏离了作者意图，只要这种阐释是严肃认真地进行的，那就能够在一定程度上表达特定"解释团体"的情感、思想和立场，体现特定社会文化内涵，因而具有客观性和有效性。

然而值得注意的是，解构主义误读理论离不开传统阅读方式，这

---

① 斯坦利·费什：《这堂课有没有文本?》，载费什《读者反应批评：理论与实践》，文楚安译，中国社会科学出版社 1998 年版，第 61 页。

并不意味着解构批评是依附于传统批评的。艾布拉姆斯把与语法相关的阅读称为"基础阅读"（under-reading），认为这是意义阐释的第一层；把针对语言修辞的阅读方式称为"超阅读"（over-reading），视为阐释的第二层，并且它是建立在第一层阅读之上的更深入的阐释方式。这种分类方式表现出逻辑的力量，修辞语言就是附加于语法功能之上的东西，这也就意味着，立足于语法的阅读是必需的，而立足于修辞的阅读则是附属的、可有可无的。米勒并不认同这种划分方式，认为解构主义误读理论不存在这类等级关系："没有艾布拉姆斯所假定的那种普通的'基础阅读'的东西……事实上从一开始，超阅读也就仅有一种形式，即对语法和转义的共同阅读。"① 也就是说，在对文学文本进行语法阅读的同时，就不可避免地进行了修辞阅读，这两种形式在阐释过程中不是相继出现，而是同时发生、并存共生的，当一种意义不存在时，另一种也就无法存在。文本各种阐释方式之间，不是等级递进的关系，不能说一种阅读是另一种阅读的基础，它们是并列的。文本具有多种复杂意义，其中的每一种阅读结果都有另一种阅读方式的踪迹，但这踪迹显示出的是对另一种阅读的消解而不是承继。解构主义误读理论不是层层深入，不追求终极意义，而是层层颠覆，体现出文本的非逻辑性，目的在于使文本中各种因素活跃起来。

三　"文本意图论"之争

意大利小说家、符号学家翁贝托·艾柯（Umberto Eco，1932—　）从"文本意图"的角度对解构主义误读理论进行了批评。艾柯并不全然反对解构主义文学批评关于文学多义性的观念，他接受了文学意义多元化这一思想，肯定了读者在阐释文学文本时所起到的积极作用。早在1962年，他就在被誉为"意大利新先锋派"的代表

① 希利斯·米勒：《1984》，载《重申解构主义》，郭英剑等译，中国社会科学出版社1998年版，第273页。

作《开放的艺术品》中提出，任何艺术作品，即使是已经完成、结构上无懈可击的作品，依然处于开放状态，具有开放式结构，提供了无限多种阐释的可能，读者可以不断地参与阐释，发掘文本新的、甚至作者未曾想到的内涵。然而，艾柯小说《玫瑰之名》发表后引起了关于"玫瑰"的阐释热潮，一时间五花八门、千奇百怪乃至匪夷所思的阐释一拥而上，面对这种意料不到的情况，艾柯在1990年提出了"过度诠释"的问题①。艾柯于1990年在剑桥大学主持了一场名为"诠释与过度诠释"的讲座，与理查德·罗蒂、乔纳森·卡勒、克里斯蒂娜·布鲁克－罗斯三人展开辩论，探讨有关意义的本质以及诠释之可能性与有限性的问题。这次辩论的论文集为《诠释与过度诠释》（*Interpretation and Overinterpretation*）。在艾柯看来，如果读者的权利被过分夸大，种种离奇的诠释便可能毫无节制地产生，这就是"过度诠释"（overinterpretation）。他指出，批评对于文学的阐释不是无限的，无限的衍义只能扰乱文本的解读，必须保持合适的尺度以防止阐释的失控。艾柯认为："说诠释潜在地是无限的并不意味着诠释没有一个客观的对象，并不意味着它可以像水流一样毫无约束地任意'蔓延'。说一个文本潜在地没有结尾并不意味着每一诠释行为都可能得到一个令人满意的结果。"② 他明确指出解构主义批评家保罗·德·曼、希利斯·米勒的批评方法，给予读者太多自由阅读本文的权利，会带来"无限衍义"（unlimited semiosis）。艾柯强调说，阐释符号不能随心所欲，文本的解释不能超越一定的界限和标准。

为了抵制无限制的误读，艾柯提出"文本意图"（intenio operis）概念来作为阐释的标准，认为读者阐释的应当是文本本身所隐含的意图。"文本意图"在文本意义生成的过程中起着非常重要的作用，它既不受制于作者意图，也不会对读者意图的自由发挥造成阻碍。它不

----

① 翁贝托·艾柯等：《诠释与过度诠释》，王宇根译，生活·读书·新知三联书店2005年版。

② 翁贝托·艾柯：《诠释与历史》，载《诠释与过度诠释》，王宇根译，生活·读书·新知三联书店2005年版，第25页。

是一个先验的存在，而是"读者站在自己的位置上推测出来的"①。
然而，这里所说的并不是一般的读者，而是具备一定素养的"标准读者"，即按照文本的要求、以文本应该被阅读的方式去阅读的读者。
同时，艾柯觉察到让"文本意图"充当诠释的限定仍缺乏足够的说服力，因为历史的发展会影响这种操作原则。因此，他又引入了"历史之维"这个概念，指出文本与特定的社会文化内涵相关联，历史语境的变化会导致诠释结果的不断追加，同时艾柯又特别指出：不管在什么样的历史语境下，经典的诠释都要考虑文本的意图，远离了"文本意图"，也就逾越了合法诠释的边界。

　　艾柯一再声称"一定存在着某种对诠释进行限定的标准"②，着力强调"文本的内在连贯性"与"无法控制的读者冲动"之间的区别，强调前者的权威。然而，艾柯理论有其自身的模糊性和不可操作性，因为任何理论家都没有办法清晰界定"过度诠释"的标准，即使是在同一个时代也不会形成所有人都承认的标准。就"文本意图"来说，一方面它规定着读者的阅读方向，另一方面却又必须由读者去发现和体现，这似乎陷入了一种阐释学循环。为此，乔纳森·卡勒对艾柯发难，"艾柯被他对界限的过分关注误入了歧途"③，他认为意义生成过程中的任意性并不意味着意义是读者的自由创造，相反，它反映了语言的多义性和模糊性，表明文学语言的运行机制是复杂的。并且，甚至可以说，对文学文本内在因素及其运行机制的考察即使是"过度阐释"，也比只是回答标准读者所提出的问题的方法更好，因为它有可能获得新颖的发现。对于艾柯提出的"历史之维"，卡勒也指出："语境本身是无限的：永远存在着引进新的语境的可能性，因

---

① 翁贝托·艾柯：《过度诠释文本》，载《诠释与过度诠释》，王宇根译，生活·读书·新知三联书店 2005 年版，第 68 页。
② 翁贝托·艾柯：《诠释与历史》，载《诠释与过度诠释》，王宇根译，生活·读书·新知三联书店 2005 年版，第 42 页。
③ 乔纳森·卡勒：《为"过度诠释"一辩》，载《诠释与过度诠释》，王宇根译，生活·读书·新知三联书店 2005 年版，第 130 页。

此我们惟一不能做的事就是设立界限。"① 语境所蕴涵的因素是变动的，我们无法事先确定它的界限，因而对经典作品的诠释存在着无限衍义的可能性。可见，"文本意图"说的出发点是无可厚非的，试图为共时的文学作品阅读与研究确定一个意义方向，从而排除那些在共时状态下对文本不合理的诠释，然而它毕竟不足以囊括文学阐释活动的多重决定因素，因而是一种难以实现的乌托邦。

　　综上所述，关于文学意义阐释标准问题，赫施和艾柯对解构主义误读理论的批判，分别从传统作者和现代文本两个角度展开，为解构主义误读理论有效性的思考提供了有益的参照。然而，无论是作者还是文本的意图，都不是文本意义的唯一决定因素，不能为文学阐释提供标准化的意义模式，否则阐释活动又将走回封闭、单一的老路上去。实际上，由作者、文本、读者等多重因素的共同作用才最终产生了意义，这些因素都可以作为意义阐释的标尺，但不应将任何一种固定化成为永恒的、权威的标准。这些争论，体现了解构主义文学批评与传统阐释学、现代文本理论的差异，很难说最终解决了阐释标准的问题，然而这也正说明解构主义文学批评家主张"一切阅读皆误读"、反对阐释标准单一化具有现实的合理性。在呈现出多元化趋势的当代西方文论框架中，以作者、读者、文本等各种标准建构的阅读理论都形成了各自的体系，基本上是一种共时并存的关系，众说纷纭。解构主义文学批评不设立明确的阐释标准，消解包括作者、文本、读者在内的任何立场的稳定性，同时又承认各种意义体系的相对合理性，恰恰反映了时代的特征。解构主义者遵循的是反逻各斯中心主义语言观的思路，尝试在批评实践中树一面自由、多元主义的旗帜，因此一切有益于意义挖掘和创造的批评方法，都可以拿来运用，关键是不能局限于某一种方法，不能自封为终极意义。

---

① 乔纳森·卡勒：《为"过度诠释"一辩》，载《诠释与过度诠释》，王宇根译，生活·读书·新知三联书店 2005 年版，第 130 页。

第二节　意识形态问题辨析

解构主义误读理论承继了新批评的形式研究，重视语言修辞研究，这一点被反对者视为单纯的文本分析策略。反对者认为在解构主义批评中，语言在"能指的滑动"中不再负载思想，缺乏对现实的关怀，因而成为一种无思想的游戏活动。美国新形式主义者莫瑞·克里格指出，在意识形态方面，解构主义文学批评遭到新的社会批评如新马克思主义、新历史主义的攻击："这些群体一直在同解构主义者们进行着论战，认为后者是迟到了的形式主义者，他们陷入了文本性，从而同社会力量的源泉两相分离。"① 在反对者看来，解构主义误读理论似乎设定了一种封闭的历史观，认为语言乃是隐喻的自我生成，与外界现实是完全隔离的，出现了话语膨胀而导致表征意义的危机，文学阐释似乎只是对文本自身的理解有意义，或者说似乎停留在对语言的玩味而不关心社会，昭示着人文精神的危机。这其实是对解构主义误读理论的一种误解。

造成这种误解，是因为解构主义文学批评具有非意识形态化的特征，不将语言与意识形态一一对应。解构主义批评家承继了新批评关于语言自足的思想，反对传统社会文化批评在意识形态与语言之间建立一一对应关系。保罗·德·曼把黑格尔美学称为象征的美学，认为黑格尔同一性的、象征性的原则将文学作品当作传达政治和道德观念的象征体系，因此他这样批判美学意识形态："我们叫做意识形态的东西，正是语言和自然的现实的混淆，指涉物和现象论的混淆"②，意识形态把文学语言仅仅看作是客观现实世界的反映，忽视了文学自身的特质，因而不能把文学当作意识形态的直接作用，应尊重文学独

---

① 莫瑞·克里格：《批评旅途：六十年代之后》，李自修等译，中国社会科学出版社1998年版，第185页。

② Paul De Man, *The Resistance to Theory*, Minneapolis: University of Minnesota Press, 1986, p. 11.

特的形式特征和审美效果。传统文学观念多有把文学意识形态化的倾向，希利斯·米勒认为这种倾向已使文学不堪重负："文学的社会学理论将文学降低到仅仅是主导意识形态的一种'反映'，这事实上将文学的角色限制在了被动的反射地位，仅仅成了现实权势的一种无意识的失真的写照。"① 主题式的阅读方式受意识形态决定，往往只停留在主题层面，使文学承担了过多的社会责任。布鲁姆也认为，纯粹的阅读并不服膺于意识形态，不具有传达道德价值的使命，"真正的阅读应该是一种孤独的活动，它并不教人成为更好的公民"②。文学不是意识形态的传声筒，具有独立的地位。

然而，这并不等于说它完全排斥意识形态。相反，解构主义误读理论不仅仅是对文学语言的修辞学分析，它以激进的锋芒向文化结构中最顽固的传统挑战，不可避免与意识形态保持了或对抗或推动的关系。对此，莫瑞·克里格一针见血地指出："他们的观点里存在着一种显然未被意识到的滑移现象，由纯粹词语状态滑向对人类生存状态提出看法的境界。"③ 特里·伊格尔顿也联系解构主义生成的时代背景评论德里达的文学批评："很明显，德里达的贡献超过了创造新的阅读技巧：对他来说，分解论完全是一种政治实践，是摧毁一个特定的思想体系，以及它背后的那种一整套政治结构和社会制度赖以生存的逻辑。他并非荒谬地试图否认相对确定的真理、意义、特性、意图、历史的连续性这些东西的存在，而是试图把它看作更为广泛、更为深刻的一段历史的发展结果，即语言、无意识、社会制度和实践的发展结果。"④ 不仅出身哲学家的德里达，就连专注文学批评的米勒和德·曼在解构主义误读实践中同样表现出对意识形态的批判性，米

① 希利斯·米勒：《当前文学理论的功用》，载《重申解构主义》，郭英剑等译，中国社会科学出版社1998年版，第220页。

② 哈罗德·布鲁姆：《西方正典》，江宁康译，译林出版社2005年版，第410页。

③ 莫瑞·克里格：《批评旅途：六十年代之后》，李自修等译，中国社会科学出版社1998年版，第152—153页。

④ 特里·伊格尔顿：《文学原理引论》，刘峰等译，文化艺术出版社1987年版，第175—176页。

勒强调："文学研究虽然同历史、社会、自我有着千丝万缕的联系，但这种联系，不应是语言学之外的力量和事实在文学内部的主题反映，而恰恰应是文学研究所能提供的、认证语言本质的最佳良机的方法。"[①] 在米勒看来，文学研究与"历史、社会、自我"等意识形态因素的关系并不是断裂的，也不是在文学语言外部发生、与语言脱节的，而是潜存在语言内部、起"认证语言本质"作用的。他也评论德·曼等人的研究："实际上，德曼或是德里达的作品并非全是'内在的'研究，也并非只关注语言本身、完全脱离超语言学的范畴、使语言局限在狭小的范围之中。事实上，他们对文学与历史、心理学、伦理学的关系，已经有了详尽阐述的理论。"[②] 可见，解构主义文学批评家把反思与修辞相结合，他们与意识形态的联系不是直接的，中间有一个重要媒介，那就是语言学研究，通过语言修辞来解构文学文本，提出自己具有异质性的观点，从而达到对自身文化传统的反思和批判。可见，对语言的解构是他们意识形态批评的唯一方式，也是卓有成效的方式。

解构主义文学批评家强调意识形态的虚构性，认为意识形态是文化约定而不是天生必然的。文化的基础是语言。米勒曾在接受采访中谈论"新传媒技术中的意识形态与新传媒技术的意识形态"时这样说："保罗·德曼虽然不是马克思主义者，但他却是《德意志意识形态》的优秀读者。马克思和阿尔都塞都会同意他在《抵制理论》中给意识形态下的定义：'这并不是说虚构的叙述不是世界和现实的组成部分；它们对世界的影响也许太强烈了。我们称作意识形态的东西恰恰是语言和自然现实的混合，是指涉与现象的混合。'"[③] "意识形态"并不是客观存在的物质，它与客观物质世界紧密相关，但同时作

---

① 希利斯·米勒：《当前文学理论的功用》，载《重申解构主义》，郭英剑等译，中国社会科学出版社 1998 年版，第 218 页。
② 同上。
③ 希利斯·米勒：《对雄辩有力的问题进行的有限答复》，载《土著与数码冲浪者：米勒中国演讲集》，易晓明编，吉林人民出版社 2004 年版，第 197 页。

为主观思维的成果，它同时又和思维的媒介——语言密不可分，离开了语言，意识形态没有存在的依托。政治、经济、法律等建制都是靠语言来表达的，而语言又都是建立在形而上学逻辑之上，因此，摧毁语言表达的传统逻辑体系就比直接批判社会的政治、经济、法律制度要有力与有效得多。否则，人们只能用二元对立的语言去攻击二元对立本身，其结果往往是强化了二元对立。相比较政治、经济、法律等意识形态而言，文学更具有形象性和情感性，因而更能潜移默化地发挥文学内部的意识形态作用，他举例说："塞万提斯的唐·吉诃德，福楼拜的爱玛·包法利，康拉德的吉姆爷，在社会世界上都是依据他们在书中所读的幻想行动的，这些小说的读者在读这些书时也依次受到唐·吉诃德、爱玛·包法利和吉姆爷的鬼魂的萦绕。这就是意识形态的作用。"①

具体说来，解构主义误读理论对传统正读观念的颠覆，在意识形态批判上表现为对传统形而上学的颠覆。"解构摧毁了结构主义者的'理性信仰'，揭示了文本盲乱的非理性性质，说明文本是在搅乱或颠覆据认为它们在显现的任何一种体系或立场。借此，解构展现了一切文学科学或话语科学的不可能性，使批评活动重新成为阐释的使命。"② 解构主义学者认为意义阐释是不确定、含糊不清、偶然性的，并不是如传统阅读理论所认为的是固定、清晰和必然的。在这种观念下，形而上学的"理性信仰"中心、权威的位置全面消解。文学批评在不断的阐释过程中获得了新的生机。解构主义误读理论对外在"客观真理"的怀疑和否认，揭露了文本结构与其形而上学本质之间的差异，因而对消解文学阐释活动中的形而上学因素，具有毋庸置疑的激进力量。

消解形而上学，首先是消解其整体化和本质主义的倾向。整体化是形而上学思维的一个主要特征。整体化的基础是本质主义的观念，

---

① 希利斯·米勒：《对雄辩有力的问题进行的有限答复》，载《土著与数码冲浪者：米勒中国演讲集》，易晓明编，吉林人民出版社 2004 年版，第 197 页。

② 乔纳森·卡勒：《论解构》，陆扬译，中国社会科学出版社 1998 年版，第 198 页。

即预先设定事物具有本质，语言能够表达最终的真实。解构主义误读理论拒绝作系统探索，拆散那些一度被当作思想准则的概念，发现文本中的矛盾和冲突。德里达曾说："通过悖论或一种增补的交错配列法，保罗·德·曼似乎在用额外的辩证法反对非真的辩证法。"① 辩证法通过"否定之否定"的螺旋形运动达到"对立统一"的稳固与宁静，解构主义批评家"额外的辩证法"却力图揭示文本如何质疑、拆解自身，关注文本内在的不和谐因素。意义不是作为一个统一的整体而产生。阅读不仅仅是洞见，更要寻找盲点，这就需要颠覆同一性思想，不再从整体性和系统性的角度来寻求一种确定意义的表达，而是致力于探索文学本文隐含的意义。德里达认为，存在着"诠释的两种不同诠释"：其一是一般意义上的"诠释"，只是寻求对于文本的"解码"，试图发现文本隐含的"真理"；其二是"解构"，试图通过各种"游戏"达到超越"人"和"人文主义"的目的。具有悖论意味的是，尽管传统文本遵循了线型叙述，但是读者在阅读它时却经常需要运用片断式、跳跃式阅读法；尽管现代文本是碎片式的、"星状分布的文本"，但是读者却有必要细细地咀嚼文本的断片和各种絮语般的文字，否则将会一无所获。

消解形而上学，其次是批判传统形而上学的深度二元论模式。二元对立的两者，通常以暴力性的等级关系联结在一起。灵魂/肉体、主体/客体、本质/现象、同一/差异、必然/偶然、自然/文化、意义/形式、肯定/否定等，它们构成不平等的等级关系，其中第一项是逻各斯的表现，原生性的、本源性的；第二项是衍生性的、增补性的。在所有的二元对立中，最根本的还是符号本身的"所指/能指"关系，按照传统形而上学原则，总是存在一种"超验所指"来决定着能指的意义，意义就是语音所指涉的思想内容，即思想所指涉的客观对象。传统对"误读"的认识遵循的是二元对立模式，把它看作

---

① 雅克·德里达：《多义的记忆：为保罗·德·曼而作》，蒋梓骅译，中央编译出版社 1999 年版，第 130 页。

"正读"的反面和附属物。消解了秩序性的二元对立思想,文本成为无数能指的编织物,造成彻底摆脱二元对立后进行无止境的自由游戏的新局面。解构主义文学批评反传统、反制度化,让我们看到了在形而上学之外还存在着其他思想的可能性。在德里达之后,形而上学不可能再按传统的方式进行思考了。可见,"误读"是一种具有创新精神的阅读方法,它使文学阅读超越传统思维导致的盲目性阅读,走进充满洞见的新的阅读时代。

总之,解构主义误读理论虽然在文学语言内部研究文学意义,但并不是在象牙塔中自说自话,具有隐性的意识形态批判性。它并不逃避历史和现实,也不是破坏一切使其结局为虚无的思想,相反它从语言层面颠覆传统的语音中心主义,否定传统对本原、真理、中心的追求,在文本内部揭示了文化意识形态虚幻性,因而更有意识形态批判的力量。

第三节 "虚无主义"之辩

解构主义误读理论运用新的批评策略,抛弃传统的阐释模式,贬低传统的价值观念,被传统学派批评为"虚无主义"。艾布拉姆斯在《解构的天使》中形容道:"德里达的文本居所是一个回声荡漾的封闭房间,在这里,意义缩减为永不停息的模仿性言语,符号也幽灵一般地不在场,符号与符号之间上下、左右激荡却发不出任何声音,它们既非为人所欲,自身也无所指涉,只在虚无中喧嚣一片。"①这是站在传统立场上的指责,认为解构主义文学批评排除了得出结论的可能性,因此显得全无意义,意义沉迷于差异性的游戏,只是一团嗡鸣之声而无法停止下来确认自身。应当说,艾布拉姆斯的这段批评文字形象地描绘了德里达等人解构主义批评活动的一些特征,但有言过其实

---

① M. H. 艾布拉姆斯:《解构的天使》,载《以文行事:艾布拉姆斯精选集》,赵毅衡、周劲松等译,译林出版社 2010 年版,第 227 页。

之嫌。由于立场的差异，艾布拉姆斯只看到了解构主义文学批评否定性的一面，忽视了它更重要的肯定性因素。解构主义文学批评家自己对这种责难进行了辩解，德里达多次辩白："他们以虚无主义、反人文主义来指责我。与这指责相反，我正尝试把解构定义为一种肯定性的思考。"①"解构不是否定的，而是肯定的。就是对'不可能'的肯定。"② 从而把解构主义文学批评定位为一种严谨的批评。米勒专门写了《作为寄主的批评家》对传统学派的批评作反批评，为解构主义误读理论作了辩护："'解构'并不是如人们常说的那样是虚无主义或是否认文学文本的意义。相反，它试图尽可能准确地阐释由不可克服的语言之象征性所产生的意义的摆动。"③ 解构式误读活动并不是"不指示任何东西"的真空状态，他们的阐释活动不是漫无边际的。

事实上，解构主义误读理论具有内在的双重性，反对传统的单义性阅读，却又把传统阅读纳入解构批评的操作之内；反对作为权威"逻各斯中心主义"，却并不反对作为功能的"中心"。解构主义误读理论的双重逻辑表明它不是虚无主义。本节将通过艾布拉姆斯与米勒的论战、德里达对反逻各斯中心主义立场的辩解来论证这一点。

一　传统批评与解构主义文学批评

艾布拉姆斯在论文《解构的天使》中，批判解构主义文学批评家所提出的"一切阅读都是误读"的思想"是以一种非常褊狭的看法来对待所涉对象；因为它要说的是：任何文本，不管它是整体还是部分，对什么也不能特别地表达，连某人用其所写的某种东西表达了什么也根本无法言说。"他接着反问："如果所有阐释都是误释，如果

① 雅克·德里达：《一种疯狂守护着思想：德里达访谈录》，何佩群译，上海人民出版社1997年版，第140页。
② 雅克·德里达：《德里达中国讲演录》，杜小真、张宁编，中央编译出版社2003年版，第46页。
③ 希利斯·米勒：《当前修辞研究的功能》，载《重申解构主义》，郭英剑等译，中国社会科学出版社1998年版，第83页。

所有对文本的批评（如同所有历史）能做到的只是批评家本人的错误建构，那又何必费神进行阐释和批评呢?"①艾布拉姆斯等人的批评是建立在一种假设的基础上，即把解构主义文学批评视为全新的阐释范式，它与传统阅读理论是根本对立的关系，这种对立把它自身推入颠覆一切的怀疑主义和相对主义之中，因而失去了批评的价值。艾布拉姆斯打了一个比方：单义性阅读是一棵高大的橡树，它扎根于坚实的泥土里，由于被解构批评这根常青藤心怀叵测地包围缠绕而受到了伤害。然而事实上，解构批评家存在与传统相关的保守倾向。米勒从"deconstruction"（解构）入手，指出："任何一种解构同时又是建构性的、肯定性的。这个词中'de'和'con'的并置就说明了这一点。"②解构主义文学批评中同时包含着否定和肯定、解构和建构两个方面。解构主义误读理论反对传统批评对确定性的追求，这并不意味着它完全抛弃了传统批评，并不把文本瓦解成支离破碎的片断，并不是艾布拉姆斯所说的伤害文本的意义，反而以更全面的方式来建构文本意义，以"误读"的方式来对既定意义作修正与补充。

解构主义误读理论怎样实现这种补充作用？具体说来，采取了"双重阅读"的方法。巴特在《S/Z》中就曾提出"重读"的思想，主张阅读不能只进行一次，只读一次的阅读方式往往在不同的故事中寻找同一种模式，只有通过对同一个文本的多次阅读才能发掘文本的多重意义。德里达也早在《人文科学话语中的结构、符号与游戏》一文中就提出两种阅读或阐释方式：其中一种"追求破译，梦想破译某种逃脱了游戏和符号秩序的真理或源头"③，它认为文本是有固定意义的、可读的，希冀寻找到真理或源泉，因而它是传统的阅读方式，旨在进行客观阐释，读者似乎只是在简单地重复作者的意思；反

---

① M. H. 艾布拉姆斯：《解构的天使》，载《以文行事：艾布拉姆斯精选集》，赵毅衡、周劲松等译，译林出版社2010年版，第228页。

② 希利斯·米勒：《作为寄主的批评家》，载《重申解构主义》，郭英剑等译，中国社会科学出版社1998年版，第130—131页。

③ 雅克·德里达：《人文科学话语中的结构、符号与游戏》，载《书写与差异》，张宁译，生活·读书·新知三联书店2001年版，第524页。

之，"另一种则不再转向源头，它肯定游戏并试图超越人与人文主义……"①，这是包含了解构策略的阅读方式，它不再追求先验的真理，旨在透过自由游戏而读出文本更多层面的意义，以求发现传统的"盲点"，因而阅读的结论总是层层颠覆的。显然，德里达是积极倡导后者的，但同时又说："尽管这两种解释之解释必须承认它们间的差异并强调它们的不可还原性，我本人却并不认为如今非作选择不可。"②原因在于，这两种阅读同时包含在解构主义批评之中，共同构成了双重阅读。第一种阅读是解构批评家和传统批评家共同拥有的。对传统批评而言，它是整个批评活动的终点；对解构主义误读理论而言，它只是一种阅读方式的结果，在此阅读活动还远未完成，还需要在已建构起来的意义基础上进行播撒或游戏。比如，德里达的《在法的前面》③ 一文是对卡夫卡同题短篇小说的解读，他首先通过对小说标题、结尾等部分的分析，得出法律的不可接近和荒谬性的结论，这无疑是传统的"追求破译"的阐释；然而德里达只是把这一重解读视为浅层次的意义形式，他进而通过对小说中"法""门卫""现在不行"等语句的寓言式阅读，指出这篇小说还有其他意义，如人潜意识对于现实和虚构的混淆；希望与延迟的交替关系；文学中"无休无止的异义扩延"……内涵，它们打破了传统文学批评对定论的追求，在延宕的阐释活动中使意义具备了丰富的表现空间。

　　文学文本是寓言性的，如果运用传统一元性的解读方式，文本就只有单一的、终极的意义，文本的寓言性或者说修辞性就无法体现。因此，对文学文本的阅读需要多次展开，前一次阅读是传统的固定意义，后一次则是对固定意义的颠覆性解读。在第一种传统文本之外，解构主义批评更追求文本意义的不确定性，致力于发现、挖掘第二种

---

　　① 雅克·德里达：《人文科学话语中的结构、符号与游戏》，载《书写与差异》，张宁译，生活·读书·新知三联书店 2001 年版，第 524 页。
　　② 同上。
　　③ 雅克·德里达：《在法的前面》，载《文学行动》，赵兴国译，中国社会科学出版社 1998 年版，第 145 页。

文本的存在。这种双重的阅读就是解构。解构主义文学批评尽管没有固定的模式，但双重阅读的展开使它有一定的步骤可循。可见，解构主义文学批评家们反对传统将意义定于一尊的批评方式，并不是把传统阐释方法排除在误读之外，它们理论的重点如卡勒所说："解构阅读所达到的结论，强调的经常是语言的结构、修辞的运作和思想的迷离复杂，而非某一部特定作品的意义。"① 通过解构式的分析，发现文本内部异质性的、互相冲突、互相取消的多重意义，通过发现文本意义系统的矛盾。"误读"是第一种阅读与第二种阅读的结合，是结构与解构的统一，它一方面对文本分析过程进行描述，另一方面对自身体系的连贯性提出挑战。因此，我们在接受解构主义批评观念时需要认识到，解构主义误读理论质疑已有的理论，但同时"'解构'实在不是一种将西方思想传统作为自己对立面的哲学，而是一种坚持思想自由、不断探索意义的新的可能性的进击姿态"②。不能认为"误读"就是要抛开所有的传统，恰恰相反，解构主义误读理论实际上是涵盖传统的阅读方法，唯一要抛开的只是这些方法之间的壁垒，抛开封闭思维和中心思维，他们在传统中获得解构所必需的力量，从而使意义的阐释更加具有活力。

然而值得注意的是，解构主义误读理论离不开传统的文学阅读方式，这并不意味着解构主义文学批评是依附于传统文学批评的。艾布拉姆斯把与语法相关的阅读称为"基础阅读"（under-reading），认为这是意义阐释的第一层；把针对语言修辞的阅读方式称为"超阅读"（over-reading），视为阐释的第二层，并且它是建立在第一层阅读之上的更深入的阐释方式。这种分类方式表现出逻辑的力量，修辞语言就是附加于语法功能之上的东西，这也就意味着，立足于语法的阅读是必需的，而立足于修辞的阅读则是可有可无的。米勒反对这种划分方式，认为解构主义误读理论不存在这类等级关系："没有艾布拉姆斯

---

① 乔纳森·卡勒：《论解构》，陆扬译，中国社会科学出版社 1998 年版，第 199 页。
② 盛宁：《"理论热"的消退与文学理论研究的出路》，《南京大学学报》2007 年第 1 期。

所假定的那种普通的'基础阅读'的东西……事实上从一开始，超阅读也就仅有一种形式，即对语法和转义的共同阅读。"① 也就是说，在对文学文本进行语法阅读的同时，就不可避免地进行了修辞阅读，这两种形式在阐释过程中不是相继而出，而是同时发生、并存共生的，当一种意义不存在时，另一种也就无法存在。文本各种阐释方式之间，不是等级递进的关系，不能说一种阅读是另一种阅读的基础，它们是并列的。文本具有多种复杂意义，其中的每一种都有另一种阅读方式的踪迹，但这踪迹显示出的是对另一种阅读的消解而不是承继。解构主义误读理论不是层层深入，不追求终极意义，而是层层颠覆，体现出文本的非逻辑性，目的在于使文本中各种因素活跃起来。

二　反"逻各斯中心主义"与维护"中心"的功能

解构主义误读理论反对逻各斯中心主义，这是毋庸置疑的；然而同时，它又并不是脱离传统重新建造的阅读与阐释学，也无法在解读过程中真正抛开逻各斯中心主义的语言。这一点向来被视为一种内在矛盾。这种矛盾实际上反映出解构主义误读理论的一个重要特点：反对"逻各斯中心主义"，但并不是意味着"误读"是毫无秩序，它其实不反对保持事物秩序的功能性"中心"。

"逻各斯中心主义"与"中心"是两个不同的概念，这一观点早在德里达《人文科学话语中的结构、符号与游戏》一文中就提出来了。"逻各斯中心主义"是形而上学的文化思想，用二元对立的方式为世界划分等级，先验所指是逻各斯中心主义的前提和表现，受之影响的传统阅读理论一直处在深度模式之下，总是寻求本真的意义，排除其他的意义形式。然而，"中心"是一切事物都具有的功能，凡是结构必有中心，中心是事物的组织方式，能够遍布事物的方方面面，结构中的所有部分都指向中心，它不是存在于结构之中而是超越结构

---

① 希利斯·米勒：《1984》，载《重申解构主义》，郭英剑等译，中国社会科学出版社1998 年版，第 273 页。

之外。最重要的一点是，"中心并非一个固定的地点而是一种功能、一种非场所，而且在这个非场所中符号替换无止境地相互游戏着"①。"中心"与"逻各斯中心主义"最大的不同是，它不是指向固定的、独一无二的事物或终极意义，它可以通过结构中任何的因素包括"他者"来发挥功用，不断更新，是一系列的替补运动。比如，德里达在《不合时宜的格言》一文中对莎士比亚的《罗密欧与朱丽叶》第二幕第二场的解析，一般性的阅读从中读出了甜蜜爱情，如果把这种意义看作是对这场戏的总结，那就是逻各斯中心主义的表现了；德里达超越了这种阐释，又以罗密欧的名字为中心读出关于死亡的内涵，以"夜"的分析为中心读出作出这场戏隐含着看不见的冷酷……甜蜜、死亡、冷酷等意义，是同时显现的，不能以哪一种为绝对的中心，每一种都只发挥功能性的作用，可以立即被其他解读所替代，以此类推，阐释走向无限丰富。可见，坚持"中心"与反对逻各斯中心主义是不矛盾的。并且，解构主义误读理论坚持"中心"的功能是有必要的，可以避免阐释的任意性，如同米勒所说："当一个人把非确定性（undecidability）认作解构的特征，他的意思并不是指一种对所有人开放的移动，而是指在各种可能性中来来回回的、一种非常具体的、大体相同的移动，每一种可能性都是由一个又一个词组联结起来的。"② 这些"词组"就是一个又一个中心，引导着批评实践，把解构落实到字面上，以书页上的文字为立足点。在阅读中，文本并没有销声匿迹，阅读不能使一个文本生成任何读者想要的意义。这说明，解构主义误读不是"曲解"，不能随心所欲地把读者自己的观点强加给文本，必须立足于文本语言本身，进行有理有据的评判和解构。

从批评文本的语言表达来说，解构主义误读理论虽然反对逻各斯中心主义，但不反对使用逻各斯中心主义的概念和逻辑来展开颠覆工

① 雅克·德里达：《人文科学话语中的结构、符号与游戏》，载《书写与差异》，张宁译，生活·读书·新知三联书店 2001 年版，第 55 页。
② 希利斯·米勒：《问与答》，载《重申解构主义》，郭英剑等译，中国社会科学出版社 1998 年版，第 283 页。

程。德里达企图以书写说、延异论解构逻各斯或语音中心构成的形而上体系，而实际上，他在建构理论的过程中不可避免要依靠自己和读者头脑中固有的先验概念。这一点被视为一种内在的矛盾，因此乔纳森·卡勒认为："对逻各斯中心主义的批判，不管包含有多少论证、阐述、经验证据或经验观念，都仍然带有他极力反对的逻各斯中心主义的痕迹。它存留在系统之中，揭示了系统的难题或矛盾，从而使系统本身无法获得充分的一致性。因此，要想确立一种能够超越逻各斯中心主义的新的语义学或意义科学，是件不可能的事情。"[①] 艾布拉姆斯也不无讥讽地评价道："我们能做的，只是对新派读解者指出他心知肚明的东西——他在玩一种双重游戏，读别人的文本时引入他自己的阐释策略，想和自己的读者交流其阐释方法和结果时则默契地依仗社团的规范。"[②] 这里表现出对超越逻各斯中心主义的缺乏信心，因为逻各斯已经深入到人们所使用的语言本身之中，难以完全弃之不顾。即使是解构主义学者，也只能借用形而上学的语言，表达反对形而上学的思想。这正如拉曼·塞尔登在《当代文学理论导读》中所指出的："后结构主义者不是给出答案，而是更多地提出问题；他们抓住文本所说的和文本认为它所说的二者之间的差异。他们让文本反对它自身，拒绝迫使它仅仅表达一个意思。他们拒绝'文学'的分离性，解构非文学话语，把它们读作修辞性文本。我们可能会对后结构主义未能得出结论感到沮丧，但是他们在努力避免逻各斯中心主义这点上是始终如一的。不过，他们总是承认，他们抵制做结论的愿望注定要失败，因为只有什么都不说，他们才能阻止我们认为他们说了什么。即使总结他们的观点本身也暗示了他们在这点上的失败。"[③] 塞尔登看到了解构主义文学批评的积极价值，即在"文本认为它所说

[①]　乔纳森·卡勒：《雅克·德里达》，载约翰·斯特罗克编《结构主义以来》，渠东、李康、李猛译，辽宁教育出版社 1998 年版，第 204 页。

[②]　M. H. 艾布拉姆斯：《如何以文行事》，载《以文行事：艾布拉姆斯精选集》，赵毅衡、周劲松等译，译林出版社 2010 年版，第 272 页。

[③]　拉曼·塞尔登等：《当代文学理论导读》，刘象愚译，北京大学出版社 2006 年版，第 228 页。

的"背后发现不同的甚至是相反的意义，使文本产生多种意义可能性，这在反逻各斯中心主义方面卓有建树，然而同时，也正是由于解构主义文学批评无法抵达结论，他们自己的言说也必将陷入被解构的境地，从而堕入"以子之矛攻子之盾"的悖论。

解构主义文学批评家究其实是无法彻底超越形而上学的，但他们始终在尽最大努力保持对这种形而上学的圈套的批判意识。解构主义学者在左右为难的夹缝中所作出的唯一可行的选择是，用逻辑性的语言来表达对非逻辑性的追求。为了表示自己的理论不是要建构新的逻各斯中心，德里达在撰写理论著作时也特别注意，"与大多数理论家不同，德里达不想依靠几个核心概念构建一套理论体系，只想不断地从他正在讨论的文本中提取某些新的术语，赋予它们以一种策略性的地位，也就是说，在自己的文本和他人的文本的互动过程中，使这些术语从结构复杂性中凸现出来。德里达总是以新代旧，防止这些术语成为新的理论或体系的中心概念"①。这也就导致了德里达的批评写作无章可循，他不构建系统的阅读模式。这一点必然给解构主义误读理论打上深刻的烙印，并且构成了解构主义文学批评的内在张力：既深刻怀疑各种传统的思想观念和文化系统，但又未彻底摒弃它们，而是将其作为建构新思想、开创新话语的基地。事实上，解构主义批评家从未宣称要颠覆理性的逻辑，反而是借助严谨的逻辑思维来进行解构工作的。

与形而上学的逻辑相对立，解构主义文学批评代表另一种逻辑，解构即"模糊化"。"解构"这个词本身就象征着一种另类逻辑，它既不是建构也不是拆毁，不同于传统的二元逻辑的非此即彼，既不说"非此即彼"，也不说"两者……都"，甚至不说"既非此也非彼"，但同时也并不抛弃上述逻辑中的任何一种。解构主义误读理论强调对批评学科的纠偏与增补作用，而不是要求建立另一种中心体系，文本中任何一个微小的因素都可以发挥阐释中心的功能，但没有一种中心

---

① 乔纳森·卡勒：《雅克·德里达》，载约翰·斯特罗克编《结构主义以来》，渠东、李康、李猛译，辽宁教育出版社 1998 年版，第 183 页。

是统治性的，从而实现了从边缘对中心进行消解，从文本的字里行间挖掘出潜藏的压抑话语，避免因深度模式而产生的意义阐释上的极权主义，从而促进了文本意义的增殖。

从以上关于传统与解构、逻各斯中心主义与中心的辩证分析中，可以看出，解构主义误读理论具有双重性：一方面，解构主义误读理论具有开放性和破坏性，彻底解构逻各斯中心主义，把意义带向不确定的领域，以所谓的虚无主义来克服形而上学的弊端，具有否定性；另一方面，它又并不取消一切意义，反而以意义的不断生成来超越虚无主义，促使人们以开放的视域重新播散意义，具有肯定的价值。可以说，解构主义误读理论不是一元论的形而上学，也不是否定一切的虚无主义，它其实是处于虚无主义和形而上学的中间地带，是一种寄生性的批评："'解构主义'既非虚无主义，亦非形而上学，而只不过就是作为阐释的阐释而已，即通过细读文本来理清虚无主义中形而上学的内涵，以及形而上学中虚无主义的内涵。"① 从本质上说，虚无主义是与形而上学并生的异质性因素，二者也是寄主与寄生物的共生关系。如同"误读"是正读观念所强加的名称，"虚无主义"也是形而上学所强加的。解构主义误读理论不能彻底摆脱虚无主义和形而上学，然而它却以把文本阐释可能性最大化的方式，在这两种极端概念之间摇摆，从而对抗它们。"解构批评旨在抵制批评的笼统化和极权主义的倾向。它旨在抵制它本身对作品的所谓完全把握、从而停滞不前的倾向。它在抵制这些倾向的时候，所凭借的是阐释的一种不安的愉悦，它要超越虚无主义，不断向前运动，但这种超越同时又是一种停滞不前，正如寄生物既在门外，却又早已在门里，是最不可测度的客人。"② 总之，解构主义误读理论具有否定与肯定、消解与建构的双重逻辑，是在一种看似矛盾的运动中展开的。否定、破坏、颠覆只是一种手段，深处蕴涵着肯定、创新和建设。

---

① 希利斯·米勒：《作为寄主的批评家》，载《重申解构主义》，郭英剑等译，中国社会科学出版社 1998 年版，第 109 页。

② 同上书，第 132 页。

第五章

解构主义误读理论的历史价值

误读理论是解构主义文学批评的关键性理论，一方面，它与同时期的一些文学批评思潮和流派有交叉和影响关系，需要在文学批评史中进行历史定位；另一方面，解构主义误读理论也反映了解构主义思潮独特的理论观念，在文学批评理论、文学意义研究、文学性研究等方面突破了传统，带来了新的思想，同时也存在偏颇之处，因而需要对它进行正反两面的价值判断。本章的意图，正是以 20 世纪文学批评史为横坐标来对误读理论作历史定位，以它具体理论观念研究为纵坐标来作深入评判，从而全面认识这一理论的意义。

第一节　解构主义误读理论与当代西方
文学批评的发展

解构主义误读理论发生于当代西方文学批评史的历史语境中，它批判性地继承了美国新批评的细读传统，发展了文学语言研究观念；它对阐释多样性的重视，又和德国接受美学、美国读者反应批评对读者独立地位的强调相类似、相关联。同时，"误读"作为解构主义文学批评的关键性话语，也在多方面影响了女性主义、新历史主义、后殖民主义等后现代系统的文论，作为方法论的解构主义误读理论至今仍在当代文学批评发展进程中发挥其功能。因而，本节对解构主义误读理论在当代西方文学批评史中的定位，主要联系新批评、读者反应批评、女性主义、新历史主义、后殖民主义来展开，从它们的相互关系中探究这一理论的独特意义及其对批评史的影响。

一　误读理论与新批评文论

本书第一章已经谈到，解构主义误读理论是语言学转向的深入发展，是美国新批评传统的批判性继承。整个耶鲁学派受新批评文论思想影响至深，保罗·德·曼早期写过两篇论述新批评的文章，分别是1956年的《形式主义文学批评的终结》和1966年的《美国新批评的形式与意向》，对新批评既有积极肯定和吸收运用，又有批判和改造。希利斯·米勒曾在访谈中说："我已经不再将文学批评看作是认同于另一个灵魂，而是看作试图弄清楚一个既定文本的意义的复杂性。这一新的批评观念实际上是以另一种被改造的形式复归到我从前作为威廉·燕卜逊、肯尼思·伯克、I. A. 理查兹的读者时的出发点。"[1] 这一"出发点"即新批评对文学意义复杂性的关注，新批评的语言修辞研究成为解构主义文学批评家立论的基础；"以另一种被改造的形式"则是指解构主义文学批评策略，批评不再只是语言分析，它包含有解构、颠覆的深层动机。怎样实现"改造"？解构策略又表现在哪些方面？下面从新批评与解构主义文学批评关联密切的几个方面来探讨两者的联系与差异，重点探讨解构主义误读理论对于新批评阅读理论的变革与超越。

第一，解构主义误读理论继承了新批评"内指性"文学语言观。英美新批评把语言研究上升到本体论的地位，并且以"含混"来界定文学语言的基本特征，为解构主义误读理论从语言修辞方面来研究意义的多样性提供了理论资源。新批评的文学语言观念，是建立在科学与文学区分的基础上。作为一种形式主义批评流派，新批评强调文学语言的特殊性，其奠基人瑞恰兹率先区分了语言的科学用途与情感

---

[1]　希利斯·米勒、金惠敏：《永远的修辞性阅读》，载易晓明编《土著与数码冲浪者》，吉林人民出版社2004年版，第181页。

用途："我们可能为了依据而运用陈述，不论这种依据是真是伪，这是语言的科学用途。但是我们也可能为了这个依据所产生的感情和看法的效果而运用陈述，这是语言的情感的用途。"① 也就是说，科学语言是以逻辑推理为基础的符号语言，具有指示功能，是"外指的"，要求指涉清晰、意义明确；文学语言则不要求逻辑认知上的真伪判断，是情感语言，只具有情感功能，是"内指的"，以表达或激发情感为己任。

英美新批评之所以把文学语言归结于情感用途，原因在于他们认为艺术最根本的因素是作者创作时的原始经验，艺术的真实是文学与经验的一致性。从文学生产过程来说，作者在形式上尽可能地建构与原始体验相契合的语言结构，批评家则回溯作者的历程，通过仔细、精确地研究意义形式，来获得形式所由生的经验。"他（指诗人）的任务最终是使经验统一起来。他归还给我们的应该是经验自身的统一，正如人类在自身经验中所熟悉的那样。而诗歌，假若是一首真正的诗歌的话，由于它是一种经验，而不仅仅是任何一种关于经验的陈述，或者仅仅是任何一种经验的抽象，它便是现实的一种模拟物——在这种意义上说，它至少是一种'模仿'。"② 与 19 世纪末实证主义和浪漫主义文学批评相比较，英美新批评坚持的依然是"模仿论"立场，不过其模仿的对象不再是外在的历史现实，而是作者内在的心理体验和意识状态。

英美新批评的创新在于将文学语言上升到了本体论的高度。作者经验只能通过文学语言来传达，语言使文学成为文学，它也是批评家还原作者原始经验的可靠途径，传统的历史、实证的方法对于文学意义阐释来说是不够深入的，必须把语言引入文学意义研究。新批评的研究视野发生了重大转变，从社会历史内容和作者思想内容转到了文

---

① 戴维·洛奇：《二十世纪文学评论》（上册），葛林等译，上海译文出版社 1987 年版，第 204 页。

② 克利安思·布鲁克斯：《释义误说》，载赵毅衡编《新批评文集》，百花文艺出版社 2001 年版，第 229 页。

学语言这一新的主体上来，这一转变影响深远，英美新批评之后的批评理论，无论意识形态研究还是文本形式研究，都不可避免地运用到新批评式的语言研究方法。对于德·曼的修辞阅读理论来说，它更是有不可或缺的理论奠基意义。德·曼曾经明确表示自己的分析属于语言学和语义学的范畴，他和新批评家一样，把研究重心放在文本内部，以文学语言为文学活动的中心。

然而，对于文学模仿作者经验的观念，德·曼是坚决否定的，认为这种模仿根本不可能达到也不应追求。他认为意识、语言、现实之间不是一一对应的关系，文本并不是作者经验的载体，也不单纯是作者和读者这两个主体之间的交流，这是因为，文学语言不仅仅包含或反映经验，更重要的是建构经验，即唤起读者过往的回忆与情感，形成新的情感体验。"建构"有别于单方向的意指，把读者这一文学因素纳入意义体系中来，重视读者与文本的互动。文学语言具有自我言说的独立功能，批评的任务不再是去发现形式所意指的经验，而是探讨形式如何积极主动地建构一个个新的世界。这一过程不再是只模仿而更多是创造，不再只是传达思想情感也包含了读者的参与。

在此基础上，德·曼进一步否定瑞恰兹所说的文学语言交流作用。依据新批评派的观念，文学语言之所以是模糊的、情感性的，是因为经验本身是模糊和情感性的，文学虽然具有复杂的意义，但并不是高深莫测、不可解读，最终目的还是要实现作者和读者的交流。德·曼则批判之，他抨击瑞恰兹"不仅把诗歌语言贬到了交流语言的层次，而且不断否认审美经验和其他人类经验的区别"[1]。德·曼依据康德审美无功利的思想，认为交流作为有功利、有目的的活动，是不应作为文学经验的价值的，因此他在新批评对科学、文学语言区分而论的基础上，他进一步强调诗性语言和交流语言的分别，区别的标准在这里被称为隐喻，后来被称为修辞性。德·曼认为，只有隐喻化

---

① Paul De Man, *Blindness and Insight*: *Essays of Contemporary Criticism*, Minneapolis: University of Minnesota Press, 1983, p. 234.

和修辞化的语言才是诗性语言，它的意义才是丰富的，难以确定的。进而，由于语言的修辞性，也必然导致了确定意义的不可实现，文学文本的指称或意义变得模糊而难以确定。德·曼还将这一思想进一步推广到非文学文本中去，认为即使是哲学、政治、法律等文本，也因语言修辞性而存在矛盾、虚构和欺骗性，并最终导致不可阅读。

第二，解构主义误读理论对新批评"含混"理论的继承与突破。"含混"是瑞恰兹的学生燕卜逊总结文学语言多义性时沿用的理论术语，指文学语言的多义形成复合意义的现象。新批评把复义看作文学语言的特性，赋予"含混"新的理论意义，正如瑞恰兹所说："如果说旧的修辞学把复义看做语言中的一个错误，希望限制或消除这种现象，那么新的修辞学则把它看成是语言能力的必然结果。"①"含混"或曰"复义"理论，是新批评派对于文学语言的重要发现。新批评家不仅不再像传统批评那样将含混和复义看作是错误，反而看作文学语言的特性和活力所在，非但不否定，反而鼓励和发扬之。

解构主义文学批评家赞赏燕卜逊对文本含混意义的阐释，竭力从文本的意指结构中抽取出彼此冲突的力量来，主张让冲突作为冲突存在而并不试图予以化解，揭示了文本内部多重意义共存的可能性。对于解构主义修辞阅读理论来说，新批评具有不可或缺的理论奠基意义，解构主义批评家和新批评家一样，把研究重心放在文本内部，以文学语言分析为文学批评的中心，认为"文学特征的标准不在于文风的散漫或紧凑，而在于语言修辞的程度"②。新批评对语言含混性质及其修辞手法的研究，为"误读"的开展提供了方法论的借鉴，意义不确定性的思想正是"含混"理论的承继和发展。

燕卜逊的代表作《论含混的七种类型》以文本本身含混以及潜在隐喻空间的新颖见解吸引了德·曼的目光。在燕卜逊所讨论的七种含

---

① I. A. 瑞恰兹：《论述的目的和语境的种类》，载赵毅衡编《新批评文集》，百花文艺出版社 2001 年版，第 339 页。

② 保罗·德·曼：《解构之图》，李自修等译，中国社会科学出版社 1998 年版，第 136—137 页。

混类型中，德·曼认为，只有第一种和第七种才属于真正意义上的含
混，只有它们才关涉到诗歌语言的本质。这是因为，只有这两种表明
意义是无可确定的，其他类型的含混都能通过情境或上下文的语境得
到界定或澄清，因而是伪含混。德·曼需要这种不确定性来说明"存
在本身所具有的深刻的分裂"："（和解的任务应该）让读者承担，因
为和解并不发生于文本之内。文本不解决冲突，而言说冲突。"[1] 也
就是说，文本内部具有多重意义，这些意义彼此之间会有矛盾和冲
突，德·曼赞赏燕卜逊对文本内部矛盾的含混意义的揭示，竭力从文
本的意指结构中抽取出互为冲突的力量来，主张让冲突作为冲突存在
而并不试图予以化解。

　　传达文学含混性的是作者所运用的语言结构，新批评认为最基本
的质素是比喻："诗人必须用比喻写作，正如 I. A. 瑞恰兹指出的，所
有微妙的情感状态只有比喻才能表达。诗人必须靠比喻生活。"[2] 悖
论、反讽、含混在新批评家那里被认为是至关重要的比喻手段，因为
文学就是借助这些比喻来区分自己的语言和普通语言。德·曼也强调
文学的比喻语言，并借此机会初步表达了他的修辞观。在他看来，比
喻是语言范式本身，而不是派生的语言形式，也就是说，任何语言都
具有比喻的结构，都可进行修辞分析，文学语言与日常语言、哲学语
言在这一点上没有区别。一首诗之所以能够引发丰富的联想，应该归
功于比喻所开启的广阔诠释空间。由于比喻的存在，"经验失去了独
一无二的性质，陷入思想的眩晕。……隐喻的意义在于它不指向任何
确定的意义"[3]。在德·曼看来，如果一个简单的隐喻都能引发无限
的阅读，激发无限的经验感受，那就绝不能够如瑞恰兹所说，使读者
的经验与作者的经验完全相吻合，更无从讨论交流的问题。

---

　　① Paul De Man, *Blindness and Insight*: *Essays of Contemporary Criticism*, Minneapolis: University of Minnesota Press, 1983, p. 237.

　　② 克利安思·布鲁克斯：《悖论语言》，载赵毅衡编《新批评文集》，百花文艺出版社
2001 年版，第 320 页。

　　③ Paul De Man, *Blindness and Insight*: *Essays of Contemporary Criticism*, Minneapolis: University of Minnesota Press, 1983, p. 235.

对新批评的含混理论，德·曼肯定它揭示语义冲突的一面，同时又否定其对于语义研究的正伪判断。新批评的语义研究一方面强调多义性，另一方面也要求对多重意义进行筛选和判断，防止误读的发生。雷纳·韦勒克在《文学理论、文学批评与文学史》中说："一部艺术作品越复杂，它们所包含的价值构成就越众多，因此就越难以解释，忽视这个方面或那个方面的可能也就越大。但是，这并不意味着所有的解释都同样正确，也不意味着不可能在它们之间加以区别。有完全是异想天开的解释，也有片面的、歪曲的解释。"① 对这些被视为"错误"的解释，新批评家试图通过准确的语义研究加以排除。德·曼对此却有不同看法，他认为语言的修辞性是误解产生之根源，既然文学语言必然是修辞性的，那就不可能避免误读的存在，不可能达到所谓的准确解读，新批评对语义正伪的判断也必然是徒劳的。"含混"概念启发了德·曼关于文本的不可确定性的思想。不同的是，新批评的"含混"是一种歧义现象，是文本客观存在的多义性；德·曼的"不确定性"则在强调文本多义性的同时，更强调选择、判断的困难，从而取消正读与误读的区别，一切阅读都无法达到与原义同一的圆满境界，故而一切阅读都是误读。

第三，从批评方式上说，新批评的"细读"方法被解构主义批评家直接运用于批评实践中。"细读"这一概念是瑞恰兹提出的，它作为文学阅读的具体方法，旨在通过细致的语义分析来把握诗歌意义，防止误读的产生。"细读"的思想源自于瑞恰兹在剑桥大学任教时所做的一系列教学实验的启发。在实验中，他选取了不同诗篇，隐去作者姓名，发给学生独立评论，结果却令人惊讶，很多著名诗人的诗篇评价不高，又有很多不见经传的诗人的作品却受到极大好评。通过调查研究，瑞恰兹认为，普通读者和他的学生一样，由于一系列障碍的存在，阅读中会出现偏差，产生误读，故而应采取具有较高分辨能力

---

① 雷纳·韦勒克：《文学理论、文学批评与文学史》，载赵毅衡编《新批评文集》，百花文艺出版社 2001 年版，第 563 页。

的批评方法，这就是"细读法"。"细读"也就是对作品进行细致入微的研读和评论，新批评主张批评者在把握语境及作品整体结构的前提下，从词语及其相互关系中阐释文本意义，揭示词语中的含混、反讽、隐喻等修辞手段，了解词源知识乃至该词与神话、历史或文学有关的典故，从而阐释作品的结构和意义。

　　这种精细的研究方法围绕文本进行深入挖掘，虽然不无"过度阐释"之嫌，"正如其他学术研究方法一样，'细读'引起了卖弄学问和标新立异；但是肯定要有这样一个阶段，因为任何一门知识要发展都必须对它的研究对象作仔细精密的观察，把事物置于显微镜下分析……"① 新批评派的细读方法以精密严谨为特点，坚守语言的本体地位，强调以文学语言为中心，遵循严格的步骤，逐步深入文学结构，达到对作品意义的全面认识。这种批评方法在把握文学语言的精细与差异等方面取得了长足的进步，因而获得解构主义批评家的认可和借鉴。德·曼对细读方法大加赞赏："美国式的文本诠释和'细读'策略所拥有的完美技巧使我们在把握文学语言的精细与差异等方面取得了长足的进步。"② 哈特曼曾在一次访谈中说道，"细读"是耶鲁学派米勒、布鲁姆、德·曼及他本人四人的共同主张："有一点你说得很正确，那就是我们四人都采用了'细读'这一方法。尽管对布鲁姆来说，细读意味着具有良好的音感和超凡的记忆力——因为一旦具备了这一条件，当一位作家从另一作家身上吸取了养料，并将其加以改造变形时，他就能很容易地将其识别出来。布鲁姆从根本上改变了有关本源学习的概念。它既不是我所说的'细读'，也不是德里达、哈特曼或德·曼的阅读方式。并非我们不够敏锐，只是因为这一概念并不处于我们思维的核心——'细读'理论的核心。"③ 在哈特

---

　　① 雷纳·韦勒克：《文学理论、文学批评与文学史》，载赵毅衡编《新批评文集》，百花文艺出版社 2001 年版，第 554 页。

　　② Paul De Man, *Blindness and Insight: Essays of Contemporary Criticism*, Minneapolis: University of Minnesota Press, 1983, p. 27.

　　③ 罗选民、杨小滨：《超越批评的批评——杰弗里·哈特曼教授访谈录》（下），《中国比较文学》1998 年第 1 期。

曼看来，"细读"更多是文体学上的意义，建立在对文本修辞的挖掘基础之上，他认为除了布鲁姆以外的其他耶鲁学派学者都持这种观念。布鲁姆从主体性的误读理论出发，更侧重"细读"是阅读主体的一种基本才能，有了这种能力才可以更敏捷地进行"误读"活动。米勒下面这段话也支持了哈特曼的观点："今天许多人断言修辞阅读是过时的、反动的、不再需要或不再适合。面对这种断言，我以固执、执拗、不无挑战的抗辩态度要求对原始语言细读。甚至在全球化的形式下，这种阅读对大学学习和研究也仍然是最基本的。"①

　　解构主义批评否定确定性阅读的存在，但这并不意味着其文本解读是随意的，恰恰相反，解构主义文学批评家始终保持着认真求知的态度，他们无论是采用哪一种误读方式，都是建立在文本细读的基础之上的，并且，正是细读的方法为误读的有效性提供了保障，使貌似随意的误读具有了材料支持和专业水准。这正如学者盛宁所评论的："'解构'作为一种'理论'，为的是要对我们所从事的阅读、阐释行为作出解释，那么它所针对的是一种什么样的阅读阐释活动呢？在我看来，那必须是在受过语言学、语义学、词源学以及文献版本学等多方面良好训练的基础之上，在熟练的掌握了'新批评'所最擅长的文本细读的本领之后，才能掌握的在文本中穿行、甚至上下翻飞的本领。这里最关键的一点，就是我们必须通过专业的文本阅读训练而获得一种'文学能力'（literary competence），这其实是我们能够从事'解构'阅读的一个前提条件。"② 虽然分析形式不同，运用的术语各异，给世人留下的印象也是一"保守"（新批评）一"开放"（解构主义批评）的南辕北辙两个极端，但解构主义文学批评与新批评在引发更多细读方面有相同的追求，他们对文本修辞的解读有方法上的相似性，都把细读当作批评家不容规避的工作。

　　第四，解构主义误读理论对新批评"有机统一"意义观进行了消

---

① 希利斯·米勒：《全球化对文学研究的影响》，载《土著与数码冲浪者》，易晓明译，吉林人民出版社 2004 年版，第 115 页。

② 盛宁：《"解构"：在不同文类的文本间穿行》，《外国文学评论》，2005 年第 3 期。

解。新批评不再像实证主义和浪漫主义批评那样，从历史和心理的角度来寻找文学意义，坚守文学语言本体地位。然而，值得注意的是，新批评家无论多么诚恳和执着地挖掘文本内在的张力、含混、歧义、悖论和反讽，最终还是要回到统一的主题，追求圆满稳定的意义。新批评后期代表人物克利安思·布鲁克斯在《反讽——一种结构原则》一文中用生物的有机体来比喻文学文本的有机统一："一首诗里的种种因素是互相联系的，不像排列在一个花束上面的花朵，倒像与一棵活着的草木的其他部分相联系的花朵。诗的美在于整株草木的开花，它需要茎、叶和隐伏的根。"[①] 德·曼则反对这种比方，认为文本的有机形式并非与自然生物的类似，亦非源于文本本身具有的整体性，而是源自文本的阐释行为，认为新批评割裂了文本与读者的关系，以简单的类比方式推断出文本是一个自足的有机统一体，但事实上文本与阅读过程中的理解行为是密切相关的。新批评虽然也会论及读者的文学阐释活动，然而和传统的作者中心论一样，是把文学文本的各种意义看作"有机整体"，"一首诗的各个部分是互相有机地联系在一起的，是间接与整个主题相联系的"，"这些意义哪一个也不取消别个，全都有关系，每个意义对整体意义都有贡献"[②]。新批评的语义研究，一方面强调多义性，注重挖掘文学意义的深层结构如反讽、隐喻、复义等，另一方面把文学文本的各种意义看作"有机整体"，不管意义如何复杂多样，在文本这一封闭系统内部，各种可能的阐释之间不是矛盾对立而是和谐统一的关系。最典型的是艾伦·退特的"张力"概念。退特说："我所说的诗的意义就是指它的张力，即我们在诗中所能发现的全部外展和内包的有机整体。"[③] 构成文本张力的各种意义指向，虽彼此不同却又统一在一个整体之中，这样才能达到有

———————

① 克利安思·布鲁克斯：《反讽——一种结构原则》，载赵毅衡编《新批评文集》，百花文艺出版社 2001 年版，第 378 页。

② 同上书，第 393 页。

③ 艾伦·退特：《诗的张力》，载赵毅衡编《新批评文集》，百花文艺出版社 2001 年版，第 117 页。

力的表达效果，"有机整体"的意义观念始终是新批评学者进行阅读与批评活动的前提与基础。

解构主义文学批评和新批评在文学意义研究的根本诉求方面具有本质区别，体现在解构主义批评家摒弃了新批评对文学意义"有机整体性"的追求。米勒曾说："与新批评家不同，解构主义者争辩的是：你不能想当然地认为一部好的文学作品一定是有机的统一体。"①"新批评关于每一细节都有意义这一假定有很大的价值，但每个细节在和谐一致地有助于小说或诗歌这一'有机的整体'确立时才有价值，这随之而来的另一个假设将诱使人们忽视作品中的不协调的成分，认为它毫无价值或者将它视为一种缺陷。"② 米勒是在提醒人们，其实"作品中的不协调的成分"也并不是毫无价值或者是应摒弃的缺陷，这种异己力量既然存在，也必有它的合理性，也需引起读者的重视，让它成为导向洞见的必然途径。

德·曼也对新批评的"有机整体"观提出了质疑，他在《美国新批评的形式与意向》一文中指出新批评存在自我矛盾：认识前提上把诗假设为有机统一体，得出的结论却是诗以反讽、含混和矛盾语的形式存在。在他看来，新批评陷入了理论预设与实际操作相冲突的困境："当它的诠释方法不断得到改进，美国新批评发现文本并非只有单一的意义，而是多重的甚至可以说截然相反的含义同时并存。它并没有揭示出与自然世界的一致性相关联的连续性，而是把我们领入由反思性的反讽和含混两种修辞所构成的非连续世界。"③ 也就是说，新批评派预设的"一致性""连续性"的意图，不能改变反讽和含混必然带来断裂和非联系性，修辞使语言在表达意思的同时又否认这个意思，使语言具有自我解构的功能，文本不能统一到一个整体之中。

---

① 希利斯·米勒：《问与答》，载《重申解构主义》，郭英剑等译，中国社会科学出版社1998年版，第279页。

② 希利斯·米勒：《小说与重复》，王宏图译，天津人民出版社2008年版，第22页。

③ Paul De Man, *Blindness and Insight: Essays of Contemporary Criticism*, Minneapolis: University of Minnesota Press, 1983, p. 28.

对新批评派刻意追求的终极、权威阐释而言，德·曼的解构主义批评是一种反平衡："解构的目标永远是揭示假想为单一性的总体中存在有隐藏的连贯和碎裂。"① 在德·曼看来，整体化是形而上学思维的一个主要特征，修辞化阅读的根本目的，是要破除一切整体化的倾向，打破文本封闭自足的界限，使文本在读者多样化的参与下形成跳跃的、充满活力的意义言说。

文学语言天然具有自我解构的功能，这是文学的本质属性，因而文本不能统一到任何一个整体之中，"有机整体"的追求必然会被文本的修辞功能所消解。可见，虽然解构批评家像新批评一样对文本的词语、概念、结构、修辞作细致的爬梳工作，然而却并不期望建构有机统一的意义系统，自觉地在文本阐释中从一种意义延宕到另一种意义，目的是尽可能实现对文本多重意义的认识。正是由于质疑了文本有机整体论的假设，解构主义误读理论才能更广泛地和文本的各个方面产生关联而不至于被同化。对新批评派刻意追求的终极、权威阐释而言，解构批评以"言说冲突"的不变追求作了理论的反平衡。

总的说来，新批评丰富的理论资源对误读理论而言无疑是一个宝库，无论是文学语言观念、含混理论，还是文本细读的方法，都被解构主义误读理论吸收和运用。这正如学者盛宁所说："美国本土的'新批评'的传统，尽管它早已经'寿终正寝'，不再可能有理论上的发展，然而它所培养的着眼于文本的细读和内在分析、探究语词的修辞性的习惯，却成为接受解构批评的天然跳板。"② 解构主义文学批评正是借着对新批评形式主义传统的承继而为更多的人所认可，然而，毕竟传统已经瓦解，文学文本不再是封闭自足的体系，不能再对文本进行封闭性、孤立性研究，必须打破文学意义"有机整体观"的束缚，用无限延伸的误读使意义研究更富活力。哈特曼曾在《超越形式主义》(*Beyond Formalism*，1970) 一书中对新批评猛烈抨击，提

---

① Paul De Man, *Blindness and Insight: Essays of Contemporary Criticism*, Minneapolis: University of Minnesota Press, 1983, p. 249.

② 盛宁：《二十世纪美国文论》，北京大学出版社 1994 年版，第 181 页。

出"内在批评"必须与"外在批评"相结合的观点。解构主义误读理论批判并发展了英美新批评派"封闭阅读"的基本概念,以修辞性的文学语言为文学本体,但同时又反对"有机整体"的文学观,主张依据作品文字所隐含的内在结构及其同读者之间的心灵交往,依据读者阅读过程中文本文字间游戏式的互动来阐释意义,不再寻求文本系统内的文字、语音、意义、情节和结构的"前后一贯性"和逻辑合理关系,也不再寻求文本同作者和历史文化脉络间的主客观关系。

二　误读理论与读者系统文论

和解构主义误读理论一样挑战文学阐释中作者权威的,是德国接受美学和美国的读者反应批评。接受美学与解构主义思潮产生的时间大致都在 20 世纪六七十年代,它们有一个共同的理论渊源,那就是伽达默尔的现代阐释学。1960 年伽达默尔发表《真理与方法》,引发了阐释美学思潮,继而 20 世纪 60 年代末在德国产生了"接受美学",同时在法国影响了德里达的思想。现代阐释学在美国也发生了影响,1980 年简・汤普金斯(Jean Tompkins)编选的《读者反应批评》(*Reader-Response Criticism*)在美国出版,标志着"读者反应批评"这一著名批评流派的形成。斯坦利・费什(Stanley Fish,1938—　)是这一流派的代表理论家,出版有《为罪恶所震惊:〈失乐园〉中的读者》(1967)、《这门课里有没有文本?阐释群体的权威》(1980)等论著,他的"意义即事件""解释团体"等理论观点产生了较大影响。

相比较德国接受美学,美国读者反应批评由于受到解构主义思潮的影响,有鲜明的解构色彩。解构主义文学批评对文本空白和意义不确定性的认识,以及对读者能动性和阐释历史性的重视,和"读者反应批评"等读者系统文论如出一辙。美国学者艾布拉姆斯在 1979 年发表的《如何以文行事》一文中指出,20 世纪中后叶的欧美文学理论已经进入"阅读时代":"在本世纪中叶达到顶峰的批评时代已经让位给阅读时代；批评时代的美国新批评和欧洲形式主义者发现了作品本身（work-as-such），当下的文学理论家则发现了读者本身（reader-as-such）。"① 在这篇论文中，他选取了德里达、费什、布鲁姆作为"阅读时代"的代表性理论家来进行批判性阐释。他不无讥讽地表达自己对于这三位"阅读时代"急先锋的认识：

> 这三位理论家在本质层面上彼此有别，却都突出表现出当下阐释中之激进论的重要特色。在他们每个人眼中，理论都不是简单地用来解释我们实际上如何进行阅读，而是要用之传播一种新的阅读方式，颠覆已经人所公认的阐释并以人们所未曾料到的别种可能来取而代之。每个人的理论都用对我们是否能达成正确阐释的激进怀疑论作结，并都针对性地提出，为了获得自由和创造，阅读行为应该摆脱虚幻的语言限制，产生由文本制造的而不是为人所发现的意义。所有三种理论都是自杀性理论；因为，如这些理论家所意识到的，自己的颠覆操作，使得读者理解他的理论表述或理解他的理论所针对的文本阐释变得不可能了，自己的观点是自指性的。②

艾布拉姆斯认识到，德里达、布鲁姆所代表的解构主义批评和费什所代表的读者反应批评之间有一定的契合性，他们都表现出对传统作者中心主义阅读方式的反叛，这种反叛表现在，怀疑、取消"正确阐释"的存在，文本具有多种意义可能性，阅读活动充满"自由与创造"，这是对他们积极价值的认识；然而，显然艾布拉姆斯并不因此而认可他们，对他们三人的态度都是批判性的，认为他们所代表的理论都是"自杀性理论"，原因是这些理论表现出逻辑上的自相矛盾，也就是说，假如"正确阐释"不可能，那么他们自己的读者也

---

① M. H. 艾布拉姆斯：《如何以文行事》，载《以文行事：艾布拉姆斯精选集》，赵毅衡、周劲松等译，译林出版社 2010 年版，第 251 页。
② 同上书，第 253 页。

无法理解他们所要表达的思想了，这显然不是他们想要看到的，因而他们的理论具有自我矛盾性。艾布拉姆斯所指出的问题也的确是这些理论的内在悖论，解构主义批评有把"文学"和"文学批评"混为一谈的倾向，文学可以消解"正确阐释"，文学批评作为一种理性活动应保持"正/误"的区分标准。

解构主义文学批评与读者反应批评之间有诸多的相似与契合。然而，作为不同倾向的文学思潮，它们在对读者、文本的认识上又存在很大的差异。

首先，关于读者身份，读者系统文论以读者为意义阐释的中心与主体，解构主义误读理论则反对这种观念。从接受美学开始，读者在文学阐释中的权力兴起，批评不再像形式主义文论那样只关注对文本的理解，而是注重文学接受活动中读者的作用。读者反应批评的宗旨，是研究读者的阅读经验，要求尽可能准确地记录、分析读者在阅读活动中的一系列反应。费什提出"意义即事件"观念："对读者在逐字逐句的阅读中不断作出的反应进行分析。"[1]"这方法的基本出发点是'减速'阅读经验，以便使读者在他认为正常的时刻没有注意到，但确会发生的'事件'在我们进行分析时受到注意。这就像用一架具有自动停止功能的摄影机记录下我们的语言经验后，又在我们面前显现一样。当然，这样一种程序是基于意义作为一种事件这种观念之上才有价值，这是指词与词之间以及读者的头脑中发生的事，这些事实非肉眼所能看见的，但能够正常地借助于提出一个具有'探寻性'的问题（这个句子做什么）而被看得见（至少可以感觉到的）。"[2] 读者反应批评把读者当作一种积极地起着中介作用的存在而予以充分重视，把话语的心理效果当作它的重心所在。读者反应批评不是指向文本自身的分析，而是指向阅读过程中发生在读者身上的一系列"事件"，读者的阅读经验是意义的源泉。在消解了作者权威之

---

[1] 斯坦利·费什：《读者中的文学：感受文体学》，载《读者反应批评：理论与实践》，文楚安译，中国社会科学出版社 1998 年版，第 162 页。

[2] 同上书，第 139 页。

后，接受美学和读者反应批评又树立"读者"作为意义的来源。

在这一点上，解构主义误读理论则迥然相异，反对以读者为中心的意义阐释方法，这是因为，一方面，读者往往止于字面意义，这样就只看到形而上学的意义；另一方面，在读者的期待视野中所存在的阅读经验会影响意义的阐释，仅仅以读者阅读的结果为文本意义是不可靠的。所以，解构主义文学批评家并不把读者之间的差异看作是误读产生的根本原因，他们认为语言的差异性才是误读的根源。德·曼曾说："解构并不像逻辑上的反驳或辩证模式那样发生于命题之间，而是在论述语言修辞性质的元语言陈述和质疑这些陈述的修辞实践之间发生。"[1] 即是说，解构不是我们通常所理解的用一个命题去反驳另一个命题，解构活动是自动生成的，它不仅与创作主体无关，也与接受主体不存在必然关联，不是主体控制的一种行为，而是文本本身的内在属性，任何文本都具有自我解构性；读者主观意图不能决定文本意义，意义在文本语言的无限延异中蔓生。米勒也明确表示："我想与其谈论读者本身和他的反应，还不如谈论作品的语词和修辞特征，这样益获更大……所有读者共有的东西是纸页上的那些语词，就有关文学作品意义展开的彬彬有礼的对话甚至争论而言，最大的帮助莫过于紧扣这些语词，将它作为有待解释说明的事物。"[2] 读者在阐释中不能将意愿强加于文本之上，甚至不再起到独立主体的作用，只是一种功能性的作用，他的任务是从文本的语言分析中寻找意义的踪迹，使文本材料具有意义，使不同意义自由竞争。这样，解构主义误读理论就在推翻了作者权威和先验意义之后，又消解了接受美学和读者反应批评树立起来的新权威——读者，消解了以读者为阐释主体的观念。

其次，读者反应批评力求解释的客观性，解构主义误读理论则不具有这一诉求。为了抵御学界对其过度依赖读者心理经验、意义的获

---

① Paul De Man, *Allegories of Reading*, New Haven and London：Yale University Press, 1979, p. 98.

② 希利斯·米勒：《小说与重复》，王宏图译，天津人民出版社 2008 年版，第 22 页。

得过于主观这样一种批评，费什在《读者中的文学：感受文体学》（*Literature in the Reader: Affective Stylistics*，1970）一文中，把他心目中的理想读者称为"有知识的读者"（informed reader），并从三个方面对"读者"进行了限定：

　　　谁是读者？显然，在我的分析方法中，这个读者是具有这样一种思维能力的人，是一个理想的，或理想化的读者，同沃德霍所说的"成熟的读者"或者弥尔顿所称"有资格的读者"（fit reader），有某种相似之处。或者按照我的术语，这种读者是有知识的读者。他们须符合以下要求：（1）能够熟练地讲写作品本文的那种语言；（2）充分地掌握"一个成熟的……听者在其理解过程中所必须的语义知识"，包括词组搭配的可能性、成语、专业以及其他方言行话之类的知识（亦即作为适用语言的人和作为语言的理解者所具有的经验）；（3）文学能力。这就是说，作为一个读者，他在将文学话语的特性，包括那些最具有地方色彩技巧（比喻等手法）以及全部风格内在化的过程中，具有丰富的经验。如果承认这一理论，那么其他批评派别所关注的一些问题——风格体裁，规范性，知识背景等——必然会在潜在的和可能的反应的意义上被重新加以界定。①

　　可见，费什心目中理想的"有知识读者"并不是普通的大众读者，而是"成熟的""专业"的，"具有丰富的经验"，恐怕只有专业的文学批评学者才能完全符合这一要求。这一概念与乔纳森·卡勒在《结构主义诗学》一书中论及的"有文学能力的读者"概念相似。卡勒说："把文本当作文学来阅读，决不是让人的头脑变成一张白纸，预先不带任何想法去读；他事先对文学话语如何发挥作用一定心中有

---

① 斯坦利·费什：《读者中的文学：感受文体学》，载《读者反应批评：理论与实践》，文楚安译，中国社会科学出版社 1998 年版，第 165 页。

数，知道从文本中寻找什么，他必须把这种不曾明言的理解带入阅读活动。如果有人不具备这种知识，从未接触过文学，不熟悉虚构文字该如何阅读的各种程式，叫他读一首诗，他一定会不知所云。他的语言知识或许能使他理解其中的词句，但是，可以毫不夸张地说，他一定不知道这一奇怪的词串究竟应该如何理解。他一定不能把它当作文学来阅读——我们这里指的是把文学作品用于其他目的的人——因为他没有别人所具有的那种综合的'文学能力'（literary competence）。他还没有将文学的'语法'内化，使他能把语言序列转变为文学结构和文学意义。"① "把读者一步步引向理解的道路，正是文学逻辑的道路：必须找出诗的效果与诗的关系，而且让读者认识到，正是依据了他自己的文学知识才建立了这两者之间的联系。"② 费什和卡勒都把文学批评的门槛抬得很高，不是一般的读者所能达到的，可见他们在赋予读者以阐释中心地位的同时，也保持了精英主义的读者观念，以此来规避意义过于自由、主观的危险。

读者反应批评在对"读者"多加要求的同时，进一步提出"解释团体"（interpretive communities，又译"解释群体""阐释群体"）这一概念来对强化对意义客观性的追求。他说："意义既不是确定的以及稳定的文本的特征，也不是不受约束的或者说独立的读者所具备的属性，而是解释团体所共有的特性。解释团体既决定一个读者（阅读）活动形态，也制约了这些活动所制造的文本。"③ "当你看书时，把一本书打开，把面前书页上的文字加以组织，这时一种历史的、特定的阐释就会加入你的理解，这不是说你要把自己看成是历史地进入这个团体，而是你已经和这个团体融为一体，你没有反应就这样做

---

① 乔纳森·卡勒：《结构主义诗学》，盛宁译，中国社会科学出版社1991年版，第174页。

② 同上书，第188页。

③ 斯坦利·费什：《看到一首诗时，怎样确认它是诗》，载《读者反应批评：理论与实践》，文楚安译，中国社会科学出版社1998年版，第46页。

了。"①费什的论述强调历史意识、阐释的时间性，这一点和伽达默尔、解构主义文学批评家是一致的，反对超历史的、共时性的普遍结论的存在，主张在历史之流中动态地捕捉意义。然而，费什与伽达默尔不同的是，伽达默尔是在个体层面上界定阐释的历史性的，尊重阐释主体的已有经验即"前见"的个体性，费什则是从更为宏观的群体的层面去寻找意义，下面这段话说明了他观点的缘由：

> 对于"意义到底寓于何处，是在文本中，还是在读者中？"这样一个并不新鲜的问题，我们所能给予的回答是"在两者中都不存在"，因为无论文本或读者都是解释团体所具有的功能，解释团体既使文本的外形/特征也使读者的行为能够被理解。这一老生常谈的问题假定存在着两种具有独立性的实体——文本和读者——它们争夺解释的主动权。解释团体这一概念取消了这一对所谓对手的独立性，并重新把他们置于能够赋予他们活力的团体/体制的语境/情势之中。其结果是，文学批评史不会成为一种旨在对某一稳固的文本进行精确阅读的发展史，而会成为一种由团体/体制所制约的参与者为把某一文本置于其观照视野之内而不断努力的历史。②

在费什看来，无论是读者还是文本，都是生成于特定的"团体的语境"之中，因此，读者对文本所作的阐释活动，必然映射出历史语境的具体内涵。费什说："如果自我不被理解成一个独立的实体存在，而是作为一种社会结构……那么，自我所授予文本的意义就不能被认为是它本身才具有的，而应该在自我活动于其中的'解释群体'中去寻找依据；这样一来，这些意思（或意义）将既不是主观性的，

---

① 斯坦利·费什：《读者反应批评：理论与实践》，文楚安译，中国社会科学出版社1998年版，"译者前言"第6页。

② 斯坦利·费什：《读者反应批评：理论与实践·作者序》，文楚安译，中国社会科学出版社1998年版，第3页。

也不是客观性的……我们也可以认为，他们既是主观的，又是客观的……"① 在费什看来，阅读活动由于读者的主观意念的参与而具有了主观性，同时他们的观点又由于其"社会性和习惯性"而具有客观性。"主观性"与"客观性"，这相对立的两种性质在阅读活动中是并行不悖的。读者的解释活动受制于一套集体性的解释策略（interpretive strategies）："我们所能进行的思维行为是由我们已经牢固养成的规范和习惯所制约的，这些规范习惯的存在实际上先于我们的思维行为，只有置身于它们之中，我们方能觅到一条路径，以便获得由它们所确立起来的为公众普遍认可的而且合于习惯的意义。因此，当我们承认，我们制造了诗歌（作业以及名单之类）时，这就意味着，通过解释策略，我们创造了它们；但归根结底，解释策略的根源并不在我们本身，而是存在于一个适用于公众的理解系统中。"② 读者反应批评主张将读者动态的阅读心理活动纳入到文本意义阐释之中，同时却又从"适用于公众的理解系统"角度来寻找读者共通的心理模式，可见，这里的"读者"实则是拥有共同社会背景、审美习惯的读者群，强调的是社会历史文化的作用。费什的这一观念遭到批评，反对者认为费什的"解释团体"观念取消了阐释者的主体性，阐释者只不过成了意识形态团体的代言人而已。

与读者反应批评重视读者阅读经验不同，在解构主义批评家看来，读者的参与所带来的结果不是意义的显现，而是意义的遮蔽。这是解构主义阅读观的一大特色。米勒在《小说与重复》中谈道："各种各样的意义并不是读者将自己的主观解释任意强加给作品的结果，相反它们受作品文本的制约，在那个意义上它们有确定的范围。……它们的不确定性在于这部小说提供了大量的互不相容的潜在的解释，在于缺乏论据证明选择这一种解释优于选择另一种。"③ 米勒认为意

---

① 斯坦利·费什：《看到一首诗时，怎样确认它是诗》，载《读者反应批评：理论与实践》，文楚安译，中国社会科学出版社1998年版，第61页。
② 同上书，第57页。
③ 希利斯·米勒：《小说与重复》，王宏图译，天津人民出版社2008年版，第45页。

义的来源是"文本"而不是"读者",文本修辞让层出不穷的意义阐释得以生成,读者的"主观解释"实际上是建立在对文本语言分析的基础之上的,读者反应批评所重视的读者阅读经验并不是解构主义文学批评家所关心的。德·曼也曾明确表示:"阅读不是'我们的'阅读,因为阅读仅仅利用文本本身提供的语言成分……解构不是我们把某种东西增加到文本中去,而是结构原来的文本。"① 也就是说,读者所提出的阐释并不是"文本"之外另加的"某种东西",不管它如何的独特、如何的具有超越性,都是文本所囊括的范围之内的产物,文本之外别无他物。

最后,对于文学文本的认识,读者系统文论与解构主义误读理论都强调文本的开放性,然而前者在文本面向读者开放之后还是致力于形成一个统一的、总体性的意义体系,后者则根本取消了整体性观念。接受美学认为,文学文本是具有"召唤结构"的形式,伊瑟尔把这些需要读者参与来完成的部分称为文本的"空白",它是文本和读者交流的客观条件。它在被解读之前,创作并未最后完成,读者能动性、历史性接受实践才最后生成了文本的意蕴:"文学本文是一个多层面的开放式的图式结构,它的存在意义和价值仅仅在于人们可以对它作出不同的解释,这些解释既可以因人而异,也可以因时代的变化有所不同,但无论哪一种解释都是有意义的,也是合理的。正因为这样,所以接受美学认为作品的本质在于作品的效应史的永无完成中的展示。"② 一旦把读者的理解维度纳入文学作品的概念范畴,作品的意义就因读者理解的差异而变得具有动态性。

然而,接受美学对"空白"的填充和解构批评的"误读"有根本性的差别,这主要表现为:接受美学在强调读者能动性的同时,也强调读者研究的客观性和科学性。"伊瑟尔确立了接受理论研究的三

---

① 保罗·德·曼:《符号学与修辞学》,载《阅读的寓言》,沈勇译,天津人民出版社2008年版,第19页。

② 姚斯等:《接受美学与接受理论》,周宁、金元浦译,辽宁人民出版社1987年版,"出版者前言"第5—6页。

个领域：处于潜势的文本，阅读中的文本（即文本与读者的交流过程）、文本的传达结构（即文本与读者发生相互作用的条件）。这三个方面的研究统一于作品与读者双向作用的考察，从而形成一个整体。"[1] 文本与读者之间是互相作用、互相控制的关系，在相互制约中达到相对客观的、确定的意义阐释。伊瑟尔曾说："读者和文本的交流就是一个能动的自我修正过程，因为他系统表述了他必须不断修改的被表现客体。由于这个过程在不断变化的情境框架系列中自始至终都包含了效果和信息的反馈，因此它实质上是控制论的；随着比较小的单位逐渐消失在比较大的单位之中，意义和意义就这样通过一个滚雪球的过程结合成为一个整体。"[2] 伊瑟尔认为读者与文本的交流符合"控制论"规律，即信息反馈受控制系统的管理和制约，也就是说，无论是个体读者的反复阅读，还是一代代读者的阅读，在阅读中所形成的意义会像滚雪球那样越积越多，但始终是一个整体，不会有自我矛盾、自我消解的可能性。比较起来，解构主义误读理论的制衡力量就小得多，它没有对意义的整体性追求，并不相信文学批评的客观性和科学性，认为任何阐释都只是一种可能性的意义，而不能就是绝对的客观意义。接受美学对意义不确定性的理解改变了一元化阐释的传统，但并不违背传统的整体化原则，是解构主义误读理论把意义不确定的观念推向了极端，不追求同一性，坚持了绝对的不确定性阐释。解构主义误读理论并不对读者身份做界定，关注的重点不在读者而在文本。

三　误读理论与后现代主义文论

随着 20 世纪 80 年代德·曼的去世和米勒离开耶鲁，以及 90 年代哈特曼的退休和布鲁姆的批评观念的转向，"耶鲁学派"作为一种流派虽已过了鼎盛期，但解构主义误读理论的精神却继续留存，在后

---

[1]　马新国主编：《西方文论史》，高等教育出版社 2002 年版，第 582 页。

[2]　伊瑟尔：《审美过程研究——阅读活动：审美响应理论》，霍桂恒、李宝彦译，中国人民大学出版社 1988 年版，第 91 页。

现代系统文论中创造了新的气象。解构主义对当代西方文论的影响正如学者盛宁所总结的："在特定的条件下，解构主义也许能具有一定的革命性，西方的女权主义、西方马克思主义以及种种文化批评流派都不约而同地向解构主义寻找理论武器。因为在西方资本主义的文化版图上，上述批评流派都处于边缘状态，受到根深蒂固的主流文化的排挤和压制，它们要想站稳脚跟、谋求发展，首当其冲的任务就是把这个中心解构掉。这说的是解构主义对它们的直接影响。"① 后现代主义文论从认知范式和方法论来说，是作为文化代码的"语言"层面上的话语解构和建构活动，是话语的"解码"和"再编码"活动。如果把社会文化作为一种广义的"文本"来看待，解构主义误读理论所提供的文本批评方法，为反传统、反精英主义、边缘化的后现代主义文论提供了理论武器。正是由于这一点，女性主义批评、新历史主义批评和后殖民主义批评都借鉴了解构主义批评的阅读理论，并突破语言、形式的领域，把现实、历史的因素重新引入文学批评，对性别、历史、种族等意识形态问题进行"误读"和重建。

第一，"对抗式阅读"观念对女性主义文论产生了重要影响。德里达认为女性主义批评与后现代意义上的解构是同时代的，是"在战后——甚至在其时限以西蒙娜·波伏娃为标志的那个时代之后很久，才这样发展起来的。不早于 60 年代，如果我没有弄错的话，就最直观最有机的证明来讲，甚至不早于 60 年代末。与解构的主题、阳物理性中心论之解构同时出现，未必或不总是意味着依赖于它，但至少表示属于同一组合、参与同一运动，属于相同的动机。"② 1968 年法国学生运动之后解构主义和女性主义同时兴起是有必然性的，它们都具有反结构、反秩序、反传统的特征。从发生学的角度说，女性主义文学批评对解构主义思想"未必或不总是意味着依赖于它"，但在发展的过程中，女性主义文学批评不可避免地受到了解构主义思想的影

---

① 盛宁：《二十世纪美国文论》，北京大学出版社 1994 年版，第 206—207 页。
② 雅克·德里达：《文学行动》，中国社会科学出版社 1998 年版，第 24 页。

响。英国文论家拉曼·塞尔登指出，虽然"一些女性主义者根本不愿意理会理论，特别是在学术机构中，'理论'往往是男性的，甚至是阳刚气十足的——坚硬的、抽象的、先锋派的理智性著作……然而，尽管最近许多女性主义批评渴望逃脱理论的'凝固性与确定性'，以便发展出一种不至于与那些公认的（因此极可能是男性生产的）理论立场拴住一起并受其钳制的女性主义话语，但它们还是在后结构主义与后现代主义思想中获得了理论支持，当然绝不仅是因为它们似乎在拒绝（男性的）权威或真实观"[①]。女性主义批评以其敏锐的性别意识警惕着"理论"背后可能存在的男权立场，然而还是不可避免地受到解构主义误读理论的影响，主要体现在女性阅读与女性写作两个方面。

　　女性主义文学批评是一种以社会政治变革为目的的文化运动，与解构主义误读理论具有内在联系，解构主义反二元对立的激进思想直接为女性主义批判男权中心思想提供了依据。女性主义阅读理论要求以新的视角来审视已有的"经典"，塞尔登说："女性分析是一个有说服力的政治的、文化的、批评的解构形式。它重新评价和塑造（如果不是爆炸）文学经典，拒绝接受统一的、被普遍认可的意义，公然使话语实践的整个领域政治化。女性分析并不认为'女人'在经验上是可证明的，它认为'女人'是造成主流叙述困扰与不稳定的一个裂隙和缺场。"[②]传统有关"女人"的界定基本上是站在男性的角度来进行的，因此"天使"和"妖妇"这两种极端的女性在文学史中极为常见，但这两种形象并不是现实中"女人"的实际状态，只是站在男权中心主义立场上来进行想象的结果。因而，从"女人"这个"造成主流叙述困扰与不稳定的一个裂隙和缺场"出发，就能发现男权中心主流话语背后的力量与意义。

　　体现在文学阅读与批评领域，女性主义批评实质是对传统男性中

---

　　① 拉曼·塞尔登等：《当代文学理论导读》，刘象愚译，北京大学出版社2006年版，第141页。

　　② 同上书，第257页。

心的文学和文学批评的"误读"。女性主义批评家桑德拉·吉尔伯特（Sandra Gilbert）和苏珊·古芭（Susan Gubar）在布鲁姆"影响的焦虑"基础上提出，女性作家除了具有来自文学传统的焦虑外，还具有来自性别的"作者身份的焦虑"。男性文学经典是建立在男性经验之上的，它所培养的女性读者通过扭曲自己来与之认同。由于女性在传统文学中是以男性的话语来讲述的，从男性经验出发的"男性真理"就是意义产生的唯一标准。女性主义批评家要求以女性立场来抵制男性文学传统，最终将传统的男权主义思想祛除。"误读"是女性主义阅读的必然要求，通过女性经验的文学阅读来改变文本的理解，从而"在阅读中改变世界"。基于女性阅读经验，提出新的文学批评标准和批评尺度，所有被阅读的文本因其所依赖的女性主义理论框架而产生新的意义。比如吉尔伯特和古芭在《阁楼上的疯女人》（*The Mad-woman in the Attic*：*The Woman Writer and the Nineteenth-Century Literary Imagination*，1979）中就得出疯女人伯莎是简·爱另一面的独特结论。女性主义文学批评从性别入手重新阅读和评论文本，以女性的特殊经验为消解男权中心的先决条件，借以解构了西方传统的男性中心文化体系，创立了以女性为中心的新观念新话语，重建人类两性关系。

反过来说，女性主义文学批评也为解构主义思想的可行性提供了有力的佐证。斯皮瓦克（Gayatri Chakravorty Spivak，1942—　）曾说："与其说解构主义为女性主义者打开了通道，不如说妇女的形象和话语也同样在为德里达指点迷津。"[①] 斯皮瓦克是出生于加尔各答的孟加拉人，大学毕业后赴美深造，后留美任教。在学术研究领域她有着多重身份，她于1976年将德里达的《论文字学》译成英文并写了篇著名的序言，是解构主义批评的优秀阐释者，同时她又是一个女性主义文学批评家。多重学术身份赋予了她开阔的学术视野，斯皮瓦克认为，应将对男权中心主义的批判作为对整个逻各斯中心主义批判

---

① 张京媛：《当代女性主义文学批评》，北京大学出版社1992年版，第315页。

的一部分来进行。

　　女性主义文学批评的"误读"，在传统的文本中重新发现了女性意识的历史存在，同时也发现了女性写作的历史存在。语言的产生和运用与意识形态密切相关，传统的父权制文化也必然在文学领域表现为男性语言的建构。在传统的文学观念中，写作被视为与女性无关的男性活动，女性在传统文化中受到压抑而失语。女性主义文学理论向这一传统提出了挑战。一方面，着重发掘女性文学传统，撰写女性文学史。肖沃尔特在《她们自己的文学：从勃朗特到莱辛的英国女性小说家》一书中梳理了从勃朗特姐妹以来的英国女性小说家，从男性垄断的文学史中挖掘出一套女性文学传统。另一方面，主张根据女性经验来书写文学，法国女性主义批评家艾莱娜·西苏①提出"女性书写"理论，倡导在文本写作中建构女性意识的文学来表达女性对自身存在方式的理解。西苏强调妇女与身体的关系，"写你自己，必须让人们听到你的身体"②，身体写作是女性确立自身主体地位的革命性行动。女性写作的语言不同于男性语言，传统文学中男性的语言"是理性的、逻辑性的、等级的和直线型的"，而女性的语言"是不重理性的（如果不是不理性的）、反逻辑的（如果不是不逻辑的），反等级的和回旋式的"③。女性语言削弱了西方叙述传统中的语言、句法和形而上学的传统规范，从而改变父权意识形态语言对女性的忽视与扭曲。

　　第二，"修辞"观念对新历史主义文论产生了重大影响。历史和文本的关系问题是新历史主义的核心问题，也是新历史主义受解构主义"修辞"观念影响最深的领域。朱刚在《二十世纪西方文论》中说："新历史主义非常重视语言的修辞、隐喻、叙事、想象

---

　　①　艾莱娜·西苏（1937—　），法国女性主义批评家、小说家和剧作家。她创造了法国第一个女权主义研究小组，并创办了女权主义文学刊物《诗评》，著作有20多本，包括小说、戏剧和文学评论。

　　②　张京媛编：《当代女性主义文学批评》，北京大学出版社1992年版，第194页。

　　③　盛宁：《二十世纪美国文论》，北京大学出版社1994年版，第225页。

功能，使得新历史主义带有'平面化修辞'和叙事模式，和解构主义十分相似，也就难免带上后者的形式主义之嫌。"① 盛宁也在《二十世纪美国文论》中表示："解构主义的批评，作为一种批评方法，说白了就是'咬文嚼字找缝隙'，只要有辞源学、训诂学的训练，就可以在词义演变的任何一个环节上找到需要的缝隙。……即使是新历史主义这样的批评，尽管它声称反对解构主义批评的文化虚无主义倾向，主张回到文本的社会历史意义上来，然而在具体的批评方法上，我们则经常看到，它总要自觉不自觉地滑入解构批评碾出的深辙。"② 新历史主义以文本论对抗真实论、以修辞论反对模仿说、以解构论反对客观论、以新历史代替旧历史，都有解构主义修辞性误读理论的痕迹。

根据海登·怀特的元历史思想，历史事件不再能被直接感知，不可重现和复原，对历史的第一手把握已经不可能，对历史的了解只能依靠关于历史的记录。从这个意义上说，历史只不过是一种文本，它总是被"叙述"（narrated）出来的，"这种叙述是语言凝聚、替换、象征化和某种贯穿着本文产生过程的二次修正的产物"③，需要阐释才能存在。由于"历史文件不比文学批评者所研究的本文更加透明"④，文学与非文学文本之间不存在界限，相互可以不断地交往沟通。这正好印证了德里达的观点："文本之外别无他物"。可以说，新历史主义对美国解构主义的改造，不过是把对文本的形式主义分析，改变为对社会历史的分析，社会历史在此成为一个超级的、充满歧义的解构性文本。就历史阐释本身而言，不存在我们所想象的统一的、大写的"历史"，所谓的历史其实是"断断续续充满矛盾"的历史叙述，它是小写的，以复数形式出现。由于叙述语言的修辞性，历

---

① 朱刚：《二十世纪西方文论》，北京大学出版社 2006 年版，第 393 页。
② 盛宁：《二十世纪美国文论》，北京大学出版社 1994 年版，第 207 页。
③ 海登·怀特：《评新历史主义》，载张京媛编《新历史主义与文学批评》，北京大学出版社 1993 年版，第 101 页。
④ 海登·怀特：《作为文学虚构的历史本文》，载张京媛编《新历史主义与文学批评》，北京大学出版社 1993 年版，第 169 页。

史学家不可能客观地、科学地复原过去，只能从现在的视角去构造过去。历史话语的虚构性与文学语言虚构有相同之处，可以运用解构主义批评"踪迹"式的细读方法来挖掘历史文本中的多重意义。新历史主义学者与传统的历史研究者比较起来，"表现出对历史记载中的零散插曲、轶闻轶事、偶然事件、异乎寻常的外来事物、卑微甚或简直是不可思议的情形等许多方面的特别的兴趣"①，他们以历史文本中边缘性因素来解构和修正居于统治地位的意义形式，这正是解构主义误读理论的批评模式。

　　第三，解构主义误读理论中的"他者"观念对后殖民主义文论也发生了不可忽视的影响。"德里达的观念批判对于重新思考社会组织的可能形式而言具有积极意义，这种社会组织形式现在仅只是在——我们或许会称之为——激进话语中微微显露。在女性主义思想中，在批判马克思主义中，在反种族主义斗争中，在工人合作组织中，在更具革新性的工商行业中，甚至在国家和地方政府的一些部门中，出现的问题大都来源于这同一个根本的问题：如何应对差异？"②"差异""他者"观念是后殖民主义的核心话语。德里达说："解构，不仅仅在于批判或摧毁某种模式，而是要开始对世界化或全球化过程中不同文化之间诸多争论的关键问题进行思考，这些文化总是被轻易地一刀切式地划归为西方文化或远东文化的名下。"③德里达的延异理论是后殖民理论的直接理论来源，在后殖民主义批评中，尤其为在斯皮瓦克和霍米·巴巴的批评文字中，对殖民主义霸权的解构和对民族与叙述的重新阐释都可从德里达的理论中见出"踪迹"。德里达由语言的差异性原理推演出"延异"的概念，意义来源于符号之间以及符号内部的差异，全然的他者是不可避免的。文本的他者，并不限于其他的

---

　　①　海登·怀特：《评新历史主义》，载张京媛编《新历史主义与文学批评》，北京大学出版社 1993 年版，第 107 页。

　　②　罗伊·博伊恩：《福柯与德里达：理性的另一面》，贾辰阳译，北京大学出版社2010 年版，第 124 页。

　　③　德里达：《南京大学座谈记录》，载杜小真、张宁编《德里达中国讲演录》，中央编译出版社 2003 年版，第 93 页。

文本，也包括文化历史这种"他者"。每一种文化都有自己的发生、发展历史，不存在主次、高低、优劣之分，所谓的"优势""劣势"只是一种相对的存在。解构主义批评家往往站在文本解读的边缘位置，重视揭示文本内部被忽略和遮蔽的边缘意义，这种边缘性位置实际上就是与中心相对应的他者性位置。后殖民主义借以解构传统西方中心的文化观念，将东方文化放置到一个显著地位，启发人们关注东方文化的独特性和特殊地位。霍米·巴巴标举边缘文化立场，他认为差异性是客观存在、难以抹去的，在各种话语的交流中，任何同一性的话语都隐藏着一种话语暴力和文化霸权。依据解构的理路，所有这些代表边缘性的词汇，都只存在于谈论它的人的话语之中，对这些术语的界定也取决于它所被讨论的语境，由此权力话语出现了合法性的危机。被压制的非主流文化，完全可能对主导地位的殖民文化进行改写。只有承认差异的存在，鼓励误读，才能使双方真正达到理解和对话。他们通过对西方传统的经典文学文本的文化政治分析、对殖民文学的分析，挖掘西方建构他者的方式，解构西方形而上学的文本观；主张对文化的价值判断不能绝对化，应持一种宽容的、开放的态度；消解西方中心的话语霸权，在同一背后寻找差异，在差异中求得新的和谐，形成文化多元的格局。

总之，女性主义、新历史主义以及后殖民理论的兴起，是运用解构思路进行的文学、文化的批评，"误读"作为一种消解文本中心的阅读策略和批评性尝试仍在进行，解构主义的思想原则广泛地渗透到当代人文社会科学的各个领域。解构主义误读理论深化和激活了人文科学，启发许多后现代主义理论家们拆解各种传统文化观念，创立了新的文化体系，开创了西方文学、文化和理论界无主流的多元格局。虽然布鲁姆坚持经典文学、典雅文学，反对把文学研究转变成泛文化研究，但误读理论本身作为一种策略与方法，已经融入西方文化批评中，尤其为文化研究的文学文本维度的研究提供了思想资源。

本节把解构主义误读理论与新批评、读者系统文论、后现代系统文论作了简略的比较与归纳，以厘清这一理论在 20 世纪西方文论中的位置，对之从历史的角度进行审视。解构主义误读理论是文学语言研究的纵深发展，它继承了新批评语言研究的成果，同时又反对文本意义封闭自足的观念，消除了"有机整体论"，文本细读的结果不再是同一性的结论，而是一个个无限延伸的意义体系，文本中的边缘成分得到重视；解构主义误读理论是主张读者多重阐释的阅读理论，与接受美学、读者反应批评在消解作者权威方面同属一个阵营，然而它的研究重点不是读者主体，不关注主体的阅读反应，只通过文本语言的分析来阐释意义。透过这两个视角的比较，可见解构主义误读理论是一种专注于文学语言却又具有批判性、开放性的意义阐释理论。正是由于这样一种特征，它为反中心、关注边缘的女性主义、新历史主义和后殖民主义文学批评提供了阅读的、修辞学的、边缘研究的理论资源，这些后现代系统的文论把"误读"思想运用到文化批评中去，使这一以文学语言内部研究为主的阅读观念显示了多方面的理论力量。

第二节 解构主义误读理论与当代文学理论建设

第一节从文学批评史的角度，通过与新批评、读者反应批评、后现代体系文论的影响与比较研究，考察了误读理论在当代西方文学批评史中的历史定位问题。本节则从另外一个角度，即文学理论的角度，探究误读理论之于文学阅读与批评理论的意义。

一 意义增殖与交流困境

解构主义误读理论首先是文学意义研究，在对意义的认识性方面具有积极的价值，它所主张的意义不确定的观念带来了意义增殖的效果。意义不确定的思想是解构主义文学批评家们的共识，这正如米勒所言："如果说'解构'一词指的是批评的程序，'摇摆'指的是通过这种程序所达到的两难境地，那么，'不可确定性'指的就是批评家与文本的关系中对于那种永不停息、永不满足的运动的感受。"①
文本的"不可确定性"揭示了文本内在的矛盾和不连贯性，文本呈
现出一条不断延伸的意义链，阐释活动因而是永无止境的，不能止步
于定于一尊的结论。解构主义批评家重视批评实践，把"误读"当
作批评必然的程序，它类似于"解析"或"剖析"，希冀在对文本内
在矛盾的剖析中获得深入的认识。这是解构主义误读理论的肯定性吁
求，正如米勒在一次访谈中申明的："解构论的积极方面首先是它的
纯粹的认识性。它追询一个既定的文本究竟说了什么、想说什么，追
询意义怎样为文字所生成。这是一项科学的工程，冷静而客观，与天
体物理学家对取自星球的特殊数据所做的问究大同小异。"② 解构主
义文学批评家自己的批评实践具有科学研究般的严谨，要求误读批评
在对文本纯粹的认识方面有所建设。即使是尖锐批评解构主义者的学
者艾布拉姆斯也中肯地说："不要因为我对解构的激进主张或操作表
示了怀疑的立场，就认为我觉得解构主义者所说的一切都是废话。解
构不仅提出了重要问题，还告诉了我们一些重要东西。"③ "在达成自
己目的的过程中，解构实际上是建构性的；比如，在让我们将注意力
投向修辞语言在文学中的微妙表现方面、投向被掩盖的修辞手段和模
式方面等等，就是如此。……我们能从一个解构批评家对语言游戏特
定方面的敏感中得益……"④解构主义文学批评关注语言的修辞性之
于文学意义的重要性，发掘修辞背后多重可能的意义，这种"敏感"
让阐释活动更有生机和活力。当然，解构主义批评的阅读实践活动对
批评家而言是颇有难度的，要求很高。艾布拉姆斯对此这样表示：
"如果解构批评家缺乏米勒那种能力、学识、天分，以及作为必要条

---

① 希利斯·米勒：《作为寄主的批评家》，载《重申解构主义》，郭英剑等译，中国社
会科学出版社 1998 年版，第 132 页。
② 希利斯·米勒、金惠敏：《永远的修辞性阅读》，载易晓明编《土著与数码冲浪
者》，吉林人民出版社 2004 年版，第 176 页。
③ M. H. 艾布拉姆斯：《关于近年批评理论的对话》，载《以文行事：艾布拉姆斯精选
集》，赵毅衡、周劲松等译，译林出版社 2010 年版，第 306 页。
④ 同上书，第 308 页。

件的初步理解层面上的阅读中的技艺和敏感，又会是什么样子呢？我想着就觉得不寒而栗。"① 由于非常重视文本结构和诠释文本的修辞和风格，解构主义批评一方面显示出文本意义阐释过程中的无限可能性，另一方面也暗示了意义阐释活动的高难度性和复杂性。只有在细致而成功地发掘含混、不确定的修辞背后的张力之后，阐释才会淋漓尽致地显现它的魅力与创造性。

　　下面我们以米勒《重申解构主义》中一个批评实践为例，来看看解构主义批评家如何在批评实践中实现意义的增殖。米勒《在边缘：当代批评的交叉口》一文，用数千字的篇幅阐释了华兹华斯的诗歌《一阵微睡把我的精神封闭》（*A Slumber Did My Spirit Seal*）中的一段：

> 一阵微睡把我的精神封闭；
> 我没有了人间的惊恐：
> 她似乎是一种东西
> 无法感知人间岁月的触动。
>
> 运动和力量，她现在都没有；
> 她既听不到，也看不见；
> 只是随着岩石、树木和石头，
> 每天不停地在地球上旋转。②

　　米勒指出，如果以结构主义批评的二元对立方式进行解读，可以找到一系列的二元对立："微睡对苏醒；男性对女性；封闭对打开；表象对存在；无知对知识；过去对现在；内在对外在；白天对黑暗；

　　① M. H. 艾布拉姆斯：《关于近年批评理论的对话》，载《以文行事：艾布拉姆斯精选集》，赵毅衡、周劲松等译，译林出版社 2010 年版，第 317—318 页。
　　② 希利斯·米勒：《在边缘：当代批评的交叉口》，载《重申解构主义》，郭英剑等译，中国社会科学出版社 1998 年版，第 257 页。

主体对客体……"米勒列出了 18 种对立因素，它们最后又可以归纳为一种总结性的二元对立：对死亡的悲哀和成熟宁静的认识态度。这是传统的、单义的阅读方法，获得的是一种终极性的意义。与此相反，米勒通过对诗歌中边缘因素的细读，对诗歌意义作了这么一连串的阐释：露西（即诗中的"她"）通过永恒大地而实现的不朽；诗人（即"我"）通过露西而达到的不朽；不朽的露西是对失去了的母亲的替代；迷惘的诗人重新和大自然联结的愿望；男性统治意识的张扬；拥有强大的自我意识，却无法联结逝去的母亲的悲哀……米勒的阐释方法也是不拘一格的，比如不介意用社会历史批评的方法，结合诗人妹妹的一篇日记来还原这首诗的现实创作情境；运用精神分析的方法，把露西看作诗人自恋的镜像；运用原型批评的方法，找出诗歌意象的原型：大地与母亲，露西与光明；运用符号学的方法，把"东西"一词视作内涵丰富的隐喻，"东西"既指人又指物，既是生者又是死者，拥有它即是不可能拥有它……并且对"东西"的阐释，还结合海德格尔《艺术作品的起源》和《一件东西是什么?》两文来表达露西的天真与柔弱。米勒最后指出，"无论读者沿着诗歌的什么思路前行，都将至于一种完全的矛盾之中"①。意义互相交叉，始终摇摆不定，在对立因素中不断滑动，得不出定论。所有阐释方式都明确合理，然而每一种又都是片面的，原因在于每一种都只从小说中选取了某一个因素然后把它推断成总体的解释。因此，那种认为意义是单一的、统一的、在逻辑上是连贯的看法是错误的。

可见，解构主义误读理论并不否定意义的存在，反而以多样化的阐释丰富了文本的意义。最好的文本阐释发生在"对该文本进行的最极端的阐释的时候，即把作品提供的条件运用到极限的时候。对于这种阐释，也就是本源义上的阐释，人们给它取了个名字，就是'解构

---

① 希利斯·米勒：《在边缘：当代批评的交叉口》，载《重申解构主义》，郭英剑等译，中国社会科学出版社 1998 年版，第 265 页。

主义'"①。米勒的总结代表了解构批评家的自我认识，他们视解构主义批评为"本源义上的阐释"，认为这是最能发掘文本阐释潜能的批评方法。意义不确定的思想促发了一种新的观念，即阐释并不是要符合世界的真相，而是创造了世界，意义总是通过新的解释得以产生、扩展、偏移和转化。

　　然而，解构主义误读理论的意义观念的确存在值得反思的地方。实现文学阐释的多样化是第一步，还需要有第二步即对这些意义形式的梳理，不应任由各种意义散乱地并置而不加以理会。艾布拉姆斯批评解构主义批评本身陷入了内在的矛盾之中："业已理解的文本，被解构式地过度阅读时，是绝对没有确定的正确意义的，连有限的一套特定意义也没有；它寓言式地撒播到了无限开放的一套不可避免的矛盾可能中。"② 这种"矛盾"是解构主义批评家不以为意反而引以为傲的，但它的"无限开放"的确会让读者无所适从。解构主义批评的文学修辞分析工作做得非常精细，有些解读确实卓有成效，比如德·曼对卢梭《忏悔录》"丝带"事件的分析具有独特的洞见。然而，还有很多误读实践形式凌乱，难以把握和理解，读者会感到疲乏和厌倦。文本读解变成了能指符号互相置换的游戏，在文本的意义碎片中，读者会发现自己完全进入了一个迷宫，难以寻找出路。例如，德里达在《〈尤利西斯〉留声机》③中对乔伊斯《尤利西斯》的解构式阅读，从"oui（是）"这一法语单词入手，泛泛地谈到日本文化中的"是"，"东京战役"，《尤利西斯》文中的明信片，《尤利西斯》中的电话，德里达、拉巴特及莱希特的通讯联系，小说人物布鲁姆及莫丽电话中的"是"，乔伊斯研究状况，女性语言中的"是"，法文中"是"，《尤利西斯》中的笑声……五花八门的论题接踵而至，它

---

①　希利斯·米勒：《作为寄主的批评家》，载《重申解构主义》，郭英剑等译，中国社会科学出版社1998年版，第111页。

②　M. H. 艾布拉姆斯：《关于近年批评理论的对话》，载《以文行事：艾布拉姆斯精选集》，赵毅衡、周劲松等译，译林出版社2010年版，第320页。

③　雅克·德里达：《〈尤利西斯〉留声机》，载《文学行动》，赵兴国译，中国社会科学出版社1998年版，第194—249页。

们之间缺乏深入的联系，从一个边缘因素跳到另一个边缘因素，头绪
纷繁，德里达本人在延宕性的文本阐释中获得了言说的快感，但过于
零散的阐释形式使读者摸不着头脑，很难进行对话。

　　虽然造成这一局面，但还不能就此认为误读理论是缺乏交流性
的。尊重差异性、边缘性的误读理论天然有对话的愿望，反对意义的
垄断与专制。解构主义批评开创了一个自由、开放、宽容的对话空
间，容许一种阐释对一种阐释说："在这种情况下，你错了"，鼓励
他者、边缘性因素来颠覆主流的中心位置，具有对话意识。然而问题
的关键在于，文学阐释中的对话可以分为两种，一是各种阐释形式之
间的交流，二是文本意义与读者之间的交流。事实上，解构主义误读
理论潜在的对话性只体现在前一种交流上面，对于后一种与读者之间
的交流是忽视的。也就是说，各种意义形式互相颠覆和补充，这是一
种对话，然而它们的对话是回避它们共同的接受者的。它们可以左右
摇摆、前后矛盾，可以碎片化，却忽视了是否能够让读者接受，读者
在很多时候会感到玄而又玄、无所适从。可见，解构主义误读理论中
存在的是一种不全面的对话与交流。之所以会造成这种局面，根本原
因在于解构主义批评的"自动解构"观念。本书第三章已经谈到，
由于语言的修辞性，解构主义批评家认为文学文本具有自我解构的性
质，文本内部具有相互矛盾冲突的因素，它们相互消解和制衡造成了
无限丰富的意义。这一过程取消了读者主体的作用，取消了主体对各
种阐释结果进行选择的权利。需要说明的是，布鲁姆的误读理论在这
一点上是特殊的，看到了主体意志对意义阐释的重要性，是解构主义
误读理论中的一个例外，然而就他的误读实践本身来说，运用了过多
生僻、神秘的术语，在与读者交流时也表现出一定的困境。

　　脱离了与读者主体的交流空间，各种阐释结论自由滑动，这种状
态类似于巴赫金所说的"狂欢"境界。解构主义误读理论的本意是
颠覆传统阅读中形而上学的控制力，但当它走到意义自由狂欢、交流
无法实现的境地时，也就有矫枉过正之嫌。文学从本质上说是人学，
最终目的是有益于人的生活。作为被创造和接受的一门艺术，如果脱

离了主体性的"人",脱离了与人的交流,语言的狂欢也就不存在任何价值了,语言会丧失表达和交际的基本功能,人类历史、文化的传承与交流也将成为不可能。因此,文学意义可以是不确定的,文学阐释也应当是多样化的,文学语言也需要解构式的深入挖掘,但这些都需要一个前提,那就是意义阐释的交流性。不是为阐释而阐释,不是为游戏而阐释,而是为交流而阐释。解构主义误读理论开发出来的多重意义,需要对话批评的方式来相互沟通。误读只是一个前提,还需要建立一套认同机制来进行交流,这样批评活动才更有意义。

二　文学批评创作化的优劣两端

由于误读活动与文学创造具有多方面的相似性,解构主义批评家多有把文学批评创作化的倾向。德·曼曾说:"诗性写作是解构最高级最精纯的方式。"① 布鲁姆也说:"每个人对待一件隐喻性作品的态度本身就是隐喻性的"②,并且,批评家和作家的创作从本质上没有区别:"诗人的误释或诗尤甚于批评家的误释或批评,但这仅仅是程度上的差别,而不是类别之差。没有解释,只有误释,所以一切批评都是散文诗。"③ 文学作品是一种隐喻性即修辞性的艺术创造,文学批评必然带有文学创造的隐喻性特征,文学批评和文学创作的界限模糊化了,批评不是附属于文学而是与文学共生。布鲁姆《影响的焦虑》就是具有文学性的理论著作,罗兰·巴特用片断、絮语的形式来写作文学评论《文之悦》《恋人絮语》,德里达更是在《丧钟》《明信片》等论著中尝试了多样化的写作形式,布鲁姆《影响的焦虑》前言和后记都是散文诗。这种倾向颠覆了文学批评与文学创作之间森严的界限,它在以下几个方面具有突出价值:

---

① 保罗·德·曼:《符号学与修辞》,载《解构之图》,李自修等译,中国社会科学出版社1998年版,第67页。
② 哈罗德·布鲁姆:《影响的焦虑》,徐文博译,江苏教育出版社2006年版,"再版前言:玷污的苦恼"第10页。
③ 同上书,第96页。

第一，误读理论的文学批评创作化，使批评家的主体自由得到了张扬，不失为富有解放价值和自由活力的理论主张。韦勒克曾说："巴尔特、法国结构主义者以及他们在法国的追随者看来已经将批评提高到与创造性写作相同的地位，主张个人化的、想象性的甚至完全是主观化的批评，声称误解、误读、错误的正面价值。"[①] 耶鲁学派学者虽然不是罗兰·巴特结构主义思想的追随者，但巴特"作者之死"思想的确为这群美国学者提供了理论衍发的空间。在"作者之死"的前提下，批评家不必把握作者原意，尽可以通过文本进行新的创作，批评成为发源于原文本的新的文学创造。哈特曼在这方面多有研究，他在《作为文学的文学批评》一文中认为批评不是寄生于文学之上而是与文学共生，批评文本也是一种文学文本，"应当把批评看作是在文学之内而不是在文学之外"[②]。同时，他还对作为创作的文学批评作了形式上的区分：一种是"批评论文"，一种是"批评随笔"。前一种是单声调的，是对作品某种确定意义的探究，是封闭的；另一种是复调的、开放的。可以看出，这里的"批评论文"是指传统的文学批评，"批评随笔"指的是解构式批评，他显然认为文学批评中更有价值的是第二种形式。他以德里达为例，指出德里达代表的不是一种探求文本本义、返回到文本所指的文学批评倾向，而是一种借助文本能指创造出新的文本话语的文学批评倾向，批评在阐释中解构文本，又在解构中阐释文本，实现在阐释中创作的目的。这也正是哈特曼所赞赏的第二种批评，也是不同于传统正读的误读式批评。如同小说创作有单声调和多声调的区别，文学批评也应追求复调性，这样才更符合文学批评的创作性质。误读越多，创造越多。

第二，误读式批评延长了文学体验和反思的过程，具有艺术思维

---

① R. Wellek, "What is Literature?", in *What is Literature*? Paul Hernadi (ed.), Bloomington: Indiana University Press, 1978, p. 21. 转引自汪正龙《西方形式美学问题研究》，黑龙江人民出版社 2007 年版，第 185 页。

② 杰弗里·哈特曼：《荒野中的批评》，张德兴译，天津人民出版社 2008 年版，"导论"第 1 页。

特征。"误读"在运行中所呈现出来的状态显示了文学创作的特征，主要体现为阅读活动时间的延长："作为一个主导概念，不确定不仅仅延宕了对于意义的确定，即中止过早的判断，并允许名副其实的沉思。延宕不单单是启发式的应用，不单单是一种使阅读的行为慢下来直到我们正确评价它的复杂性的手段。延宕是内在的：从某一特定的观点来看，它是沉思本身，是济慈的'否定的能力'，是一种目的不在于克服否定的或者不确定的事物，而在于只要必要就停留在它里面的努力。"[1] 由于意义的不确定性，文学阐释活动势必要延长阅读的时间，最终引发反复的、多层次的反思，从而挖掘出文本丰富的、不同侧面的内涵。批评家把阐释活动层层推进，这本身是一种重视"过程"而不是"结果"的阅读方式，和艺术思维的方式相近。艺术思维的特性在于它与科学的区别，艺术创作希望尽量延长读者的审美欣赏过程，科学则试图最快最省力地向读者说明文本的意义，可见注重"过程"是艺术文本的一种重要特征。俄国形式主义文论家什克洛夫斯基在《作为手法的艺术》一文中有一段著名的关于艺术本质的论断："那种被称为艺术的东西的存在，正是为了唤回人对生活的感受，使人感受到事物，使石头更成其为石头。艺术的目的是使你对事物的感觉如同你所见的视像那样，而不是如同你所认知的那样；艺术的手法是事物的'反常化'手法，是复杂化形式的手法，它增加了感受的难度和时延，既然艺术中的领悟过程是以自身为目的的，它就理应延长；艺术是一种体验事物之创造的方式，而被创造物在艺术中已无足轻重。"[2] 什克洛夫斯基谈论的是艺术创作及其作品的陌生化手法，认为艺术的存在价值不在于抵达某一思想内容，而在于借反常、陌生而又精妙的形式延长读者的审美感受过程。解构主义误读理论把研究的焦点对准"过程"，与艺术创作的特征是相一致的。从这个意义

---

① 杰弗里·哈特曼：《荒野中的批评》，张德兴译，天津人民出版社 2008 年版，第305 页。

② 维克托·什克洛夫斯基《作为手法的艺术》，转引自朱立元、李均主编《二十世纪西方文论选》（上卷），高等教育出版社 2002 年版，第 187 页。

上，更可以说文学批评就是一种创作行为。消除了文学创作与文学批评的界限，无疑使批评家们赢得了极大的精神自由，使得他们以具有创作性特征的文学批评来挖掘被传统阅读所掩盖的、处于边缘的文本意义。从实用性的角度说，把阐释看作一种文学创造，可以缓和文本内部相互冲突的意义阐释之间的矛盾。因此，把文学批评视为一种创作，颠覆了批评文本附属于文学文本的传统，使文本意义获得了更广阔的阐释空间。

　　然而在另一方面，解构主义误读理论也由于创作性的批评方式而存在弊端，以解构主义批评家自身的批评文本为代表，主要表现为两种倾向。一种倾向是批评文本的语言表达的过于个性化。比如，布鲁姆的六种修正比策略，思想精巧，但在具体批评实践中却是"阳春白雪，曲高和寡"，其部分原因在于他对神秘术语的运用造成了理解的障碍。又比如，德里达经常自创新词，文本充满了文字游戏，"将每一概念都带入冗长的差异链中，用众多的预防、指称、注释、引文、拼贴、替补包围或混淆它自身"①，晦涩无比，不易概括。德里达经常感叹鲜有人理解他的理论，这与他晦涩、跳跃的语言表达不无关系。另一种倾向是，为了防止固定性的阐释方式，有的解构主义批评家尝试放弃推理、归纳等逻辑方法，批评文本呈现出散漫的结构形式。比如巴特《恋人絮语》的片断化写作、德里达《丧钟》的双栏写作，都打破了传统层层推进的论证式写作方式，文本呈现出碎片的状态，可以从任何地方读起。对此，对德里达一直抱有同情的罗蒂，最终也承认"解构其实不是什么新奇手法"，并对德里达的话语方式做出了批评，"如果我们想要言之成理的论证，这种写作方式确实乏善可陈"，因为只要试图让德里达正面回答一个命题，便会发现他总是"委曲婉转，支吾闪烁"②。艾布拉姆斯也在《如何以文行事》中

---

　　① 雅克·德里达：《意蕴：与亨利·隆塞的会谈》，载《多重立场》，余碧平译，生活·读书·新知三联书店2004年版，第16页。
　　② 理查德·罗蒂：《偶然、反讽与团结》，徐文瑞译，商务印书馆2003年版，第188—189页。

指责德里达、布鲁姆和费什这三位"新读者"进行的是"双重游戏"："读别人的文本时引入他自己的阐释策略，想和自己的读者交流其阐释方法和结果时则默契地依仗社团的规范。"① 离开群体的标准，真正按照解构的方式，很难将他的阐释方法和阅读结论传达给读者，所以这三位运用解构策略的批评家，在言说他们自己的观点时也离不开一定的标准与规范。

　　解构主义批评家自身的批评实践为了鼓励误读采取了种种新颖的形式，却因为难以被理解而留下遗憾。约翰·斯特罗克曾在《结构主义以来：从列维－斯特劳斯到德里达》一书中说："德里达解构性的颠覆实际上是一种策略上的干预。然而这种颠覆并没有奠定一门新学科的基础。"② 解构主义误读理论更多是一种策略，而不是某种理论体系。作为一种阅读策略的意义要重于作为阅读方法的意义，也就是说，它更多的是提供一种对文学阅读的新认识，而不是建立文学阅读的新方法，它不像之前的新批评、结构主义批评那样有标准化的批评体系。并且，文学批评和文学创作虽然在创造性方面有相似性，但由于文体的差异，批评文本的写作与作家创作最终还是有区别的。批评文体是论证性而不是修辞性的文体，应讲求清晰严密。文学的意义可以模糊化，文学批评却需要具有比较明确的意义表达来显示论证的力量。批评活动从长远的宏观层面看可以并且应该被其他观点所质疑乃至颠覆，但在一定的时空内，它应该能够准确传达批评家的意图，否则只能给解构主义批评带来认识危机，成为完全形式化的能指的无限延宕。

三　文学性的泛化与弱化

　　解构主义误读理论是形式主义文论的继承与发展，也是对新批

---

① M. H. 艾布拉姆斯：《如何以文行事》，载《以文行事：艾布拉姆斯精选集》，赵毅衡、周劲松等译，译林出版社 2010 年版，第 272 页。
② 约翰·斯特罗克编：《结构主义以来：从列维－斯特劳斯到德里达》，渠东、李康、李猛译，辽宁教育出版社 1998 年版，第 212 页。

评、结构主义批评的重大突破，一个重要的表现是它把"文本"的概念泛化了，语言修辞研究被运用于一切文本，带来了文学性的泛化。然而这种泛化同时也是对文学性的弱化，解构主义文学批评家对非文学文本也同样采用误读理论的修辞研究，一方面对科学性、论证性的非文学文体来说是有失妥当的，另一方面也取消了文学自身的独立性，因而这是误读理论应避免的一种倾向。

解构主义误读理论的重要批评手段是修辞研究，解构主义文学批评家有把"修辞"概念泛化的倾向。这涉及解构主义批评对语言及文学性质的认识。修辞性被认为是所有语言的共性，它暗中破坏哲学文本的逻辑和语法，因而也具有虚假性。他们不因为修辞而把文学与其他语言严格区分开来，反而通过一切语言都具有修辞性这一点，使"文学"的范畴覆盖了整个人文科学领域。换言之，无论什么文本，包括哲学的、法律的、政治的，都带有修辞性特征，都是虚构和任意的，因而必然都有被误读的命运。这其实是把"修辞"概念泛化的倾向，正如莫瑞·克里格所总结的："不是文学概念被解构成了书写，相反，而是书写被建构成了文学。结果，任何东西就都变成了一种运用形象的文本，而且，这些文本——以及本文性的观念——就像书写本身那样，变成了无处不在，现在每一文本都被赋予了那种特许的释义方式，而这种方式原来则是保留给显然从内部可以确证为诗的话语的。"① 解构主义批评家强调文学隐喻的重要性，对各种语言修辞性的强弱、表达效果的差别不作区分，单纯从这一出发点来把文学的边界线打开，模糊文体和学科的界限，把一切语言方式都理解为"文学"的。

解构主义误读理论的泛文学观念，最明显的体现是对哲学的认识。德里达始终有一种理论倾向：消解文学和哲学的边界，从而以文学研究取代哲学研究。为此，他把文学的界限模糊化，把整个哲学传

---

① 莫瑞·克里格：《批评旅途：六十年代之后》，李自修等译，中国社会科学出版社1998年版，第214页。

统都看成是隐喻性即文学性的。德里达认为"文学是一种允许人们以任何方式讲述任何事情的建制"①，同时又自称对讲述或编造故事不感兴趣。也就是说，他对纯粹虚构性的文学不感兴趣，他致力于把哲学和文学嫁接在一起，比如他的《丧钟》就是一部哲学与文学混杂的典型论著，很难被算作是批评、文学还是哲学。哲学与文学相互开放、彼此嫁接，文学潜入哲学的领域目的不是获得文学的审美感受，而是使文学成为挑战理性、质疑逻辑的不容忽视的力量，希望以此来超越形而上学的哲学传统，通过语言的丰富性来粉碎或超越这种系统。也就是说，他将哲学文本当作文学一样的虚构的修辞学构造物来解读，并从文学作品中发掘出各种与哲学对立的意义，目的是揭示哲学的虚构性。拆除了文学和哲学的制度壁垒，也就颠覆和消解了哲学对文学的控制力。哈特曼也强调哲学文本与文学文本在语言上的相通性，他在接受采访时说："哲学在我的研究中占据一个较为重要的位置，对德·曼来说更是如此。德·曼和我都持一个观点，认为应该以阅读文学文本的方式来阅读哲学文本，同时也应以阅读哲学文本的方式来阅读文学文本。尽管我不曾采用任何哲学手段从事文学阅读，仍坚持认为像哲学家们所倡导的阅读哲学文本那样仔细阅读文学文本是必不可少的。"②

然而需要注意的是，把哲学当作文学性的虚构来阅读，固然具有强烈的批判性，但通过"隐喻认识论"彻底把哲学消融于文学之中，无论是对哲学还是文学来说都是有弊端的。一方面，从哲学学科的角度看，"使那对人类生存处境和精神取向严峻关注的哲学精神和本真情怀，幻化成一种普遍未分化的文本世界和削平价值的语言游戏"③，使人文思想丧失确定性和方向感。另一方面，对文学学科而言，文学

---

① 雅克·德里达：《访谈：称作文学的奇怪建制》，载《文学行动》，赵兴国译，中国社会科学出版社1998年版，第3页。
② 罗选民、杨小滨：《超越批评的批评——杰弗里·哈特曼教授访谈录》（下），《中国比较文学》1998年第1期。
③ 王岳川：《二十世纪西方哲性诗学》，北京大学出版社2000年版，第384页。

的边界不存在了，所有的语言文字都可以看作文学，这实际上是反向地取消文学学科的存在，文学边界的泛化是以丧失真正的独立性为代价。理查德·罗蒂就不同意德里达这种抹杀文类差别的做法，认为它必然把文学重新中心化，实际上也就是把文学在自身范围内和在现代学术机制当中本质化。这就意味着，德里达一方面倡导文学非本质主义的观点，另一方面却又有用文学重建本质主义的嫌疑。哲学的确已经从它神圣位置上走了下来，但不能再把文学放到哲学曾经占据的位置上。

　　除了哲学，其他非文学文体也大多不能用修辞分析的方法来阐释，而必须借助语法和逻辑的力量。比如，美国诗人威廉斯的短诗《便条》："我吃了/放在/冰箱里的/梅子/它们/大概是你/留着/早餐吃的/请原谅/它们太可口了/那么甜/又那么凉"。作为一首诗，它可以有丰富多样的意义阐释，从字面义上看它是一张平常的叙事性便条，但也可以看成是一个寓言，"梅子"是诱惑的隐喻，"我吃了"与"我猜想"是感性与理性、行动与思想的冲突与对立，这首诗因而可以理解成理智的脆弱、欲望的强大、人性的矛盾……然而如果把它去掉诗的形式，加上标点符号，运用于日常语境中，我们就不能再作这种修辞性阅读，只能从语法角度作"告诉你，我吃了你的梅子"这么一种单义性的阐释，如果收到便条的人从隐喻的角度来作理解，那就消解了它作为便条即说明性文体应发挥的功能了，就不是建设性的误读，而是错误的曲解了。可见，文学与非文学的区别是毋庸置疑的，诗歌、小说、散文、戏剧等各类文学体裁以自身的形式特征与非文学文本泾渭分明。修辞性阅读可以运用于文学文本，误读可以通过想象的力量进行文学的再创造，但对于非文学文本就未必适用，"一切阅读皆误读"的观念不能泛化到一切语言文字，否则只会带来思想的混乱，最后的结果必然是取消文学本身的存在。因此，在张扬误读的创造性的同时，也需要坚持学科与文类的区别，不能泛化误读理论，也不能泛化文学性。

　　艾布拉姆斯在《解构的天使》中也谈到解构主义文学批评在文本

意义上的泛化弊端，他说：

> 米勒对阐释和意义这两个术语用得极为宽泛，以致在他那里，语言的口头表达或书写，任何玄学性质的理论再现或关于物质世界"事实"的再现，完全混为一谈。这些不同的领域，都同等地被当作"文本"，被"阅读"或"阐释"。因此，根本没有余地考虑到，语言和物质世界是并不相同的，它是一种以外显方式发展着的文化习惯，为的是表示某事物，为学会了如何使用和阐释语言的同一社团中的成员服务，为他们传递意义。在语词清晰的文本所构成的领域，对某个作家的全部作品，单个作品整体，作品中特定段、句、词等等的"阐释"，是有着种种可能掌握也可能未掌握的规范的，但是米勒根本就不承认这些规范差异。①

> 单词或短语在作者写作当时的通行用法、作者的意图、字词出现的语境，这些都是控制或限定表意行为的参照系，但米勒，和德里达一样，通过精心挑选的前提将它们统统排斥在外了。……不管一个印刷字在何时用、被谁用、用于什么语境，对该种用法所做的意义限制，都被一概认为取决于阐释者在其历史应用和词源词典中找来的那些东西，加上阐释者凭借自身博学增补出来的一些信息。②

艾布拉姆斯认为米勒等批评家对"阐释""意义""语言"等概念的认识过于泛化，忽视不同语言表达之间功能与"规范"的差别，这种批评应该说是中肯的。

从上文关于解构主义误读理论的价值与局限性的分析，我们可以看到，误读理论的优点和缺点在很多情况下如同一枚硬币的两面，依

---

① M. H. 艾布拉姆斯：《解构的天使》，载《以文行事：艾布拉姆斯精选集》，赵毅衡、周劲松等译，译林出版社 2010 年版，第 228 页。

② 同上。

附着同一种特征而并存。比如,它主张意义的不确定性,呼唤多元化的阐释方式,使文学批评获得了空前的活力,然而同时又滑入"自由游戏"的轨迹,意义阐释活动变得不可琢磨和难以交流;它具有强烈的批判意识,从语言层面解构传统形而上学,比哲学批判更有颠覆力,然而它以文学来囊括哲学和其他社会文化,必然带来文学性的流失,使文学无所不包却又无所皈依。这些都是误读理论的两面性。因此,我们在学习、借鉴解构主义误读理论的过程中,应采取辩证分析的方法。

首先,从思维方式上培养开放的批评理念。解构主义误读理论在认识论上,致力于建设一种开放的、多元的文学及批评观念。误读理论颠覆逻各斯中心主义,在文学批评上的体现就是不以某一种标准为唯一准则来建构批评体系,它使人们认识到,人类文化创造活动的真正价值,不是固定的意义阐释,而是文化创造活动不断更新的生命力。任何思维模式和观察方法都不是一成不变的,当一种思想方法持续到一定的时候,如不进行自我发展和自我扬弃,就会导向僵化、走向危机,所以,思维不能只有一个固定的模式,文学批评也不可强求一种结论。经过解构思想的冲击,"权威"与"中心"意识已然消解。因此,借鉴误读理论最基本的一点是开拓解读文本的新视野,积极地从新的角度去观察并发现新的问题和意义。

其次,从方法论上,解构主义误读理论的批评方法值得借鉴。误读理论具有结合形式主义研究与社会批判品性的特点,它一方面秉承了美国新批评传统,采取严谨的细读方式来进行文学语言分析,另一方面又保持了对于既有阐释结论的反省意识,敏于创新。具体说来,可以从布鲁姆对作家创作心理和作品语言创新的深刻揭示中,了解作家批评的新方法;从德里达边缘阅读、德·曼对"语法的修辞性"的解读策略、米勒对文本寄生性的研究、哈特曼的文学批评创作化的主张中学习解构文本的技巧,建立新的、非中心化的阅读方式。因而,需要学习误读理论的细读方法,培养创新意识,真正使阅读活动在意义阐释过程方面优于传统,使文本意义显得更加丰富。

　　同时，我们在"取其所长"的同时也要"避其所短"，认识到误读理论的局限性，最主要的是避免关于文学批评本身的过激观点。第一，保持文学批评自身的特性，它不同于文学，批评家创造性的发挥要遵从文学批评文本的规范话语。以全面的对话思维来代替游戏思维，保持批评文本的可理解性。在文学批评的写作中，力求坚持清晰的逻辑思路和明澈的语言表达，使批评写作更容易理解，这样才能更有效地形成批评的交流与对话。第二，注意误读理论的覆盖面问题。误读理论可以运用于文学文本的阐释与批评，特别是它对当代新出现的文学现象具有较强的适用性，但不能把它泛化，认为凡是语言都能误读，对哲学、政治等文本它有一定而不是绝对的适用性，至于法律文书、通知公告等大部分实用文体就不能用误读的理论和思想来解释了，原因在于修辞性毕竟是文学的特性而不是所有语言的性质，很多文体和学科是建立在语言直接指涉性的假设基础之上，因而需要在剖析文学语言复杂性的同时，认可透明清晰的语言并尊重其他学科的语言规范。

　　解构主义误读理论作为一种激进的阅读理论，虽然存在过当之处，但它以其独特的创造性和冲击力，为西方文学批评史注入了生机、提出了很多有生发空间的理论问题，对我国文学批评理论建设，尤其是文学阅读理论也颇多启发。因此，虽然解构主义思潮已经成为过去，但我们对解构主义误读理论的认识还没有完结，有待进一步的深化，以其积极价值来推动我国文学批评的发展。

参考文献

一 中文部分

（一）著作

［法］罗兰·巴特：《符号学原理》，李幼蒸译，生活·读书·新知三联书店1988年版。

［法］罗兰·巴特：《符号帝国》，孙乃修译，商务印书馆1994年版。

［法］罗兰·巴特：《S/Z》，屠友祥译，上海人民出版社2000年版。

［法］罗兰·巴特：《批评与真实》，温晋仪译，上海人民出版社1999年版。

［法］罗兰·巴特：《文之悦》，屠友祥译，上海人民出版社2002年版。

［法］罗兰·巴特：《罗兰·巴特自述》，怀宇译，百花文艺出版社2002年版。

［法］雅克·德里达：《文学行动》，赵兴国译，中国社会科学出版社1998年版。

［法］雅克·德里达：《书写与差异》，张宁译，生活·读书·新知三联书店2001年版。

［法］雅克·德里达：《论文字学》，汪堂家译，上海译文出版社1999年版。

〔法〕雅克·德里达:《声音与现象》,杜小真译,商务印书馆 1999
　　年版。

〔法〕雅克·德里达:《多义的记忆:为保罗·德·曼而作》,蒋梓骅
　　译,中央编译出版社 1999 年版。

〔法〕雅克·德里达:《一种疯狂守护着思想:德里达访谈录》,何佩
　　群译,上海人民出版社 1997 年版。

〔法〕雅克·德里达:《德里达中国讲演录》,杜小真、张宁编,中央
　　编译出版社 2003 年版。

〔法〕雅克·德里达:《多重立场》,佘碧平译,生活·读书·新知三
　　联书店 2004 年版。

〔美〕哈罗德·布鲁姆:《影响的焦虑》,徐文博译,江苏教育出版社
　　2006 年版。

〔美〕哈罗德·布鲁姆:《误读图示》,朱立元、陈克明译,台湾骆驼
　　出版社 1992 年版。

〔美〕哈罗德·布鲁姆:《批评、正典结构与预言》,吴琼译,中国社
　　会科学出版社 2000 年版。

〔美〕哈罗德·布鲁姆:《西方正典》,江宁康译,译林出版社 2005
　　年版。

〔美〕哈罗德·布鲁姆:《读诗的艺术》,王敖译,南京大学出版社
　　2010 年版。

〔美〕哈罗德·布鲁姆:《如何读,为什么读》,黄灿然译,译林出版
　　社 2011 年版。

〔美〕保罗·德·曼:《解构之图》,李自修等译,中国社会科学出版
　　社 1998 年版。

〔美〕保罗·德·曼:《阅读的寓言》,沈勇译,天津人民出版社 2008
　　年版。

〔美〕希利斯·米勒:《小说与重复》,王宏图译,天津人民出版社
　　2008 年版。

［美］希利斯·米勒：《重申解构主义》，郭英剑等译，中国社会科学出版社 1998 年版。

［美］希利斯·米勒：《土著与数码冲浪者：米勒中国演讲集》，易晓明译，吉林人民出版社 2004 年版。

［美］希利斯·米勒：《解读叙事》，申丹译，北京大学出版社 2002 年版。

［美］希利斯·米勒：《文学死了吗》，秦立彦译，广西师范大学出版社 2007 年版。

［美］杰弗里·哈特曼：《荒野中的批评》，张德兴译，天津人民出版社 2008 年版。

［意］艾柯等：《诠释与过度诠释》，王宇根译，生活·读书·新知三联书店 1997 年版。

［美］赫施：《解释的有效性》，王才勇译，生活·读书·新知三联书店 1991 年版。

［瑞士］索绪尔：《普通语言学教程》，高名凯译，商务印书馆 1980 年版。

［德］伽达默尔：《真理与方法》（上、下），洪汉鼎译，上海译文出版社 1992 年版。

［德］伽达默尔：《哲学解释学》，夏镇平、宋建平译，上海译文出版社 2004 年版。

［德］伽达默尔等：《德法之争：伽达默尔与德里达的对话》，孙周兴、孙善春译，同济大学出版社 2004 年版。

［美］乔纳森·卡勒：《论解构》，陆扬译，中国社会科学出版社 1998 年版。

［美］乔纳森·卡勒：《文学理论》，李平译，辽宁教育出版社 2002 年版。

［美］乔纳森·卡勒：《结构主义诗学》，盛宁译，中国社会科学出版社 1991 年版。

［意］安伯托·艾柯：《开放的作品》，刘儒庭译，新星出版社 2010
　　年版。

［英］威廉·燕卜逊：《朦胧的七种类型》，周邦宪译，中央美术学院
　　出版社 1996 年版。

［美］苏珊·桑塔格：《反对阐释》，程巍译，上海译文出版社 2003
　　年版。

［英］特雷·伊格尔顿：《文学原理引论》，刘峰等译，文化艺术出版
　　社 1987 年版。

［英］特雷·伊格尔顿：《二十世纪西方文学理论》，伍晓明译，北京
　　大学出版社 2007 年版。

［美］林赛·沃斯特：《美学权威主义批判》，昂智慧译，北京大学出
　　版社 2000 年版。

［美］爱德华·W. 萨义德：《东方学》，王宇根译，生活·读书·新
　　知三联书店 1999 年版。

［英］拉曼·塞尔登：《文学批评理论——从柏拉图到现在》，刘象愚
　　译，北京大学出版社 2000 年版。

［美］莫瑞·克里格：《批评旅途：六十年代之后》，李自修等译，中
　　国社会科学出版社 1998 年版。

［德］H. R. 姚斯、［美］R. C. 霍拉勃：《接受美学与接受理论》，周
　　宁、金元浦译，辽宁人民出版社 1987 年版。

［德］沃尔夫冈·伊瑟尔：《阅读活动》，金元浦等译，中国社会科学
　　出版社 1991 年版。

［美］斯坦利·费什：《读者反应批评：理论与实践》，文楚安译，中
　　国社会科学出版社 1998 年版。

［法］保罗·里克尔：《解释学与人文科学》，陶远华等译，河北人民
　　出版社 1987 年版。

［美］史蒂文·赛德曼编：《后现代转向：社会理论的新视角》，吴世
　　雄等译，辽宁教育出版社 2001 年版。

［英］约翰·斯特罗克编：《结构主义以来：从列维－斯特劳斯到德里达》，渠东、李康、李猛译，辽宁教育出版社1998年版。

［奥］路德维希·维特根斯坦：《论确实性》，张金言译，广西师范大学出版社2002年版。

［美］约翰·克罗·兰色姆：《文学批评原理》，王腊宝、张哲译，江苏教育出版社2006年版。

［英］艾·阿·瑞恰兹：《文学批评原理》，杨自伍译，百花文艺出版社1992年版。

［英］托·斯·艾略特：《艾略特文学论文集》，李赋宁译注，百花文艺出版社1994年版。

［美］W. C. 布斯：《小说修辞学》，华明译，北京大学出版社1987年版。

［美］詹姆斯·费伦：《作为修辞的叙事》，陈永国译，北京大学出版社2002年版。

［美］华莱士·马丁：《当代叙事学》，伍晓明译，北京大学出版社1990年版。

［英］马克·柯里：《后现代叙事理论》，宁一中译，北京大学出版社2003年版。

［英］克里斯蒂娜·豪威尔斯：《德里达》，张颖、王天成译，黑龙江人民出版社2002年版。

［美］约翰·杜威：《确定性的寻求》，傅统先译，上海人民出版社2004年版。

［美］米歇尔·福柯等：《激进的美学锋芒》，周宪译，中国人民大学2003年版。

［法］A. J. 格雷马斯：《论意义》，吴泓缈、冯学俊译，百花文艺出版社2005年版。

［美］理查德·罗蒂：《偶然、反讽与团结》，徐文瑞译，商务印书馆2003年版。

［美］理查德·罗蒂：《哲学与自然之镜》，李幼蒸译，商务印书馆
　　2003 年版。

［美］艾布拉姆斯：《以文行事：艾布拉姆斯精选集》，赵毅衡、周劲
　　松等译，译林出版社 2010 年版。

［英］拉曼·塞尔登等：《当代文学理论导读》，刘象愚译，北京大学
　　出版社 2006 年版。

周宪：《当代西方艺术文化学》，北京大学出版社 1988 年版。

朱立元：《接受美学》，上海人民出版社 1989 年版。

王逢振：《最新西方文论选》，漓江出版社 1991 年版。

张京媛：《当代女性主义文学批评》，北京大学出版社 1992 年版。

张京媛：《新历史主义与文学批评》，北京大学出版社 1993 年版。

盛宁：《二十世纪美国文论》，北京大学出版社 1994 年版。

倪梁康：《现象学及其效应》，生活·读书·新知三联书店 1994
　　年版。

陈晓明：《解构的踪迹：历史、话语与主体》，中国社会科学出版社
　　1994 年版。

乐黛云、勒·比松：《独角兽与龙》，北京大学出版社 1995 年版。

陆扬：《德里达：解构之维》，华中师范大学出版社 1996 年版。

赵宪章：《西方形式美学》，上海人民出版社 1996 年版。

高辛勇：《修辞学与文学阅读》，北京大学出版社 1997 年版。

金元浦：《文学解释学》，东北师范大学出版社 1997 年版。

朱立元：《当代西方文艺理论》，华东师范大学出版社 1997 年版。

郑敏：《结构—解构视角》，清华大学出版社 1998 年版。

尚杰：《德里达》，湖南教育出版社 1999 年版。

盛宁：《人文困惑与反思——西方后现代主义思潮批判》，生活·读
　　书·新知三联书店 1999 年版。

方生：《后结构主义文论》，山东教育出版社 1999 年版。

陆扬：《后现代性的文本阐释：福柯和德里达》，上海三联书店 2000

年版。

王逢振：《2000 年度新译西方文论选》，漓江出版社 2000 年版。

赵毅衡：《新批评文集》，百花文艺出版社 2001 年版。

方成：《精神分析与后现代批评话语》，中国社会科学出版社 2001
　　年版。

薛小源、金惠敏：《尼采的幽灵》，社会科学文献出版社 2001 年版。

汪正龙：《文学意义研究》，南京大学出版社 2002 年版。

汪正龙：《西方形式美学问题研究》，黑龙江人民出版社 2007 年版。

章启群：《意义的本体论：哲学诠释学》，上海译文出版社 2002
　　年版。

张利群：《多维文化视阈中的批评转型》，中国社会科学出版社 2002
　　年版。

赵宪章：《文体与形式》，人民文学出版社 2004 年版。

周宪：《20 世纪西方美学》，高等教育出版社 2004 年版。

肖锦龙：《德里达的解构理论思想性质论》，中国社会科学出版社
　　2004 年版。

肖锦龙：《意识批评、语言分析、行为研究——希利斯·米勒的文学
　　批评之批评》，高等教育出版社 2011 年版。

高宣扬：《当代法国哲学导论》，同济大学出版社 2004 年版。

高宣扬：《后现代论》，中国人民大学出版社 2005 年版。

王峰：《西方阐释学美学局限研究》，黑龙江人民出版社 2006 年版。

朱刚：《本原与延异——德里达对本原形而上学的解构》，上海人民出
　　版社 2006 年版。

朱刚：《二十世纪西方文论》，北京大学出版社 2006 年版。

阎嘉：《文学理论精粹读本》，中国人民大学出版社 2006 年版。

昂智慧：《文本与世界——保尔·德曼文学批评理论研究》，上海人民
　　出版社 2009 年版。

曾洪伟：《哈罗德·布鲁姆文学理论研究》，四川大学出版社 2010

年版。

秦旭：《J. 希利斯·米勒解构批评研究》，社会科学文献出版社 2011
年版。

申屠云峰、曹艳：《在理论和实践之间——J. 希利斯·米勒解构主义
文论管窥》，光明日报出版社 2011 年版。

（二）论文

叶秀山：《意义世界的埋葬：评隐晦哲学家德里达》，《中国社会科
学》1989 年第 3 期。

佘碧平：《解构之道：雅克·德里达思想研究》，《复旦学报》1990 年
第 1 期。

包亚明：《试析解构主义的历史内涵》，《探索与争鸣》1991 年第
1 期。

涂纪亮：《索绪尔、列维－斯特劳斯和德里达》，《哲学研究》1991 年
第 4 期。

张沛：《德里达解构主义的开拓》，《北京师范大学学报》1991 年第
6 期。

陆扬：《意义阐说的困顿》，《外国文学研究》1992 年第 1 期。

乐黛云：《文化差异与文化误读》，《中国文化研究》1994 年第 2 期。

陈跃红：《走出困扰——试论中西文化交流中的误读及其出路》，《国
外文学》1994 年第 2 期。

杨大春：《解构批评的基本特征》，《哲学动态》1994 年第 2 期。

林树明：《女性主义文学批评与后结构主义》，《贵州大学学报》1994
年第 2 期。

丁尔苏：《解构理论之症结谈》，《外国文学评论》1994 年第 3 期。

章启群：《无底的棋盘上的游戏》，《哲学研究》1994 年第 3 期。

阿特克斯：《作为差异结构的符号：德里达的解构及其若干含义》，
《外国文学》1995 年第 2 期。

孙中田等：《文学解读与误读现象》，《文艺争鸣》1995 年第 4 期。

杨大春：《解构的保守性》，《哲学研究》1995 年第 5 期。

苏宏斌：《走向文化批评的解构主义》，《外国文学评论》1996 年第
　　1 期。

郑敏：《解构思维与文化传统》，《文学评论》1997 年第 2 期。

罗选民：《超越批评的批评：杰弗里·哈特曼教授访谈录》，《中国比
　　较文学》1997 年第 3 期。

江风扬：《意义的根源：德里达语言观初探》，《社会科学战线》1997
　　年第 4 期。

杨乃乔：《偏见与误读——文学阐释学的哲学反思》，《文艺争鸣》
　　1999 年第 3 期。

胡宝平：《论布鲁姆"诗学误读"》，《国外文学》1999 年第 4 期。

郑敏：《解构主义的今天》，《文学评论》2000 年第 3 期。

罗杰鹦、骏远：《耶鲁学派成因初探》，《浙江大学学报》2000 年第
　　4 期。

王宁：《希利斯·米勒和他的解构批评》，《南方文坛》2001 年第
　　1 期。

周颖：《保罗·德·曼：从主体性到修辞性》，《外国文学》2001 年第
　　2 期。

申丹：《解构主义在美国》，《外国文学评论》2001 年第 2 期。

董洪川：《接受理论与文学翻译中的"文化误读"研究》，《山东外语
　　教学》2001 年 02 期。

张中载：《理论随笔：话说误读》，《外国文学》2001 年第 3 期。

张利群：《论文化传播中的文学误读及意义》，《惠州大学学报》（社
　　会科学版）2001 年第 3 期。

陈本益：《论德里达的延异思想》，《浙江学刊》2001 年第 5 期。

李红：《德里达与耶鲁学派差异初探》，《四川外语学院学报》2002 年
　　第 1 期。

王宁：《哈罗德·布鲁姆和他的"修正式"批评理论》，《南方文坛》

2002 年第 3 期。

萧莎：《德里达的文学论与耶鲁学派的解构批评》，《外国文学评论》
2002 年第 4 期。

崔雅萍：《论美国的解构主义批评》，《西北大学学报》2002 年第
5 期。

王顺贵：《文学文本的"误读"接受之成因及其美学意义》，《社会科
学》2002 年第 11 期。

昂智慧：《保罗·德·曼、"耶鲁学派"与"解构主义"》，《外国文
学》2003 年第 11 期。

张中载：《误读》，《外国文学》2004 年第 1 期。

胡宝平：《诗学误读·互文性·文学史》，《国外文学》2004 年第
3 期。

曹顺庆、周春：《"误读"与文论的"他国化"》，《中国比较文学》
2004 年第 4 期。

陈本益：《耶鲁学派的文学解构主义理论和实践》，《东南大学学报》
2004 年第 5 期。

张龙海：《哈罗德·布鲁姆教授访谈录》，《外国文学》2004 年第
7 期。

孟岗、张一冰：《解构批评的谱系——德里达、罗兰·巴特与保罗·
德·曼》，《石油大学学报》2004 年第 8 期。

昂智慧：《阅读的危险与语言的寓言性》，《外国文学研究》2005 年第
1 期。

张龙海：《哈罗德·布鲁姆与对抗式批评》，《国外理论动态》2005 年
第 1 期。

盛宁：《"解构"：在不同文类的文本间穿行》，《外国文学评论》2005
年第 3 期。

汪正龙：《"正读"、误读与曲解：论文学阅读的三种形态》，《江西社
会科学》2005 年第 4 期。

郭军:《保罗·德·曼的误读理论或修辞学版本的解构主义》,《四川
　　外语学院学报》2005 年第 4 期。

王广州:《美国解构主义理论家保罗·德·曼研究述评》,《国外理论
　　动态》2006 年第 3 期。

二　英文部分

Harold Bloom, *The Anxiety of Influence*: *A Theory of Poetry*, New York and
　　London: Oxford University Press, 1973.

Harold Bloom, *A Map of Misreading*, New York and London: Oxford Uni-
　　versity Press, 1975.

Harold Bloom, *Poetry and Repression*, New Haven: Yale University
　　Press, 1976.

Harold Bloom, *Deconstruction and Criticism*, New York: Seabury
　　Press, 1979.

Paul de Man, *Allegories of Reading*, New Haven and London: Yale Uni-
　　versity Press, 1979.

Paul de Man, *The Resistance to Theory*, Minneapolis: University of Minne-
　　sota Press, 1986.

Paul de Man, *Blindness and Insight*, Minneapolis: University of Minnesota
　　Press, 1983.

Paul de Man, *Aesthetic Ideology*, Minneapolis: University of Minnesota
　　Press, 1996.

E. D. Hirsch, *Validity in Interpretation*, New Haven: Yale University
　　Press, 1967.

E. D. Hirsch, *The Aims of Interpretation*, Chicago: The University of Chi-
　　cago Press, 1976.

J. Hillis Miller, *Fiction and Repetition*: *Seven English Novels*, Cambridge,
　　Massachusetts: Harvard University Press, 1982.

J. Hillis Miller, *On Literature*, London and New York: Routledge, 2002.

J. Hillis Miller, *The Ethics of Reading*, New York: Columbia University Press, 1987.

Roland Barthes, *Image-Music-Text*, New York: Hill and Wang, 1978.

Ggeoffrey Hartman, *Saving the Text: Literature/Derrida/Philosophy*, The John Hopkins University Press, 1981.

Ggeoffrey Hartman, *Beyond Formalism*, New Haven and London: Yale University Press, 1970.

Ggeoffrey Hartman, *Criticism in the Wilderness*, New Haven: Yale University Press, 1980.

Umberto Eco, *The Role of the Reader*, Bloomington: Indiana University Press, 1979.

Robert Young, *Untying the Text: A Post-Structuralist Reader*, Boston, London and Henley: Routledge and Kegan Paul, 1981.

Jonathan Culler, *The Pursuit of Signs: Semiotics, Literature, Deconstruction*, New York: Comell University Press, 1981.

Jonathan Culler, *On Deconstrution*, Ithaca: Cornell University Press, 1982.

J. Arac, W. Godzich, W. Martin, *The Yale Critics: Deconstruction in America*, Minneapolis: University of Minnesota Press, 1983.

William Ray, *Literary Meaning: From Phenomenology to Deconstruction*, Oxford: Basil Blackwell, 1984.

Jonathan Culler, *Paul de Man's Contribution to Literary Criticism and Theory in The Future of Literary Theory*, ed. by Ralph Cohen, London and New York: Routledge, 1988.

Christopher Norris and Paul de Man, *Deconstruction and the Critique of Aesthetic Ideology*, London: Routledge Press, 1988.

John M. Ellis, *Against Deconstruction*, Princeton: Princeton University

Press, 1989.

Christopher Norris, *Deconstruction*: *Theory and Practice*, London and New York: Routledge, 1991.

J. T. Nealon, *Double Reading*: *Postmodernism after Deconstruction*, Ithaca: Cornell University Press, 1993.

Andrew Bennett, *Readers and Reading*, London: Longman, 1995.

J. D. Caputo, *Deconstruction in a Nutshell*: *A Conversation with Jacques Derrida*, Fordham University Press, 1997.

Jacques Derrida, *Of Grammatology*, trans. by G. C. Spivak, The Johns Hopkins University, 1997.

Martin Mc Quillan, *Paul de Man*, New York: Taylor and Francis Group, 2001.

Martin Mc Quillan, *Deconstruction*, New York: Routledge, 2001.

后　记

　　本书以解构主义误读理论为研究对象。写作过程中，随着对保罗·德·曼、希利斯·米勒、哈罗德·布鲁姆、杰弗里·哈罗德、雅克·德里达等解构主义文学批评家理解的不断深入，我对这些理论家的崇敬、钦佩之情也不断增长。虽然他们留给文学批评界的印象是反叛、激进，但他们的治学态度是严谨的，他们思想的提出是建立在深入思考和细致论证的基础之上的，他们所倡导的也正是阅读的多样性和思索的永不止步。我有幸于 2005 年 5 月在母校华中师范大学聆听了前来参加学术会议的希利斯·米勒的两场讲座，虽然那时并没有意识到不久的将来这位理论家会成为我博士论文的主要研究对象，但将近八十的米勒先生矍铄的精神状态、讲座中充分体现出来的文本细读精神都给我留下了深刻的印象。这种印象使我在写作中一直关注解构主义理论家对于文学研究的严肃认真态度，他们绝不是不少批评者所认为的只是把文学作品拆解得支离破碎、不懂建构的游戏者，他们"解构"姿态的背后也正是"建构"更为开放、多元文学批评的深层动机。虽然本书出版了，但我对解构主义文学批评的学习不会停止，尤其是在解构主义批评家的文学修辞理论这一方面，还需要进一步加深理解，今后也将自觉地把解构主义文学理论运用到文学批评实践中去。

　　本书是在博士论文基础之上修改而成。在学风敦厚的南京大学攻读博士学位是我一生的幸运，写作博士论文系统训练了我的学术研究能力。本书的出版首先要感谢的是我的导师胡有清教授，从选题到材料搜集、论文思路、论文结构、语言修改……这期间凝聚了胡老师太多的心血和辛劳。胡老师严谨的治学态度、对真知真见的强调、对学生的真诚关怀和殷殷教导，都让我铭记在心，成为我做学问、做人的榜样和动力。师母刘平老师无论是在我读书期间还是到西安工作之后，都对我关怀有加，让我备感温暖和感动；师母的温柔和蔼、乐观爽朗、自然灵动让我深感人格的魅力，是我作为一个女性的学习榜样。

感谢东南大学的凌继尧教授、河海大学的陈书录教授、南京大学的赵宪章教授、周群教授、孙蓉蓉教授，老师们在我论文答辩时提出了宝贵的修改意见；感谢南京大学汪正龙教授，汪老师无私地把自己有关文学意义研究的外文原版书籍借阅于我，并在论文开题报告时提出启发性的意见。感谢母校华中师范大学文学院各位恩师，尤其是我的硕士导师王耀辉教授和文艺学教研室的胡亚敏教授、孙文宪教授，是他们把我领入学术研究的大门。感谢我在华中师范大学和南京大学求学时的师兄师姐、师弟师妹和同学们，感谢他们一直以来给予我的友情、鼓励和帮助。

我要感谢我目前工作的西安外国语大学，工作六年来，西外已成为我的安身立命之所和家园，感谢关心我、帮助我的领导和同事，希望我也能以自己的努力回报他们。

感谢我的家人、朋友，谢谢他们的陪伴、理解和默默付出。

王敏

2014 年 9 月